TAPIS ROUGE

JAMES PATTERSON
et MARSHALL KARP

TAPIS ROUGE

roman

*traduit de l'américain
par Philippine Voltarino*

l'Archipel

Ce livre a été publié sous le titre
NYPD Red
par Little, Brown and Company, New York.

www.editionsarchipel.com

Si vous souhaitez recevoir notre catalogue
et être tenu au courant de nos publications,
envoyez vos nom et adresse, en citant
ce livre, aux Éditions de l'Archipel,
34, rue des Bourdonnais 75001 Paris.
Et, pour le Canada,
à Édipresse Inc., 945, avenue Beaumont,
Montréal, Québec, H3N 1W3.

ISBN 978-2-8098-1375-3

Un salut amical à Charlene Black, Donna Cucchiara,
Joan Fitzgerald, Lea Marie Ripa,
Mary Lou Venuto et Priscilla Weed.
JP

À Howard Schiffer et Vitamin Angels,
un homme et une ONG qui ont changé ma vie.
MK

PROLOGUE

LE CAMÉLÉON

```
FONDU :
INT. CUISINE - HÔTEL REGENCY,
NEW YORK - JOUR

C'est le coup de feu du matin dans la salle à
manger du Regency, établissement de renom-
mée mondiale, plus connu sous l'appellation
d'« entrée-interdite-aux-fauchés-et-aux-
pisseux-dans-ton-genre ». LE CAMÉLÉON se
faufile sans bruit dans le tohu-bohu de la
cuisine. Ses cheveux sable sont devenus
noirs, sa peau est couleur cuivre. Il se
fond dans le décor. Portoricain anonyme en
livrée, il passe totalement inaperçu.
```

Ces mots, le Caméléon les avait lus des centaines de fois sur son script. Mais, ce matin-là, ils prenaient enfin corps. Le tournage de son film commençait.

— Action, murmura-t-il pour lui-même en entrant dans la cuisine du Regency par une porte de service.

On ne peut pas dire qu'il passa inaperçu.

— Eh, toi! beugla un serveur en veste blanche et cravate noire. Bouge ton cul et va remplir les tasses table 12!

Pas tout à fait conforme au scénario, mais bien meilleur qu'il n'aurait su l'écrire. Comme tout acteur new-yorkais qui se respecte, le Caméléon n'était nullement dépaysé dans une cuisine de restaurant. Ayant rempli de café et de déca deux cafetières chromées, il poussa la porte battante et fit irruption dans la salle à manger.

Le casting aussi était encore meilleur qu'il ne l'avait imaginé. C'était le premier jour du festival Hollywood-sur-Hudson, botte secrète de New York pour tailler des croupières à Los Angeles sur le terrain de la production cinématographique. En plus des habituels manitous de la côte Est, la salle était pleine à craquer de trouducs tout droit parachutés de Hollywood pour mitonner des contrats à huit chiffres en avalant des breakfasts à cent dollars. Et qui, table 12, donnait audience royale? Sid Roth en personne.

Si la destruction de carrières et de familles était punie de prison ferme, nul doute que Sid Roth purgerait non pas une mais plusieurs détentions à vie. Hélas, dans le milieu du cinéma, être une pourriture a toujours été un atout, lequel se cache habituellement en caractères lilliputiens au bas des contrats. Moyennant quoi, en l'espace de trois décennies, Roth avait su transformer en mégastudios une petite boutique familiale baptisée Mesa Films. Ce gars-là était un dieu vivant et les quatre autres types assis à sa table buvaient ses paroles avec extase.

Le Caméléon entreprit de servir le café. Sid Roth, qui régalait ses convives du récit de ses guerres hollywoodiennes, couvrit sa tasse d'une main et dit:

— Voulez-vous m'apporter un autre jus de tomate, mon ami?

— Tout de suite, monsieur.

Et un jus de tomate, un! Avec la participation exceptionnelle de Sid Roth…

Moins de trois minutes plus tard, le Caméléon réapparaissait avec le jus.

— *Muchas gracias, amigo*, déclara Roth avant de vider son verre sans lui prêter plus d'attention.

C'est ça. Et toi, *vaya con Dios*.

De retour en cuisine, le Caméléon disparut par la porte de service. Il lui restait dix minutes pour se changer.

Les toilettes pour hommes du hall étaient chic et discrètes. Serviettes en coton pour les mains, hautes portes en noyer et, bien entendu, absence de caméras de surveillance.

Une demi-douzaine de lingettes démaquillantes plus tard, il délaissait son teint basané de Latino pour sa peau de bébé blanc, troquait sa livrée de serveur pour un pantalon de treillis et un polo bleu pâle.

De retour dans le hall, il prit place derrière une rangée de téléphones pour observer à son aise le déroulement de la scène, qui ne dépendait plus de lui. Tout juste pouvait-il espérer qu'elle serait aussi passionnante que sur le papier :

```
INT. SALLE À MANGER DU REGENCY - JOUR

Plan serré sur LA VICTIME qui ressent les
premiers effets du fluoroacétate de sodium.
Il s'agrippe au rebord de la table, déter-
miné à livrer bataille, mais ses jambes ne
sont pas de cet avis. Bientôt son corps
entre en violente rébellion, son système
neurologique se détraque, la panique l'en-
vahit. Puis il est victime d'une attaque
foudroyante, vomit d'abondance, secoue les
bras et finit par s'écrouler tête la pre-
mière dans son omelette aux patates et aux
champignons.
```

— Qu'est-ce qui te dit qu'il va commander une omelette ? avait demandé Lucy en lisant le scénario.

— On s'en fout de ce qu'il commande, avait répondu le Caméléon. C'est accessoire. Fallait bien écrire un truc.

— Pourquoi pas du porridge ? Avec des airelles, tiens. Ça rendrait mieux à l'image. De toute façon, comment sais-tu qu'il réagira comme ça, par... quels sont tes mots déjà... par une «violente rébellion» ?

— C'est seulement les grandes lignes. Même la victime, je ne la connaîtrai qu'à la dernière minute. Ça repose beaucoup sur l'impro. L'important pour moi, c'est que le type meure dans d'ignobles souffrances.

Sid Roth fut à la hauteur du rôle. Vomissements, regard terrorisé, spasmes violents : rien ne manquait. Au lieu de s'affaler tête la première, il tituba, s'effondra sur une table voisine, avant de s'éclater le crâne contre le pied d'une colonne en marbre. Sans oublier les flots de sang : petit bonus bien sympathique. «Appelez le 911 !», se mit à hurler une femme tandis que le Caméléon murmurait :

— Coupez.

Tout compte fait, une prestation de qualité.

En se dirigeant vers le métro, il adressa à Lucy ce texto : «Tournage nickel. Une seule prise.»

Quinze minutes plus tard, comme le simple acteur new-yorkais qu'il était, yeux bleus, peau blanche, il lisait *Variety* sur la ligne F en direction de son prochain cachet – rendez-vous à 9 heures aux studios Silvercup.

L'industrie du cinéma, à New York, ne peut se passer de caméléons. Et il était l'un des meilleurs. C'était d'ailleurs précisé noir sur blanc sur son CV : films de Woody Allen, séries policières, feuilletons – en tout, une centaine d'apparitions au bas mot, sans compter toutes ses figurations dans des séries télé. Toujours à l'arrière-plan. Jamais un mot. Jamais en vedette. Fondu dans le décor.

Sauf ce jour-là. Marre d'être un visage anonyme, perdu dans la foule. Aujourd'hui, c'était lui la star. Et le producteur. Et le réalisateur. Et le scénariste. C'était son film – et la caméra, c'était son cerveau.

Il tira de sa poche une liasse de pages, son script.

```
INT. HANGAR - STUDIOS SILVERCUP - JOUR

Nous voici sur le plateau de l'énième bouse
avec IAN STEWART. La scène représente un
mariage dans les années 1940. LE MARIÉ,
c'est IAN. LA MARIÉE, la moitié de son âge,
s'appelle DEVON WHITAKER. Tout en nibards,
pas un gramme de talent. L'heureux couple
s'avance sur la piste de danse. Une centaine
d'INVITÉS les regardent en tâchant d'avoir
l'air réjoui. LILI COBURN, dans le rôle de
l'EX-FEMME jalouse, fait son entrée. Elle
est rouge de fureur. Les invités sont hor-
rifiés. Travelling en plan serré sur l'un
d'eux. La vraie vedette de cette scène,
c'est lui. LE CAMÉLÉON.
```

Vibration de son téléphone portable. Lucy. Encore elle.

— Tu sais quoi?

— Lucy, tu veux bien arrêter de m'appeler toutes les cinq minutes? On n'est pas censés recevoir d'appel. L'assistant-réalisateur nous pompe assez l'air avec ça.

— Je sais, je sais, mais je n'ai pas le choix. On ne parle que de la mort de Sid Roth sur le Net.

— Ça fait déjà trois heures, bébé. Un des gars à sa table aura tweeté l'info avant même qu'il touche le sol.

— Sûr... On parle d'une «probable crise cardiaque». Mais sur TMZ.com, ils viennent de dire qu'il a été empoisonné.

— TMZ, ce tas de boue? Ces fouille-merde ne publient que des mensonges.

— Sauf que c'est vrai.

— Mais ça, ils ne le savent pas encore, souffla-t-il en serrant les dents. Ils n'ont rien à se mettre sous la dent avant l'autopsie. Qu'à cela ne tienne : en attendant, ils publient n'importe quelle connerie sur leur site, pourvu que ça en jette.

— Je ne voulais pas t'énerver...

— Tu n'y peux rien. C'est juste que ça bousille le bon déroulement du script. Tel que je l'ai écrit, personne n'est supposé savoir avant demain qu'il s'agit d'un empoisonnement. La scène Ian Stewart-Lili Coburn n'en sera que meilleure.

— Explique?

— Pas maintenant, Lucy. Je suis en plateau.

— C'est pas juste, fit sa petite voix boudeuse. Tu n'as pas voulu que je t'accompagne, mets-moi au moins dans la boucle.

— Qu'est-ce que je fais d'autre? Je t'ai envoyé une photo de moi dans le vestiaire.

— Super... Toi déguisé en rital, comme dans *Le Parrain*. J'en fais quoi, un fond d'écran? Sans déconner, tu ne me tiens au courant de rien.

16

— Parce qu'il ne se passe rien de rien, Lucy. *Nada*. C'est tout le problème. Une centaine de figurants font le pied de grue depuis 9 heures et on n'a toujours pas mis une image en boîte.

— Ils vous ont dit pourquoi?

— Ne compte pas sur eux pour te dire quoi que ce soit. Cela dit, j'ai entendu Muhlenberg, le réal, engueuler quelqu'un au téléphone. Apparemment, Lili refuse de sortir de sa caravane.

— Elle doit en vouloir à mort à Ian. Il l'a trompée, c'était sur TMZ.

Profonde inspiration du Caméléon. Lucy n'était pourtant pas la dernière des connes. Quatre années d'affilée parmi les meilleurs éléments de l'Université de Californie du Sud. Mais à ce point obsédée par les horoscopes, les potins d'Hollywood, le chat sur Internet et autres débilités que son cerveau préférait rester sur pause.

— Qu'il la trompe ou pas n'est pas la question, dit-il. Si Lili ne sort pas de son trou, Ian non plus.

— Je leur conseille de sortir. C'est dans le script, mince!

Le Caméléon, rigolard:

— C'est plutôt Muhlenberg qui est en train d'expliquer à Lili que c'est dans *son* script!

— Eh, ducon... Oui, toi, avec le portable vissé à l'oreille.

Le Caméléon leva les yeux. C'était ce crétin d'assistant.

— Quand je dis téléphone en berne, ça veut dire en berne.

— Désolé. On est là depuis une éternité. Je commençais à trouver le temps long.

— C'est pour ça qu'on te paie, t'es figurant. Alors éteins ton bidule ou dégage.

— Compris.

Puis, chuchotant dans ses mains:

— Lucy, je dois raccrocher. Tu n'appelles plus, hein?

— Oh, crotte... Et comment je saurai que tu as fini ta scène, moi?

— T'auras qu'à consulter TMZ.

PREMIÈRE PARTIE

SHOW EFFROI

1

Je m'étais levé du pied gauche. Il faisait encore nuit noire et seuls les chiffres 3:14 luisaient sur l'écran du réveille-matin. Il me manquait trois bonnes heures de sommeil. Hélas, le seul somnifère à portée de main était mon revolver chargé, sur la table de nuit, et j'en réservais le contenu à l'enfant de salaud qui venait d'expédier mon collègue à l'hôpital.

J'ai allumé. Un tapis de yoga violet était roulé sous la commode. Trente minutes de pompes et de *sukhasana* me chaufferaient les muscles et me détendraient un peu.

À 4 h 15, douché, habillé, je sirotais ma tasse de thé vert. Pas ma drogue favorite, mais Erika, ma prof de yoga, prétend que mes chakras s'en porteront mieux et que mon corps sera plus à même de résister aux pressions physiques et psychologiques de la vie quotidienne. Je lui ai promis d'essayer pendant un mois. Mais uniquement à huis clos. Si jamais on s'aperçoit que mon haleine sent la feuille de thé, c'en est fini de ma réputation professionnelle.

Je m'appelle Zach Jordan, enquêteur de première catégorie, police de New York.

La ville compte, en tout, pas moins de trente-cinq mille flics. J'ai la chance de faire partie des soixante-quinze privilégiés affectés au Groupe d'intervention VIP. Une idée de notre maire, un gros dur qui pense qu'une grande ville se gère comme une compagnie aérienne, aux petits soins pour les détenteurs de la carte Platinum. Autrement dit, pour les super-riches, super-puissants et risiblement célèbres.

Tous les matins, je me lève pour assurer la protection des milliardaires de Wall Street, des sportifs de haut niveau aux contrats à sept chiffres, des brasseurs d'affaires, corsaires et autres divas du show business. Cette dernière catégorie est celle qui nous donne le plus de fil à retordre. Sans doute parce que la plupart sont si attirants qu'ils sont harcelés, si riches qu'ils sont volés, si abjects qu'ils sont assassinés.

Se proclamer Groupe d'intervention VIP reviendrait à crier sur les toits que nous sommes une unité spéciale au service exclusif du gratin. C'est aussi vrai que politiquement désastreux. Raison pour laquelle le maire a souhaité – autant dire exigé – que nous n'en fassions jamais mention. Il préfère l'appellation NYPD Red. Pour tout flic new-yorkais, c'est le nec plus ultra.

J'ai rajouté du sucre dans mon thé refroidi que j'ai placé dans le micro-ondes. Trente secondes plus tard, il était plus chaud et moins âcre, mais c'était encore du thé. Je me suis installé devant mon ordi pour consulter mes mails. J'en avais reçu un d'Omar qui disait simplement : «Salut Zach, c'est aujourd'hui le JOUR J ! Pense à te casser la jambe. LOL. Omar.»

Je lui ai répondu : «Heureux de voir qu'il y en a un que ça fait marrer.»

Omar Shanks et moi formons, ou plutôt formions un tandem. Jusqu'à la semaine dernière. L'équipe de softball de la police affrontait celle des pompiers en match amical, dans le cadre de notre collecte de fonds annuelle. En pleine action, un abruti de soldat du feu lui a cassé la cheville gauche et déchiré les ligaments croisés antérieurs. Selon les toubibs, Omar devrait être hors service pour au moins quatre mois. C'est pourquoi je dois faire équipe dès ce matin avec mon nouveau partenaire, Kylie MacDonald. Elle et moi avons un truc en commun : ce qu'on appelle un bagage. Impossible à résumer en quelques mots, mais laissez-moi vous en donner une idée.

Ça remonte à mon premier jour de formation. J'étais occupé à jauger les autres recrues, quand une déesse aux cheveux d'or, surgie d'une chanson des Beach Boys, est entrée dans l'amphi. Il y avait un défibrillateur fixé au mur, je me souviens d'avoir pensé qu'il pourrait m'être utile. Elle était cent fois trop bien pour être flic. Je l'aurais plutôt vue femme de flic. La mienne, à tout prendre.

Une bonne demi-douzaine d'autres gars devaient se dire la même chose. En l'espace de trois secondes, cette fille évoluait au milieu d'une tempête de testostérone de force 5. Je l'ai ignorée, en vertu de la théorie qui veut que les nanas dans son genre soient plus attirées par des types qui ne les draguent pas la langue pendante. Ça m'a pris une semaine, mais elle a mordu à l'hameçon. Un soir, après les cours, elle m'a adressé la parole :

— Salut, moi c'est Kylie MacDonald. On ne se connaît pas encore.

— Normal, j'ai grogné. Je t'évitais.

— Hein ? Quoi ?

— Ton T-shirt.

— Quel T-shirt ?

— Celui que tu portais le premier jour. Avec le logo des New York Mets.

— Laisse-moi deviner… tu soutiens les Yankees ?

— À mort.

— J'aurais dû m'en douter. Si j'avais su, j'aurais mis mon T-shirt des Yankees…

— Parce que tu en as un ? Permets-moi d'en douter.

— Cinq dollars que si.

— Tope là.

Elle a fait défiler son album sur son smartphone. Puis elle me l'a tendu pour me montrer la photo qu'elle cherchait. Elle posait à côté d'un minet, genre tête à claques, un bras passé sur ses épaules. Il portait une casquette des Mets et elle un T-shirt barré du mot «YANKEES». Juste au-dessus, on pouvait lire : «À bas les.»

— Par ici la monnaie.

Belle et pas sotte. Comment n'en serais-je pas tombé amoureux? Je lui ai filé ses cinq biftons. Raconter la suite serait une longue histoire, pleine de rires et de larmes, de joies et de chagrins. Tout un bagage, comme je disais – qui me servira peut-être un jour.

Comment ça s'est terminé? Par un beau mariage, à l'église. Avec le type sur la photo. Kylie, acceptez-vous de prendre pour époux Spence Harrington?

C'était il y a une dizaine d'années. Et voilà que Kylie et moi allions faire équipe.

Avec un nouveau coéquipier, on ne sait jamais si la sauce prendra. Surtout lorsqu'un des deux est encore éperdument amoureux de l'autre. C'est précisément ça, si vous ne l'aviez pas encore compris, qui m'avait réveillé au beau milieu de la nuit.

J'ai vidé la moitié de la tasse de thé vert dans l'évier. Au diable mes chakras. J'avais besoin de café fort.

2

Le snack de Gerri est situé sur Lexington Avenue, au niveau du commissariat du 19ᵉ, en face de Hunter College. Le petit-déjeuner battait son plein quand j'y suis entré, mais à 5 heures du matin, aucun risque d'y croiser un étudiant. Les seuls clients étaient des chauffeurs de taxi, des ouvriers du bâtiment et des flics, bien sûr.

L'un de ces flics, en plus d'être une femme, présente la particularité d'avoir un doctorat en guise de flingue. Cheryl Robinson est psy. Sa vaste connaissance des comportements humains et l'acuité de son écoute se complètent d'une qualité qui la différencie de tous les psychologues qu'il m'ait été donné de fréquenter : elle est belle à tomber raide. Quoiqu'elle se prétende irlandaise à 90 %, elle a les yeux ébène, une chevelure de jais et le radieux teint caramel de sa grand-mère latino.

Je vais être franc. Cheryl m'a tapé dans l'œil dès le premier jour. Nous avons fait connaissance lors d'un séminaire sur les prises d'otages. Mais elle était mariée, donc intouchable en ce qui me concerne. Depuis, elle a changé de régime matrimonial, mais l'encre du divorce n'est pas encore sèche.

Ce matin-là, seule à sa table, à ses attitudes et ses regards pensifs, on devinait qu'elle n'avait pas fini d'en découdre avec les fantômes de l'échec sentimental. Il y a des mecs pour penser que c'est là une sorte d'appel du pied. Pour eux, une nana en pleine reconstruction est une cible rêvée, prête à compenser la vacuité de sa vie par un plan cul sans lendemain. Pas moi. Avec Cheryl, nous étions devenus bons amis. Et c'est d'un ami qu'elle semblait avoir besoin, pas d'un amant.

J'ai pris deux grands gobelets de café, l'un dans un sachet, l'autre que j'ai décapsulé.

— Ça t'ennuie si je m'assieds en face de toi? Tu transpires la princesse en péril et je me sens des gènes de preux chevalier.

— Je croyais que tous les flics étaient dans ce schéma… Mais tu es le premier à tenter de me remonter le moral.

— C'est à cause de ton côté psy qui te suinte par tous les pores. Les autres craignent, s'ils s'assoient pour te parler, que tu les analyses à la sauvage.

— Analyser quoi? Tous des cinglés, devenus flics pour cette raison. Et donc encore plus cinglés.

Devant elle s'entassaient les sachets de sucre déchirés. J'en ai saisi un entre mes doigts.

— En tant qu'ancien lecteur assidu du *Club des Cinq*, je déduis de ce carnage sucrier que tu es là depuis environ trois quarts d'heure.

— Une heure, m'a-t-elle répondu en consultant sa montre.

— Dois-je comprendre que même les psys ont des insomnies?

— Mes nuits ont changé, pas mes tracas. Toujours Fred.

— Je croyais que ton divorce était prononcé depuis deux semaines? D'après les lois de l'État de New York, tu n'as plus aucune raison d'avoir des soucis.

— Il m'a envoyé un message hier soir. Il s'est recasé.

— Hmm… et guelle imbrezion zela fous vaid-il? ai-je répondu en caressant mon invisible barbichette d'un air pénétré.

Elle a éclaté de rire.

— L'impression de la pire imitation du Dr Freud qu'il m'ait été donné d'entendre!

— Primo, c'était le Dr Phil. Deuzio, tu détournes la conversation.

— Écoute, que ce connard se remarie, je m'en fous, mais j'aurais préféré qu'il mette plus de quinze jours à tourner la page.

— Pour sûr, doc. Il aurait quand même pu attendre que tu la tournes la première, hein?

— Tu veux rire? Avec Fred, ça fait deux ans que j'avais touché le fond.

— Eh bien, dis-toi que le tour est venu pour une autre femme de vivre l'enfer. La roue tourne!

— Merci de ton aide. Et maintenant, à moi de jouer au docteur. Que fais-tu debout à cette heure?

— J'ai une semaine de dingue qui m'attend. Un arrivage de gars super cool en provenance d'Hollywood. J'ai eu besoin de prendre des forces avant leur atterrissage.

— Je vois. Bien sûr, ça n'a rien à voir avec le fait que c'est ta première journée avec ton ex-copine et nouvelle coéquipière…

Cheryl n'ignorait rien de mon histoire avec Kylie, depuis un certain pot de départ en retraite. J'ai déjà mentionné ses qualités d'écoute. Ce soir-là, j'avais bu juste assez pour me confier. Je ne le regrette d'ailleurs pas. Parler à une professionnelle, mais dans un cadre informel, c'était une forme de thérapie.

— Si tu le dis… Kylie commence aujourd'hui. Ça me fait penser que je ne t'ai pas remerciée de l'avoir aidée à décrocher le poste.

Si je devais isoler la plus jolie partie de l'anatomie de Cheryl, ce serait probablement son sourire. Cette fille est dotée d'une sorte d'interrupteur qu'il suffit d'actionner pour que ses yeux sombres, ses dents blanches et ses lèvres charnues s'allument tous à la fois. Un autre que moi se serait fait renvoyer dans les cordes; au contraire, ma remarque avait appuyé sur l'interrupteur. J'ai eu droit à un sourire de mille mégawatts.

— Bien tenté. On ne prête qu'aux riches. Mais non, désolé, ce n'est pas moi qui ai pistonné Kylie MacDonald. Elle s'est débrouillée toute seule. Le capitaine Cates m'a simplement demandé de jeter discrètement un œil sur son dossier. Excellent. Selon toute apparence, vos hauts et vos bas n'ont nullement nui à sa carrière.

— Du moment que ça ne nuit pas à la mienne non plus, ai-je répliqué en portant le gobelet à mes lèvres.

Cheryl a posé sa main sur la mienne. J'ai failli en lâcher mon café. Puis elle m'a dit d'une voix douce :

— Zach, arrête de t'apitoyer sur ton sort. Laisse le passé derrière toi. La vie commence aujourd'hui.

— Merci du conseil, doc. Valable pour chacun de nous deux, ai-je ajouté en posant ma main libre sur la sienne.

3

Le terne bâtiment de brique rouge qui s'élève sur la 67e Rue Est, entre Lexington et la 3e Avenue, avec ses moulures et ses encadrements bleu cobalt, abrite le commissariat du 19e depuis les années 1880. Cet antre labyrinthique de cinq étages est assez vaste pour abriter les plus de deux cents uniformes et les quelques dizaines d'enquêteurs qui couvrent le secteur de l'Upper East Side.

Une adresse idéale pour le NYPD Red, dont le champ d'action s'étend à la ville entière. Nos quartiers sont tapis au troisième étage, contre le mur nord, un peu à l'écart de tout. Mais avec des gyrophares et des sirènes, les cinq arrondissements de New York ne sont qu'à un jet de pierre. En prime, quelques jolis coups d'œil sur le Chrysler Building, selon moi le plus beau et le plus majestueux des monuments de la ville.

J'étais à mon bureau lorsqu'on m'a apostrophé :

— Eh ! Numéro six !

Je reconnaîtrais cette voix même en rêve. Je me suis retourné : c'était bien elle, crinière blonde, yeux verts pétillants, une regrettable alliance en or à l'annulaire gauche. Kylie MacDonald.

— K Mac ?

— Eh bien, numéro six ? On a oublié mon numéro ?

Et de m'étreindre à bras-le-corps, me donnant à respirer l'odeur familière de son shampoing menthe-romarin.

— Kylie, quand cesserons-nous de jouer à ce petit jeu ridicule?

— Jusqu'à la fin de nos vies respectives, selon les termes du pari. Voire plus, si je dois te retrouver en enfer! À part ça, numéro six, comment va?

Kylie et moi sommes des compétiteurs-nés. Quelques jours à peine après notre rencontre, elle me plumait de cinq dollars. Puis il y eut le pari des paris. Nous étions tellement déterminés à nous surclasser l'un l'autre que nous sommes tombés d'accord, après le diplôme, pour que le meilleur désigne l'autre par son rang au classement. Sur deux cent soixante-quinze recrues, j'avais terminé sixième.

— Ça va. Et toi, numéro un?

— Tu vois, quand tu veux faire un effort!

— Avec toi, je ne risque pas de l'oublier.

— Sans compter qu'à partir d'aujourd'hui, nous faisons équipe. Je suis follement excitée! Je n'en reviens pas que le NYPD Red ait fait appel à moi.

— Ça t'étonne? Tu as fait la une des journaux.

Kylie m'a décoché son sourire de tueuse.

— Une arrestation qui a fait vendre du papier, mais je t'assure que j'en ai bavé. Et ne me dis pas que tu as besoin de détails, Zach.

— J'ai bien eu quelques échos, mais si tu me promets de m'appeler par mon nom et pas par mon numéro, je ne te demanderai pas s'ils étaient fondés.

— Crache le morceau. Tu sais quoi?

— Que, sous une couverture quelconque, tu as coffré un type qui avait violé une demi-douzaine d'infirmières.

— C'était dans les journaux, ça. Réponds à ma question.

— Qu'on ne t'avait pas confié l'affaire. Que tu as agi seule, en électron libre. En franc-tireur.

— Sa troisième victime était mon amie Judy. Elle est infirmière à l'hôpital de Coney Island. Son service venait de prendre fin, il était 2 heures du matin. Elle se dirige vers le métro quand ce taré lui saute dessus, lui met son poing sur la figure et la viole. Elle n'a pas composé le 911. Complètement paniquée, c'est moi qu'elle a appelée. J'ai transmis et je suis allée passer la nuit avec elle à l'hôpital. Le lendemain, j'ai demandé qu'on me confie l'affaire.

— Et ils ont refusé, parce que tu étais personnellement impliquée.

— Présente-moi une seule femme flic qui ne se sente pas personnellement concernée par une affaire de viol en série. Le gars qu'ils ont mis sur l'enquête était un vieux fainéant amorti du bulbe. Jamais il n'aurait coincé le suspect.

— Et c'est là que numéro un entre en action.

— Pas besoin d'avoir inventé la poudre. On sait que le mode opératoire du type est immuable. Il ne frappe qu'à Brooklyn et, s'il est assez malin pour changer parfois d'hôpital, il privilégie ceux qui t'obligent à marcher longtemps dans l'obscurité pour rejoindre le métro.

— Donc tu t'es déguisée en infirmière et tu t'es mise à marcher de nuit de l'hôpital au métro. Combien de fois, cette balade nocturne?

— Dix-sept. La dix-huitième était la bonne.

— Et en cas de pépin?

— Zach, je n'étais pas en mission. Donc, pas de plan B. Je n'avais que mon badge et mon flingue. Ça a suffi.

— Une chance.

— Pour toutes ces infirmières, oui. Électron libre ou pas, j'ai fait mon devoir. Et si j'ai bousculé le règlement, il s'en remettra. Je n'ai aucun remords.

— C'est peut-être pour ça qu'ils t'envoient ici. Le règlement, on passe notre temps à le bousculer.

— «On»? Je te connais, Zach: il n'y a pas plus réglo que toi. Capricorne jusqu'à l'os. Sens de l'organisation, maîtrise de soi, étranger à l'impulsivité.

— Tout le monde ne peut pas se comporter en cow-boy!

— Raison pour laquelle ils nous ont collés ensemble. Le yin et le yang. Le point et le contrepoint.

— La tête froide et la tête brûlée.

— Parle-moi plutôt de Shanks, ton coéquipier.

— Omar ? Ni aussi mignon que toi, ni aussi cinglé.

— Ne fais pas semblant de ne pas comprendre. Et son genou ? Je ne suis qu'à l'essai, tu sais. Dès qu'il ira mieux, on me jettera comme une vieille chaussette. Je veux savoir de combien de temps je dispose pour épater Cates et qu'elle me garde dans le service.

— Tu as plusieurs mois devant toi. Mais autant que tu le saches, Cates n'est pas du genre impressionnable.

Une voix a ajouté :

— En revanche, si elle t'a dans le pif, tu peux faire ta valise avant le déjeuner.

C'était le capitaine Delia Cates en personne. Notre supérieure. Kylie s'est levée pour lui tendre la main.

— Inspecteur Kylie MacDonald, mon capitaine.

Le téléphone de Cates s'est mis à sonner. Elle a vérifié l'identité du correspondant.

— Il n'est pas encore 8 heures et c'est la quatrième fois que l'adjoint au maire chargé des savons cherche à me joindre... Bill, je suis à toi dans trois secondes.

Le temps de répondre à la main tendue de Kylie par un check du poing.

— Bienvenue au Red, inspecteur MacDonald. Brief du matin dans dix minutes. Jordan, je veux vous voir d'ici là.

Le portable collé à l'oreille, elle a disparu en direction de la salle de réunion. Kylie était restée immobile. Je savais ce qu'elle pensait.

— Ne te formalise pas. Cates ne s'embarrasse guère de politesses chinoises, elle ne pense qu'au boulot. Si tu espérais du thé et des petits gâteaux, passe ton chemin. Tu lui as dit bonjour, elle t'a dit bonjour, basta. Maintenant, tout le monde à son poste. Et renonce à l'impressionner. Ton dossier, elle l'a épluché. Si elle ne t'estimait pas à la hauteur, tu ne serais pas là.

— Très encourageant. Merci.

— De rien. On est collègues, oui ou non ?

4

Henry Muhlenberg plaqua fermement sa main sur la bouche de Lili Coburn, laquelle lui mordit la paume en rejetant la tête en arrière. Mais Muhlenberg ne lâcha pas prise. Il n'avait surtout pas besoin qu'un imbécile, passant derrière la caravane, entende hurler sa comédienne, dont le corps était pris de convulsions. Après un ultime spasme, elle se laissa choir dans ses bras et il ôta sa main.

— Donnez-moi une cigarette, dit-elle. Sur le bar.

Muhlenberg, entièrement nu, glissa du canapé pour ramper à l'autre bout de la caravane. Ce jeune prodige allemand, âgé de vingt-huit ans, était l'auteur de films exigeants qui enchantaient la critique et nettement moins le public. Las de se déplacer au volant d'une Opel de dix ans d'âge et d'habiter un deux pièces à Francfort, il venait de vendre son âme pour une Porsche 911, une maison sur les hauteurs d'Hollywood et un contrat pour trois films. Le premier avait fait un bide. Le deuxième avait rapporté six millions, joli score pour un indépendant, mais colossal échec à l'échelle d'un grand studio. Si le troisième ne crevait pas enfin le plafond des multiplex, il pourrait rentrer en Allemagne pour tourner des clips dans des garages. Et voilà qu'à l'instant du dernier tour de piste, cette conne de Lili Coburn était sur le point de tout foutre en l'air. Il était allé la voir dans sa caravane pour négocier une trêve avec son imbécile de mari, Ian Stewart, qui se trouvait, hélas, partager la vedette avec elle. Négocier? Supplier, oui.

— Lili, je vous en prie. Il y a là toute l'équipe et une centaine de figurants qui attendent que vous daigniez faire cette prise. Pendant ce temps-là, le compteur tourne. Chaque minute coûte mille dollars au studio.

— C'était à Ian de s'en soucier, au lieu de se taper ce gros tas de silicone décervelée et peroxydée.

— Cette rumeur à propos d'Ian et Devon ne repose sur rien. Probablement un coup du studio pour faire du buzz autour du film.

— Je ne sais pas comment ça se passe en Allemagne, *Herr* Muhlenberg, mais ici, à New York, apprenez que les rumeurs sont toujours fondées.

— Écoutez, je ne suis pas conseiller conjugal. Je sais que vous rencontrez des problèmes de couple, mais je sais aussi que vous êtes une grande professionnelle. Qu'exigez-vous pour passer aux costumes et monter en plateau?

Lili portait un kimono bleu roi coupé court, orné d'un paon et d'un motif floral sophistiqué. Tirant sur sa ceinture, elle l'avait laissé choir au sol. La revanche par le cul. Muhlenberg s'était incliné. Au tarif susmentionné, cette séance coûta au studio la modique somme de cinquante-quatre mille dollars. Lili Coburn n'était certes pas aussi appétissante que la starlette mineure de son précédent film, mais si vous deviez vous taper une diva de quarante-six balais pour sauver votre carrière, vous ne feriez pas la fine bouche.

Il lui alluma donc une cigarette qu'elle aspira goulûment pour lui cracher la fumée au visage.

— N'espérez pas une *standing ovation*. Ça fait partie de votre boulot.

— Exact. Je vais prévenir Ian que vous serez en plateau dans trente minutes.

— C'est ça… Passez quand même un pantalon.

5

— *Heil Hitler!* fit Ian en levant le bras pour saluer l'entrée de Muhlenberg dans sa caravane.

Sourire forcé de l'Allemand. Ça ne l'avait pas fait rire la première fois. Pas davantage la centième.

Démaquillé, Ian Stewart accusait ses cinquante-six ans. Ce sombre crétin était un homme à femmes doté d'un ego surdimensionné et d'un caractère inflammable. «Russell Crowe, le charme en moins», l'avait surnommé un tabloïd. Et c'était sur lui que reposait la carrière de Muhlenberg.

— J'ai pu dire quelques mots à Lili.

— Quelques mots? Vous avez passé presque une heure dans sa roulotte. Peut-on savoir pourquoi? répondit Ian en humectant ses lèvres.

— Lâche-moi un peu, Ian. Je te rappelle que c'est ta grande scène. Celle que tu as pratiquement exigée et qui a plombé notre budget pour trois millions. J'ai fait ce qu'il fallait faire. Elle est prête à tourner. Alors, je t'en prie, file au maquillage avant qu'elle change d'avis.

Ian a claqué des talons :

— *Ja, mein Direktor. Danke schön.*

De l'avis de Muhlenberg, la scène en question, un mariage en costumes de pingouins, était une pure infamie. Ian y jouait le marié au côté de Devon Whitaker, la blonde de vingt-deux ans qu'il s'était goinfrée. Lili avait le rôle de l'ex-épouse. Elle faisait irruption avec une arme et butait les deux tourtereaux. Sauf qu'il s'agissait d'un rêve. Le vieux cabot était censé agoniser pour la caméra, mais ressusciter aussitôt pour les besoins du film. Cet épisode achevait de saloper un scénario déjà vidé de sa substance par quatre plumes différentes. Mais pour cet âne de Ian, c'était une condition *sine qua non*.

— Au fait, tu es au courant pour Sid Roth? lança-t-il au réalisateur.

— Ouais, on dit qu'il serait mort en prenant son petit-déj au Regency. Crise cardiaque.

— Tu parles! Plutôt empoisonné, d'après les bruits qui courent. Ça ne me surprend pas. Cette crevure avait tellement d'ennemis, c'est un miracle qu'il soit resté vivant si longtemps.

— Je vois que cette nouvelle t'a bouleversé…

— Excité, tu veux dire. Avec la mort de Roth, je grimpe d'un cran sur la liste des individus les plus haïs du show-biz. Encore trois et j'entre dans le Top ten.

— Si ça peut te consoler, ici, tu es déjà numéro un. *Heil Hitler.*

6

Le capitaine Delia Cates est new-yorkaise jusqu'au bout des ongles. Née et grandie à Harlem, fille et petite-fille de flics, son parcours la destinait à devenir la première femme commissaire de la ville : Université de Columbia, quatre ans dans les Marines, sans oublier un master en justice pénale du John Jay College.

Quelque part au large de la quarantaine, plutôt séduisante, sombres pupilles brunes, un superbe teint de cacao, un sourire simple et chaleureux. Mais à l'intérieur, plus ferme qu'un steak à trois dollars. Conçue pour commander. En un mot, le meilleur boss que j'aie jamais eu.

Ce matin, elle m'a pris au dépourvu. Ce n'est pas tous les jours qu'elle me convoque entre quatre yeux. Il était 7 h 55 quand je suis entré dans son bureau. Comme à son habitude, elle est allée droit au but pour me dire ce qu'elle attendait de moi, monologue que j'ai prudemment ponctué de quelques «d'accord, capitaine».

À 7 h 56, je sortais de l'entretien à peine plus perplexe qu'en entrant. Je me suis dirigé vers la salle de brief où Kylie et onze autres enquêteurs avaient déjà pris place. Cates est arrivée à 8 heures pétantes.

— Bonjour à toutes et à tous. Vous n'êtes pas sans le savoir, le maire a déroulé un tapis rouge de cinq mille kilomètres dans l'espoir de conquérir le cœur des nababs de Hollywood, ainsi que leurs petites économies. Notre mission consiste à rendre leur séjour aussi sûr et agréable que possible. En gros, ça ne change pas de la routine habituelle, à ceci près que cette semaine nous avons cinq fois plus de personnes à protéger. Rencontres, déjeuners, visites d'installations : la plupart des négos se feront à l'abri des regards, dans des environnements sécurisés, le plus souvent par leurs propres agents de sécurité. Mais il y aura aussi bon nombre d'événements publics très médiatisés qui devraient attirer les fans et paparazzi de tout poil, entre autres mouches à merde. Ça commence dès ce soir par une fiesta de prestige au Radio City Hall. Je viens d'avoir l'inspecteur principal de Midtown North à ce sujet : ils ont déjà commencé à planter les tentes. Nous disposerons d'une bonne centaine d'agents pour contenir la foule, plus trente autres en civil, dont vous ferez partie. La mauvaise nouvelle, c'est que la journée qui débute risque d'être longue. La bonne, c'est que le maire a desserré le cordon de sa bourse : ne comptez pas vos heures, c'est prévu dans le budget. Mardi et mercredi seront plus calmes, mais comme vous le savez, dans le milieu du show-biz, on aime s'éclater après une dure journée de travail. Ne vous séparez pas de votre téléphone, même sous la douche. Jeudi…

Son portable a retenti.

— Je me suis fait comprendre ?

Nous avons tous reconnu la sonnerie. Seul ce numéro prioritaire a pouvoir d'interrompre Cates à tout moment. Elle l'a d'ailleurs baptisé son «téléphone rouge». Nous l'avons vue écouter son correspondant sans ciller, puis déclarer : «On s'en occupe», avant de raccrocher au bout de quinze secondes.

— Ça commence mal. Le cadavre d'un producteur nous attend sur la moquette dans la salle à manger du Regency, au croisement de la 66ᵉ et de Park Avenue. Peut-être un homicide. Jordan et MacDonald, vous y allez.

La suite est plus confuse dans mon souvenir. Alors que Kylie était déjà à la porte, je suis resté le cul sur ma chaise, à prendre conscience de ce qui m'avait réveillé au milieu de la nuit: je faisais équipe avec Kylie et nous étions déjà envoyés sur le terrain. Ça n'a pas duré plus de trois secondes, mais pour Cates c'était trois secondes de trop. Elle s'est mise à aboyer:

— Jordan! Exécution!

Je me suis levé, tandis que Cates reprenait son brief:

— Pour ceux d'entre vous qui ne la connaîtraient pas encore, Kylie MacDonald fera équipe avec Jordan. Elle est ici en mission temporaire.

Je n'en ai pas entendu plus, mais je n'ai pas trop quoi su penser de ces deux derniers mots.

7

Le Regency n'était qu'à cinq minutes. Nous avons sauté dans une voiture.

— Je n'en reviens pas que Cates m'envoie sur un homicide dès le premier jour, s'extasiait Kylie.

— Un homicide supposé. Ce qui me scie, moi, c'est qu'on ait invité tous ces poids lourds d'Hollywood et qu'avant l'heure du déjeuner il y en ait déjà un qui soit cané.

— Au fait, pourquoi Cates voulait-elle te voir avant le brief?

— Oh, rien d'important.

— Elle est trop occupée pour t'avoir déplacé pour rien. Si tu ne veux pas m'en parler, ne m'en parle pas. Mais ne me prends pas pour une idiote.

— Elle voulait des nouvelles d'Omar. Je lui en ai donné.

C'était un mensonge, d'ailleurs assez foireux. Kylie n'y a pas cru une seconde.

— Zach, je suis à l'essai. Cates veut être certaine que je ferai l'affaire. Elle t'a demandé d'avoir un œil sur moi et de la tenir au courant.

— Foutaises. Cates n'a pas besoin de moi pour prendre ses décisions.

— Je te crois. Mais vu qu'on ne va pas se quitter d'un pouce douze à quatorze heures par jour, elle aura forcément besoin de ton son de cloche.

C'étaient les termes exacts qu'avait employés Cates. Au carrefour de la 63ᵉ et de Park Avenue, nous avons grillé un feu rouge. Je me suis tourné vers Kylie :

— J'espère que tu ne vas pas passer quatorze heures par jour à te figurer des âneries pareilles ?

— Et toi, ne te sens pas obligé de me mener en barque. Si c'est ce qu'elle t'a demandé, elle t'a également prié de ne rien me dire. Et si ça peut te tranquilliser, je trouve qu'elle a eu raison.

— Pourquoi ?

Elle a éclaté de rire.

— Il ne t'a pas échappé que je suis mieux classée que toi. Aussi je me fous pas mal que tu aies un droit de regard sur moi. Du moment qu'elle ne demande rien à mon mari... Spence m'en veut à mort d'avoir accepté cette mission.

Dans un coin de mon cerveau, le soviet suprême m'a convoqué pour une réunion d'urgence. Spence sait que tu ne t'es jamais remis de ta rupture avec Kylie. Tu représentes donc une menace. Il n'a aucune envie que sa femme passe avec toi soixante heures par semaine.

Ça ne faisait aucun doute pour moi, mais j'avais besoin de l'entendre de mes propres oreilles.

— En quoi ta mission le contrarie-t-elle ?

— Il voudrait que je sois enceinte. J'y suis prête, mais je ne pouvais pas refuser d'entrer au NYPD Red, mon rêve. Pour peu que j'y reste, le bébé devra attendre encore quelques années.

Nouvelle convocation du soviet. Finalement, Spence n'est pas en compétition avec toi, mais avec le job de sa femme. Si elle doit rester ta coéquipière, elle n'attendra pas d'enfant. On lui dit quoi, à Cates ?

Une file de limousines était garée devant l'hôtel, sur la zone de stationnement interdit. J'ai dû faire hurler trois fois la sirène avant que le chauffeur de la première daigne me prêter attention, et deux fois encore pour qu'il finisse par m'abandonner sa place de mauvaise grâce.

— On fait comment ? a demandé Kylie en claquant la portière. C'est toi l'ancien. Je reste en retrait ou je saute à pieds joints ?

— Il n'y a ni ancien ni novice. Tu es là parce que tu es un bon flic. Par ailleurs, tu l'as entendu comme moi, la victime était producteur à Hollywood. Or tu as sur moi l'avantage d'être mariée à un mec du show-biz, d'où il découle que tu sais mieux que quiconque comment fonctionnent ces gars-là.

Kylie a hoché la tête :

— Navrée de te l'apprendre, numéro six, mais personne n'a jamais su comment fonctionnent «ces gars-là».

8

— Tout le monde en place! beugla l'assistant-réalisateur. On tourne. Envoyez le son.

Henry Muhlenberg prit une profonde respiration. Il avait enfin repris le contrôle de la situation. À dix mètres de là, très élégant dans son smoking à revers noirs, façon *Casablanca*, le Caméléon était dans le même état d'esprit.

Clap et nouvelle annonce de l'assistant-réalisateur :

— Action de second plan.

À son signal, le Caméléon et quatre-vingt-dix-neuf autres figurants se transformèrent en invités, riant, trinquant et bavardant sans émettre un son.

— Action! déclara Muhlenberg.

Les heureux époux, Devon Whitaker et Ian Stewart, s'avancèrent sur la piste de danse. Feignant de cesser leurs bavardages, les invités firent mine de les admirer avec ravissement, tandis que l'orchestre faisait semblant de jouer. La musique serait ajoutée en postproduction sur la bande-son.

Ian et Devon tournoyaient sur le plateau.

— Dansez, dansez, dansez! criait Muhlenberg, attendant que le couple tombe enfin sur ses marques. Et... maintenant!

Entrée en scène de Lili Coburn, vêtue de pantalons flottants à la Katharine Hepburn, ceinture à mi-corps, et d'un ample chemisier en soie couleur chocolat.

— Nous y voilà! s'écria-t-elle en braquant un 9 mm SIG Pro. L'ex-Mme Minetti serait-elle enfin parvenue à rencontrer la nouvelle Mme Minetti?

Réaction légitimement horrifiée de la foule. Muhlenberg surveillait le moniteur du gros plan. Lili Coburn paraissait calme et posée, mais on sentait qu'elle bouillait intérieurement. Elle n'avait certes pas grand mal à jouer la femme trompée. Malgré tout, sa prestation était remarquable.

Ian s'était retourné et la regardait avec plus de rage que de peur.

— Baisse ton arme, Carla. S'il s'agit encore d'une de tes scènes ridicules…

Mais Lili l'interrompit en ouvrant le feu. Un coup. Deux coups. Une tache de sang sur le haut en dentelle de la robe de mariée, et Devon qui s'écroule sur le sol. Rugissement de Ian qui se jette sur Lili. Nouveau coup de feu. Le sang imbibe la chemise blanche de Ian, qui titube. Quatrième coup de feu. Giclées de sang artériel sur la piste de danse. Ian s'écroule à son tour comme une masse.

— Coupez! Excellent! s'exclama Muhlenberg, qui avait prévu pas moins de quatre caméras pour cette scène spectaculaire.

— Ian, un coup de main? demanda l'assistant-réalisateur tout en aidant à se relever la mariée ensanglantée.

Pas de réponse. Ian Stewart étouffait en gémissant des borborygmes qui ressemblaient de plus en plus à un gargouillis, tandis que son sang se vidait sur le parquet par la trachée.

Le spécialiste des effets spéciaux fut le premier à comprendre. Les poches de sang dans la robe de mariée avaient explosé à point nommé, mais le liquide rouge dont se vidait le corps de Ian était bien réel.

— Des vraies balles! se mit-il à hurler en jouant des coudes jusqu'au plateau pour immobiliser Lili et lui arracher l'arme.

Henry Muhlenberg, qui se trouvait juste derrière lui, s'était approché et soulevait la tête de l'acteur. Le sang s'écoulait maintenant goutte à goutte. Bouche ouverte, traits convulsés, yeux béants, Ian ne le voyait déjà plus.

— Un médecin, vite! hurla Muhlenberg.

C'était trop tard et il le savait.

Les figurants semblaient abasourdis. Certains pleuraient, d'autres tâchaient de s'approcher pour mieux voir. Parmi eux, immobile, le Caméléon, dont les traits horrifiés se fondaient aux visages bouleversés.

9

À peine étions-nous dans le hall du Regency, trois types se sont jetés sur nous : le directeur de l'hôtel, son chef de cuisine et un responsable de je-ne-sais-quoi. Le directeur nous a appris qu'un des clients de son établissement venait de succomber à une crise cardiaque, tandis que le troisième larron nous assurait de leur totale coopération.

En d'autres temps, le flic chargé de l'enquête les aurait envoyés sur les roses en ces termes : «N'essayez pas de jouer au plus fin avec moi. Ce que vous voulez, c'est qu'on emporte le cadavre dare-dare pour reprendre le service, comme si de rien n'était.»

Mais la police de New York a changé. Aujourd'hui, on y pratique le «CPR» : courtoisie, professionnalisme, respect. En vertu de quoi, je leur ai tendu ma carte et les ai remerciés de leur aide en les priant poliment d'excuser notre présence, tout en examinant la victime.

— On a un défibrillateur, a précisé le directeur, comme s'il s'agissait d'une simple répétition en attendant l'enquête de l'assureur. Hélas, c'était l'un de ces infarctus qui ne préviennent pas et contre lesquels on ne peut rien. On n'aurait pas pu le sauver.

Le troisième larron, probablement chargé d'étouffer tout ce merdier, a cru bon d'ajouter :

— Je ne serais pas surpris d'apprendre qu'il était gros fumeur.

Puis il nous a de nouveau assuré que tous leurs moyens seraient mis en œuvre pour nous aider à résoudre cette pénible tragédie dans les meilleurs délais. Faute de pouvoir me fournir un chariot et d'escamoter le cadavre derrière le comptoir de la réception, je devinais mal à quels moyens il voulait faire allusion.

J'ignore en quels termes leurs brochures décrivent la salle à manger du Regency. Je la qualifierais quant à moi de bourgeoise et cossue : épais tapis, lourds rideaux, tentures de soie et fauteuils tapissés de toutes les nuances d'or possibles.

Une mare brunâtre jurait singulièrement dans ce décor opulent, près du corps étalé d'un homme qui ne rentrerait pas à L.A. en première classe.

— Sidney Roth, cinquante-trois ans, résidant à Bel Air, Californie, a énoncé John Dryden, de la brigade criminelle.

John a l'œil et l'instinct aiguisés, mais pas un iota de chaleur humaine. Avec lui, on ne s'éternise pas en blablas du genre : «Salut, comment ça va?» D'où son surnom de «John le Carré», parce qu'il n'y va jamais par quatre chemins et qu'on ne l'a jamais vu se fendre la pipe ou causer pour ne rien dire.

Je l'ai présenté à Kylie, histoire de lui faire perdre six secondes de son précieux temps.

— Quelle est la cause du décès? La direction de l'hôtel semble avoir un faible pour l'infarctus, mais je crois bien que toute autre mort précoce – et naturelle – leur conviendrait pour les assurances.

— En règle générale, les victimes de crise cardiaque ne souillent pas leur fond de culotte. Je crois plutôt qu'on l'a empoisonné, mais il faudra attendre l'autopsie et l'analyse toxicologique pour être fixés.

— Merci, vieux.

John m'a salué avant de reprendre le collier.

— Tu as entendu? Du poison!

— Simple hypothèse, Kylie.

— Eh bien, j'espère qu'elle est exacte. Ce serait la première fois que je travaillerais sur un homicide par empoisonnement.

— Je peux te donner un petit conseil, à titre gratuit?

— Je t'écoute.

— Nous ne sommes pas tout seuls ici. On nous regarde. Alors tâche de paraître moins enthousiaste.

10

Rien de tel qu'un cadavre en sang pour vider une salle de restaurant. On a appris qu'au moment où Roth touchait le sol, quelqu'un avait hurlé : «Appelez le 911 !» et chacun s'était écrié : «Regardez !» Mais lorsque les deux urgentistes étaient arrivés sur les lieux, la plupart des témoins avaient disparu dans la nature.

Une chance pour nous, ça s'était produit au Regency, pas dans un Starbucks. Car Philippe, le maître d'hôtel, boutonné jusqu'au col et sincèrement désireux de se rendre utile, s'est proposé de reconstituer minute par minute le plan de salle du petit-déjeuner, du premier service à la mort de Roth.

— M. Roth avait pris place à la table 12, avec quatre autres messieurs. Deux d'entre eux sont encore ici.

Philippe nous a désigné deux trentenaires installés dans un coin, de part et d'autre d'une cafetière en argent. L'un d'eux faisait des signes en souriant jusqu'aux oreilles.

— Il n'a pas l'air d'avoir trop de chagrin. À qui fait-il signe ainsi ?

— À moi, a répondu Kylie. On se connaît. C'est un ami de Spence.

Comme nous traversions la salle, le type en question s'est levé.

— Kylie ! Je savais que tu étais flic, mais pour un hasard !

— Je te présente l'inspecteur Zach Jordan, qui fait équipe avec moi. Zach, Harold Scott.

— Mes amis m'appellent Scotty, a-t-il dit en me serrant la main.

Puis il nous a présentés à l'autre type :

— Randy Pisane. Nous prenions le petit-déjeuner avec Sid Roth quand il a été terrassé.

— Merci d'être restés, ai-je répondu. Racontez-nous ce qui s'est passé.

— Roth était en grande forme. Il nous narrait ses souvenirs de guerre. Ce mec a travaillé avec les Eastwood, Newman, Brando, tous les monstres sacrés. Même si la moitié de son baratin n'était que poudre aux yeux, je vous garantis qu…

— Scotty, l'a coupé Kylie. Si tu nous disais plutôt ce qui s'est passé ?

— Bon, je vous la fais courte. On était là quand tout d'un coup, paf ! il se redresse, se met à gerber et s'écroule de tout son poids. On aurait dit une sorte d'attaque… Il s'est ouvert la tête, il y avait du sang partout. C'était vraiment répugnant. On voit pire dans les films, mais dans la vie réelle c'est, comment dire… c'est réel. Dégueu, quoi.

— Est-ce que vous l'avez vu porter la main à sa poitrine, à son bras, à son épaule ?

— J'en sais rien. Tout s'est passé si vite… Et puis je tournais de l'œil, à cause du vomi.

— Vous voulez dire : est-ce qu'il s'est touché la poitrine comme s'il avait une crise cardiaque ? a demandé Pisane.

— C'est ça.

— Non, je n'ai rien vu de tel. Je ne suis pas médecin, notez, mais j'ai travaillé deux saisons comme scénariste pour *Les Experts: Miami*, et ce qui est arrivé à Roth m'a rappelé un épisode où l'un des personnages est victime d'empoisonnement.

— D'intoxication alimentaire ?

Pisane m'a regardé comme si j'étais un demeuré :

— Non, d'empoisonnement. De meurtre, quoi ! Vous ne regardez jamais *Les Experts : Miami* ?

— Un homicide, donc. Connaissiez-vous des ennemis à M. Roth?

Éclat de rire unanime.

— Demandez plutôt s'il avait des amis, on gagnera du temps!

— Scotty n'a pas tort. Tapez son nom sur Google : cette vieille crapule était sans pitié. Ce qui n'empêche pas que chacun rêvait de travailler avec lui, parce qu'il déplaçait des montagnes de fric.

Après les avoir remerciés, nous avons rejoint Dryden qui prenait des clichés de la table 12.

— Un des témoins va dans ton sens, John. D'après lui, les symptômes présentés par Roth juste avant sa mort corroborent la thèse de l'empoisonnement.

— Il est médecin?

— Scénariste pour *Les Experts: Miami*.

— Cette daube? Mon conseil, change de chaîne.

Philippe avait eu la présence d'esprit de ne pas débarrasser la table. Cinq assiettes s'y trouvaient toujours, ainsi que cinq tasses, cinq verres d'eau et un verre de jus de tomate, vide.

— Je vous présente Rafe, qui servait M. Roth. Peux-tu nous dire où M. Roth était assis, Rafe?

Le garçon a désigné le verre de jus.

— John, tu peux emballer et étiqueter tout ça. Et quand tu feras les analyses au labo, sois sympa de commencer par le verre.

— Sans oublier de passer la cuisine au peigne fin, a ajouté Kylie. Au cas où le projet était d'empoisonner la salle entière et que Roth soit simplement le premier à avoir testé le cocktail.

Imperceptible acquiescement de John.

— Rafe, ai-je ajouté, est-ce vous qui avez apporté à M. Roth son jus de tomate?

— Non. C'est un nouveau, un Latino. À qui j'avais demandé de leur servir le café. Roth lui a réclamé un jus de tomate, qu'il lui a apporté.

— Son nom?

— Je l'ignore. C'était son premier jour.

— Où est-il passé?

— Je n'en sais rien. Je ne l'ai plus vu. Il n'est pas en cuisine. Rentré chez lui, sans doute.

Philippe a secoué la tête:

— Il n'y avait pas de nouveau aujourd'hui. C'est une grosse semaine, j'ai tous mes serveurs réguliers, mais aucun extra. Ce type qui a servi le jus de fruits… j'ignore qui c'est.

Mon portable a sonné. Appel de Cates.

— Alors?

— On est au Regency. D'homicide probable, on est passé à meurtre plausible au premier degré, mais laissons les rats de labo relever les empreintes et tout disséquer. Nous, on rentre au bercail.

— Inutile. Vous filez aux studios Silvercup vous occuper d'un autre cadavre. Ian Stewart, l'acteur de cinéma.

— Qu'est-ce qui s'est passé?

— Il s'est fait buter.

— Des témoins?

— Oui, une centaine. Et à supposer qu'aucun d'eux ne puisse nous renseigner, on pourra toujours aller voir le film.

11

J'ai laissé mon e-mail à Philippe en lui demandant de m'envoyer les noms de toutes les personnes présentes dans la salle à manger.

— Sans oublier, en tête de liste, les deux oiseaux qui étaient avec Roth et qui se sont envolés avant qu'on arrive.

J'ai hésité à faire appel à un dessinateur de police, histoire de mettre un visage sur le serveur inconnu, sachant d'avance que ce serait du temps perdu. À quoi bon diffuser le portrait-robot d'un Portoricain semblable à un demi-million d'autres entre East Williamsburg et Spanish Harlem?

J'ai remercié Philippe et dirigé Kylie vers la sortie. Comme c'était prévisible, le trio infernal du Regency nous attendait à la porte. J'en ai profité pour leur demander si la salle à manger était équipée de caméras de surveillance. Air offusqué du directeur, un peu comme si je le soupçonnais d'avoir vissé des œilletons dans les toilettes:

— Monsieur, vous êtes au Regency. Nos clients savent qu'ils peuvent compter sur notre discrétion.

— Et l'arrière-salle? Vous avez un œil en cuisine?

— Nous l'avions, mais…

Un regard à son massif chef de cuisine.

— … mais il n'y a plus de caméras depuis deux ans, à la demande d'Étienne.

Avec un geste évocateur, le chef m'a fait comprendre qu'il n'en avait aucun regret:

— C'était intrusif et c'était perturbant.

L'ancien flic en moi aurait volontiers dit quelque chose comme : « Plus commode pour cracher dans la bouilla-baisse », mais mes leçons de tact ont refait surface et j'ai préféré dire :

— Nous aurions besoin d'une liste complète du person-nel de cuisine de service ce matin.

— Sans problème.

Sauf pour le troisième larron :

— Monsieur l'inspecteur, est-ce bien nécessaire ? S'agis-sant d'une crise cardiaque…

— Il s'agit d'une enquête de police. Et maintenant, il faut qu'on y aille. On reviendra vers vous.

— Attendez ! s'est écrié le chef. On doit servir le déjeu-ner. Dans combien de temps ce… cet…

Il désignait le cadavre de Roth étalé sur le tapis de la salle de restaurant, sans nul doute « intrusif et perturbant » à ses yeux.

— Navré de ne pouvoir faire plus vite. Nous l'emportons dans quelques minutes. Merci de votre patience.

En somme, le baratin habituel des serveurs pour s'excu-ser que le dîner commandé une heure plus tôt ne soit tou-jours pas sorti de cuisine. Mais je doute que le chef Étienne en ait goûté l'ironie.

12

Kylie a attendu d'être en voiture pour desserrer la mâchoire.

— Pour des détectives, je trouve qu'on n'a pas détecté grand-chose.

— Techniquement, il n'y a encore rien à détecter. Le seul témoin à nous avoir confirmé qu'il s'agit d'un homicide écrit des séries criminelles pour gagner sa croûte. John Dryden est à peu près certain que Roth a été empoisonné, mais il n'en jurera que lorsqu'il en aura la preuve au fond d'un tube à essai.

— Tu charries. John aurait pu appeler le labo sans attendre. Certains flics sont un petit peu trop scrupuleux, je trouve.

— Tu lui reproches d'être scrupuleux? Avant d'être un flic, ce mec est un scientifique, Kylie. Son boulot consiste précisément à…

Large sourire de Kylie, qui dégénère très vite en glousse-ment de bécasse.

— Je t'ai eu, avoue! Qu'est-ce que tu crois? Que j'ai un problème avec les flics qui font leur job à la lettre?

— Ce n'est pas ma faute si tu as la réputation de mordre les lignes jaunes…

— J'ai changé. Désormais, je suis une vraie girl-scout. Mon devoir est de respecter les règles, d'en mettre plein la vue à Cates et de faire équipe avec toi pour les deux années à venir.

Et donc de ne pas tomber enceinte.

J'ai tourné à gauche au niveau de la 59ᵉ et suis passé devant Bloomingdale's avant de traverser la 3ᵉ Avenue en direction du Queens. Le pont était au bout de la rue.

— Ce n'est pas le chemin du bureau, je me trompe?

— Cates a appelé. Une fusillade aux studios Silvercup.

— Oh! mon Dieu… Spence est là-bas.

La première fois que j'avais découvert le visage de Spence Harrington sur l'album du portable de Kylie, du temps de notre formation, il se démenait pour écrire pour la télé et Kylie l'avait plaqué. Dix ans plus tard, il est devenu producteur délégué d'une série policière à succès tournée en plein New York.

J'aimerais le haïr, mais Spence est un type bien. À l'époque, Kylie l'avait lourdé parce qu'elle débutait dans les forces de l'ordre et qu'il sniffait de la coke chaque jour de la semaine. Mais il n'était pas homme à se laisser jeter comme ça. Sans même lui en parler, il est entré en désintox. Un mois plus tard, sevré, il resurgissait et suppliait Kylie de lui accorder une dernière chance. Ce qu'elle a fait. La métamorphose de Spence fut spectaculaire. L'année suivante, ils se mariaient.

À peine lui avais-je parlé de cette fusillade à Silvercup que la flic de choc est redevenue une épouse anxieuse.

— Pas de panique, la victime est Ian Stewart. Excuse-moi, Kylie, j'avais oublié que Spence bosse à Silvercup.

Son visage s'est détendu.

— Il travaille sur une nouvelle série de première bourre. Le pilote doit être projeté mercredi soir devant le Tout-Hollywood, histoire de vanter les joies de tourner à New York. Tout à fait dans la ligne du maire.

— Autre façon de dire qu'il est dans une merde noire.

Kylie a sorti son portable et composé un raccourci.

— Salut, chéri, c'est moi. Tout va bien?

Pas besoin d'être enquêteur pour savoir de qui il s'agissait. Kylie s'est tournée vers moi.

— Spence va bien.

— Tu le salues de ma part.

— Tu as le bonjour de Zach. Dis-moi, tu es au courant qu'il y a eu une fusillade aux studios? Ah. Et pourquoi tu ne m'as pas appelée, que je ne m'inquiète pas? Un e-mail? Je n'ai pas ouvert ma boîte. La prochaine fois, appelle. Zach s'en fout.

— Je me fous de quoi?

— Comme c'est mon premier jour, Spence n'a pas voulu m'appeler. Pour ne pas déranger.

— Tu ne déranges jamais, Spence! j'ai crié.

— Nous sommes en voiture, a ajouté Kylie. On traverse le pont. Accroche-toi bien: nous sommes chargés de l'enquête sur la mort de Ian Stewart.

Long silence. Spence était seul à parler.

— Excellent conseil. Merci. Je t'aime aussi, a répondu Kylie avant de raccrocher.

— C'est quoi, l'excellent conseil de Spence?

— Il y a une rumeur insistante selon laquelle il s'agirait d'un accident. Mais il n'y croit pas.

— Et pourquoi?

— D'après lui, les trouducs dans le genre de Stewart se font rarement buter par accident.

13

Avant de devenir la Mecque du cinéma new-yorkais, Silvercup a d'abord été une boulangerie industrielle. Mais non, je ne plaisante pas. Jusqu'au début des années 1980, le nom «Silvercup White» a désigné un de ces petits pains spongieux, à consistance de guimauve, destiné à la confection de sandwichs et principalement constitué de farine, d'eau et d'air: une authentique denrée de base pour la génération de nos parents. Jusqu'au jour où, comme a cru spirituel de l'écrire un journaliste, quelqu'un s'est rendu compte qu'il y avait plus de blé à se faire dans la production de films que dans celle de pains. Trente ans plus tard, force est de reconnaître que Silvercup est devenu le plus grand ensemble de studios de tout le Nord-Est du pays. Seul vestige de l'ancienne époque, l'enseigne géante perchée sur les toits que l'on aperçoit en traversant l'East River. On s'est contenté de remplacer le mot «PAINS» par «STUDIOS».

J'ai pris la rampe de droite en sortant du pont et dépassé les entrepôts, ateliers de mécanique et autres épouvantails industriels qui ne font pas le charme de Long Island City. Trois voitures de police du 108e étaient déjà stationnées devant l'immense complexe, dans la 22e Rue. Un des flics m'a fait signe devant l'entrée principale.

Sur la zone de parking attendait Bob Reitzfeld, un ancien lieutenant de police qui passe son temps à répéter que la seule chose qu'il n'ait jamais su faire, c'est justement de ne rien faire. Une fois à la retraite, il a tâté du golf, essayé le tennis et la pêche, détesté les trois et, moins d'un an plus tard, il se faisait embaucher comme vigile à Silvercup à quinze dollars de l'heure. En deux années, il a gravi tous les échelons.

Je lui ai serré la main en sortant de voiture.

— Zach, quelle chance que tu sois là. Le maire manquait justement de lampistes à engueuler.

— Je te crois! Le premier jour d'Hollywood-sur-Hudson… Il doit être un peu contrarié.

— Pour le dire poliment. Il hurle qu'il veut rebaptiser la manifestation «Homicide-sur-Hudson».

— Parce c'est bien un homicide? Tu en es sûr?

— Le seul truc dont je sois sûr, c'est qu'on est au bord de l'East River, pas de l'Hudson. Mais ne compte pas sur moi pour corriger Son Éminence sur ce point! Il a déterré la hache de guerre.

Kylie a quitté la voiture à son tour et Reitzfeld a marqué un bref temps d'arrêt. Mais son cerveau de flic n'a pas mis longtemps à relier les fils.

— J'ai appris qu'Omar était à l'hosto. Ne me dites pas que c'est vous qui l'avez poussé, Kylie…

— Vous vous connaissez?

— J'ai en effet l'honneur de connaître Mme Spence Harrington, mais j'ai aussi beaucoup entendu parler de l'inspecteur Kylie MacDonald. Alors, vous vous plaisez au NYPD Red?

— C'est mon premier jour, mais je ne m'ennuie pas.

— Préparez-vous au baptême du feu. Le corps se trouve au studio X, à deux minutes à pied. Le temps de vous brosser le tableau.

Reitzfeld a pris aussitôt la direction de la 43e Rue, au sud du site principal, Kylie et moi à ses côtés.

— Vous connaissez la victime, Ian Stewart. Toutes les horreurs que vous avez pu lire sur son compte dans la presse de caniveau sont exactes. La cinquantaine tassée, mûr pour les rôles de pépés, mais persuadé d'être encore un don juan. Incapable de garder sa queue bien rangée dans son étui, saute sur tout ce qui bouge, pourvu que ça soit jeune – et peu importe le genre, d'après la rumeur. Tout dernièrement, il s'est tapé Devon Whitaker, qui partageait l'affiche. Lili Coburn, qui la partage aussi et qui se trouve être sa dernière épouse en date, l'a eu saumâtre. Pas plus tard que ce matin, elle est montée sur ses ergots et s'est enfermée dans sa roulotte en faisant un bras d'honneur à la prod pendant deux heures. Le réalisateur a dû passer en force avec son pied-de-biche, si vous voyez ce que je veux dire…

— Comment s'appelle-t-il? a demandé Kylie.

— Un jeune crack venu d'Allemagne : Henry Muhlenberg, dit «le Mulet», par allusion – là encore, selon la rumeur – à son anatomie plus qu'à son cerveau. Vu qu'il besognait la femme de la victime quelques heures avant le drame, ça le rend tout de suite intéressant. Mais attention, il carbure à la poudre : vous n'obtiendrez pas grand-chose de lui tant qu'il aura le nez plein de farine.

— Que s'est-il passé?

— L'armurier, Dave West, est un vieux pro. Ça fait vingt ans qu'il manipule des armes sur les plateaux. Il a donné à Lili un 9 mm SIG Pro chargé à blanc. Elle a tiré deux coups sur Whitaker, jusque-là tout va bien. Puis deux autres balles sur Ian Stewart. Mais là, comme par magie, elle a touché à mort son queutard de mari, qui la trompait à couilles rabattues. Elle continue de prétendre qu'elle n'imaginait pas tirer à balles réelles.

— Et vous pensez qu'elle ment?

— Non. Elle est restée planquée dans sa roulotte toute la matinée. Par ailleurs, même pour une montagne d'argent, jamais Dave n'aurait chargé ce flingue à balles réelles. Mon intuition, c'est qu'un type a subtilisé le chargeur.

— C'est possible, ça?

— Pas si Dave fait son boulot correctement. Mais sa femme est souffrante, ces temps-ci, et il a parfois la tête ailleurs. Le mois dernier, il a oublié de refermer une armoire à clé. J'ai dû lui tirer l'oreille, il m'a juré que ça ne se reproduirait plus. Mais je viens de vous le dire, à cause de sa femme, il n'est pas toujours à ce qu'il fait…

Nous venions d'arriver devant le hangar du studio X.

— En fait, tout ça est ma faute, a conclu Reitzfeld. J'aurais dû l'avoir à l'œil. Rien ne serait arrivé.

— Bob, il y a des milliers de gens qui bossent ici. Tu ne peux pas être responsable de tous. Tu n'as rien à te reprocher.

— Zach, je suis responsable de la sécurité. C'est-à-dire aussi des armes à feu. Que j'aie ou non quelque chose à me reprocher n'est pas la question. Quelqu'un se chargera d'y penser pour moi. C'est ça, le cinéma. La merde finit toujours par remonter à la surface.

14

Je hante les studios depuis que je suis enfant. Ma mère était maquilleuse de cinéma. Ayant décrété que j'étais trop grand pour être confié à une baby-sitter, et néanmoins trop petit pour rester seul à la maison, je la rejoignais tous les soirs, après l'école, sur le tournage d'une réclame, d'un clip ou même d'un long-métrage, et cela pendant deux ans.

Très tôt, ma mère m'a appris tout ce qu'il faut savoir pour comprendre ce milieu. Elle me disait : « Ces gens-là s'imaginent que leur caca sent la rose. Ils se trompent, mais ils aiment se l'entendre dire. »

Depuis que je suis au NYPD Red, je passe mon temps à rencontrer des gens convaincus d'être envoyés par le Ciel. J'ai appris à détecter leur odeur à plus d'un kilomètre, mais le conseil de maman m'aide à la supporter.

Le studio X de Silvercup est aussi long et presque aussi large qu'un bloc d'habitations, ce qui serait très ordinaire à Hollywood, mais qui ne l'est pas à New York.

Derrière la caméra, environ quarante personnes nous observaient enjamber les câbles, contourner les projecteurs et les chariots. Le décor représentait une salle de banquet. Les tables, disposées en demi-cercle, étaient parées d'assiettes en porcelaine, de verres en cristal et de fleurs exotiques. Sauf que tout était en plastique. Au centre de la plus grande table s'élevait une somptueuse pièce montée de cinq étages. Certainement en polystyrène, la crème au beurre supportant mal le feu des projecteurs.

— Viens que je te présente le marié.

J'ai suivi Bob sur la piste de danse. En nous voyant passer des chaussons en papier et circuler avec précaution entre les flaques de sang, une petite centaine de figurants en smokings et robes du soir, qui papotaient entre eux, se sont mis à chuchoter.

Ian Stewart était couché sur le dos. Ses traits figés gardaient trace de l'ultime émotion qu'il eût éprouvée, un mixte de surprise et d'incompréhension – mais il se peut que j'interprète. Un mort est un mort, et Ian Stewart ne l'était pas à moitié.

Une inspectrice de la Crim, Maggie Arnold, était à pied d'œuvre. Plus jeune, plus regardable et surtout plus accorte que John Dryden, elle m'a fait un grand sourire. Nous avions foulé quelques scènes de crime ensemble par le passé. Je l'ai présentée à Kylie et lui ai demandé de nous annoncer les gros titres.

— Ça tient en peu de mots, a-t-elle répondu. Il a pris deux balles de 9 mm, une dans le buffet, une dans le cou. Beaucoup de sang.

— L'armurier dit qu'il avait chargé l'arme à blanc, a fait observer Kylie.

— Je le crois. On a relevé les empreintes. Celles dont l'arme est maculée doivent correspondre à celles de l'armurier et de Lili Coburn. En revanche, le chargeur et les balles ont été soigneusement essuyés. Ce n'est donc pas l'armurier qui a manipulé l'arme en dernier.

— Donc Dave n'a pas menti, est intervenu Bob. On a changé le chargeur.

— Et ce quelqu'un se trouve peut-être encore ici, ai-je ajouté. Bob, a-t-il fallu du temps pour boucler le studio?

— Trop, je le crains. C'était la panique générale. Quelqu'un a d'abord appelé le 911. Je n'ai appris la nouvelle qu'après dix minutes, sur mon talkie-walkie. J'ai aussitôt

63

ordonné de boucler le périmètre. L'homme que nous cher- chons a eu tout le temps de s'évaporer.

— Pas sûr que ça change grand-chose, de toute façon. Si vraiment quelqu'un a changé le chargeur, il a très bien pu s'enfuir avant le drame.

— J'en doute, est intervenue Kylie, qui ne partageait pas mon analyse.

— Explique?

— Regarde autour de toi, a-t-elle ajouté en désignant le décor magnifique, les figurants costumés jusqu'aux dents, pour revenir au corps ensanglanté du comédien. C'est du grand spectacle. Qui voudrait rater ça? Je te parie cinq bil- lets que le gars qui s'est amusé à carrer des balles réelles dans l'arme n'aurait manqué la mort de Ian Stewart pour rien au monde.

Je n'ai pas parié. L'expérience me l'a suffisamment appris: à ce jeu-là, Kylie est presque toujours gagnante.

15

Afro-Américain, la cinquantaine, une fine moustache plus fournie que son crâne dégarni, Dave West avait un visage rond fait pour sourire et des yeux bruns où passaient des lueurs de tristesse et de consternation. La gentillesse, néanmoins, l'emportait sur le reste. J'ai voulu passer le témoin à Kylie, mais elle a préféré me laisser la main :

— Plus tard, Zach...

West était assis au fond du studio, un gobelet de café devant lui. Nous nous sommes présentés et je me suis assis en face. Kylie a pris place sur le côté.

— Je sais que vous êtes bouleversé. Puis-je toutefois vous poser quelques questions ?

— Tout est ma faute. J'ai merdé.

— Dave !

C'était Reitzfeld. Je l'ai broyé du regard. Il a levé les deux mains :

— Désolé. Je ne peux pas le laisser s'accuser lui-même.

— Monsieur West, ai-je poursuivi, contentez-vous de répondre à mes questions. Depuis combien de temps êtes-vous armurier accessoiriste ?

— J'ai obtenu ma licence il y a vingt-trois ans le mois dernier.

— Pour quel type d'armes ?

— Sur les plateaux, il y en a deux : les factices et les autres. Les premières sont sans danger, mais elles ne font pas très vrai. La plupart des réalisateurs préfèrent recourir à de vraies armes chargées à blanc.

— Est-ce vous qui fournissez les armes ?

— Parfois oui, parfois non. Mais j'ai le contrôle absolu des armes à blanc. Il n'y a que moi qui puisse décider que telle arme est sans danger pour le tournage d'une scène.

— Ce matin, qu'est-il arrivé ?

— Le film se passe dans les années 1940, il me fallait donc une arme d'époque : un 9 mm SIG Pro. Ce n'est pas un jouet tout neuf, mais il était en parfait état. Je l'ai nettoyé et j'ai rempli le chargeur de munitions à blanc.

— Pardon de vous interrompre, mais êtes-vous certain qu'elles étaient à blanc ?

Esquisse d'un sourire.

— Tout à fait. Comme je vous disais, ça fait vingt-trois ans que je joue au cow-boy. Pour confondre des cartouches à blanc et des balles réelles, il faut le vouloir. Vous êtes flic, vous devez savoir ça. Il n'y a pas de projectile dans une cartouche à blanc. Celles dont je me servais avaient un étui bourré de coton rouge. Tout à fait inoffensives, à moins de tirer à bout portant. Mais j'en avais parlé au réalisateur et je savais que Lili tirerait à trois bons mètres.

— À quel moment avez-vous placé les cartouches dans le magasin ?

— Vers 9 heures, 9 h 15. Le tournage était prévu à 9 h 30, mais nous avons eu un souci avec Lili, si bien que nous sommes restés deux heures à nous tourner les pouces.

— Pendant ce temps-là, où se trouvait l'arme ?

Petite hésitation.

— Dans le coffre portatif.

— Que vous aviez fermé ?

Sa lèvre supérieure s'est mise à trembler, ses yeux à se mouiller.

— Je l'avais posé sur la table à accessoires. J'étais sûr que le tournage allait reprendre d'une minute à l'autre.

— Croyez-vous que quelqu'un ait pu s'introduire ici et toucher à cette arme?

— Voyez où nous sommes. Dans le jargon, c'est la «salle d'accessoires». Sauf que ce n'est pas une salle. Il n'y a ni murs ni porte, c'est ouvert à tous vents, la table de tournage n'est qu'à cinq ou six mètres. Le premier venu aurait pu mettre ses pattes sur n'importe quoi, mais j'étais assis juste à c...

Pas difficile de comprendre pourquoi il ne pouvait finir sa phrase.

— Combien de temps avez-vous quitté l'arme des yeux?

— Deux ou trois minutes. Peut-être cinq...

— Et combien de temps faut-il pour intervertir deux chargeurs?

— Cinq secondes. Mais pourquoi faire une chose pareille?

— Admettons que quelqu'un l'ait fait. Comment sait-on à l'avance quel type de chargeur sera dans le magasin?

— Grâce aux notes de production. Tout ce qui se fait ici est inscrit noir sur blanc sur un document distribué à tout le monde. Le SIG Pro figure sur la liste des accessoires depuis la préproduction. N'importe qui pouvait le savoir.

— Quelle heure était-il quand vous avez remis l'arme à Mme Coburn?

— Je dirais 11 h 30.

— Avez-vous vérifié que c'était la bonne?

— Bien sûr. J'ai vérifié le numéro de série, ôté et vérifié le chargeur, mais...

Incapable de poursuivre, il a pris une gorgée de café froid.

— Mais quoi?

— Sur un chargeur de SIG Pro, on ne peut voir que les deux premières cartouches. Elles avaient le bout rouge. Comment aurais-je pu soupçonner que les autres étaient vraies? J'ai manqué de scrupule. Comme un imbécile...

— Mme Coburn a fait feu. Que s'est-il passé ensuite?

— Elle a tiré deux balles sur Devon Whitaker, la mariée. Bang, bang! Comme indiqué dans le script. C'est donc

Devon qui s'est pris les blanches. Les poches de faux sang se sont percées et elle s'est effondrée. Ensuite, Lili a tiré deux autres balles sur Ian. Au bruit, j'ai tout de suite compris. Les balles à blanc ne produisent pas cet écho. Je suis resté pétrifié. Alan, le gars des effets spéciaux, s'est précipité pour arracher l'arme des mains de Lili, mais hélas…

Il a enfoui son visage dans ses paumes et s'est mis à pleurer en silence, le corps secoué de sanglots.

Une chose était certaine : Dave West n'était pas un assassin. Pigeonné par un tueur sans scrupule, c'était lui qui portait le chapeau. Sa femme était souffrante, nous avait dit Reitzfeld. Or pas une fois il n'y avait fait allusion pour nous apitoyer ou se trouver des excuses. Il s'était laissé distraire un instant de sa mission sacrée et ne demandait qu'à reconnaître son erreur et à en assumer les conséquences.

Il a relevé la tête et m'a regardé au fond des yeux. J'étais malheureux pour lui.

— Allez-y, a-t-il dit en plaçant ses mains dans son dos. Chacun son boulot.

— Dave West, vous êtes arrêté pour homicide par négligence sur la personne de Ian Stewart.

Puis je lui ai lu ses droits. Jamais je ne m'étais senti aussi écœuré de procéder à une arrestation. Quelque chose la rendait pire encore, qui me nouait les tripes. Kylie avait raison. La mort de Ian Stewart était trop bien réglée pour que l'assassin eût manqué le spectacle. Celui ou celle qui avait remplacé d'inoffensives cartouches par des balles mortelles se trouvait dans ce studio en ce moment même et me regardait passer une paire de menottes aux poignets d'un innocent.

16

Peut-être pensez-vous qu'une personne attentive, observatrice, loquace qui plus est, a toutes les qualités requises pour être le témoin idéal. C'est exact. À condition que cette hyperacuité ne soit pas due à la cocaïne.

Henry Muhlenberg, jeune réalisateur vedette, n'avait rien à nous apprendre. N'étaient ses pupilles dilatées et ses reniflements, il suffisait d'une question pour comprendre qu'il était trop shooté pour nous être d'une quelconque utilité, et cette question était :

— Pouvez-vous nous expliquer ce qui s'est passé ?

À cela, Muhlenberg répondit avec le débit d'une lance à incendie :

— Ce qui s'est passé, c'est que quelqu'un a chargé l'arme avec de vraies balles et bang ! Lili dézingue Ian, il clamse, et je clamse par la même occasion, si vous voyez ce que je veux dire, elle aurait tout aussi bien pu me tirer dessus car je suis mort, foutu, *kaput.*

Inarrêtable. On a préféré le planter là et chercher dans une autre direction.

— Il n'était pas aussi murgé tout à l'heure, nous a appris Reitzfeld. Il a dû vouloir se débarrasser de la cochonnerie qu'il avait sur lui avant l'arrivée des flics. Et plutôt que de la jeter aux waters…

— Laissons tomber Muhlenberg, a dit Kylie. Le vrai boss, le voici.

Shelley Trager, rare spécimen de producteur ayant réussi à se faire des couilles en or à New York, venait de faire son entrée dans le studio X. Ce gamin juif s'est fait une place à coups de poing dans le quartier irlandais de Hell's Kitchen, avant de s'aiguiser les neurones sur l'océan du showbiz où l'ego tient lieu de sextant. Il est le seul, dans son milieu, à pouvoir dire : « À Hell's Kitchen, ils vous auraient planté un poignard, et pas dans le dos. »

Beau à se damner dans son jeune âge, il mène, depuis qu'il frise la soixantaine, un combat perdu contre la balance et contre la calvitie. Sa réputation, en revanche, n'a fait que grandir. Au point d'être devenu, de l'avis commun, l'un des rares « types bien » de la société du spectacle. Sa boîte, Noo Yawk Films, a fourni du travail à des dizaines de milliers d'acteurs, de scénaristes et de professionnels qui, sans lui, seraient encore sur liste d'attente.

Vieux copain du maire, Trager est l'un des plus fervents supporters de sa campagne de séduction en direction de Hollywood. Et, depuis qu'il détient une part des studios Silvercup, ce qui est bon pour New York est bon pour lui.

— Zach !

J'oublie de dire que je l'ai rencontré l'année dernière, lorsqu'on m'a demandé de le débarrasser d'un fada qui faisait le siège d'une de ses starlettes. Il se rappelait parfaitement qui j'étais.

Kylie, bien sûr, le connaît personnellement. Pour autant, ni bises ni familiarités, mais un discret salut de la tête de part et d'autre. Retour au business :

— Puis-je vous être utile ?

— L'armurier pense que quelqu'un a remplacé les munitions à blanc par des balles réelles. Pour commencer, il nous faudrait les noms de toutes les personnes présentes sur le tournage. Je sais qu'ils sont payés à l'heure, néanmoins je vous demanderai de ne laisser sortir personne dont nous n'ayons préalablement recueilli les déclarations.

— Entendu. Quoi d'autre ?

— On nous a dit que toute la scène a été filmée. Nous voudrions la visionner.

Trager a mis plus de temps à répondre, mais il a fini par acquiescer :

— À une condition : seulement par la police. Ensuite, je veux que cette prise de vue soit mise sous scellés. Pas question de la retrouver sur YouTube.

— Merci.

— On m'a dit que vous veniez d'arrêter Dave West. Était-ce indispensable ? Sa femme est au plus mal.

— Il le fallait. Je ne pense pas que le procureur l'accablera. Néanmoins, il aura besoin d'un avocat.

— Je viens d'en prendre un pour lui. Perry Keziah. Vous le connaissez ?

Qui ne connaît Perry Keziah ? Ce n'est pas un simple avocat : c'est le meilleur. Dave serait de retour à la maison pour le dîner.

— Vous permettez ?

Trager s'est avancé jusqu'au-dessus du corps de Ian Stewart. Tout s'est arrêté. Plus un bruit sur le plateau. Les regards étaient braqués sur lui. Tête baissée, il récitait des lèvres une prière muette. Puis il est revenu vers nous et a dit :

— C'est une véritable tragédie. Mais si ce qu'on dit sur la mort de Sid Roth est exact…

Une pause, comme si les mots qu'il s'apprêtait à prononcer allaient prendre réalité. Puis il a repris très bas :

— Si donc cette rumeur est fondée… alors il s'agit d'un complot.

17

Kylie et moi sommes restés comme deux ronds de flanc, à laisser infuser en nous les derniers mots prononcés par Trager. Un producteur de premier plan retrouvé mort ce matin : probable homicide. Une tête d'affiche abattue quelques heures plus tard : probable homicide. Peu ordinaire coïncidence – mot inconnu de la police criminelle.

— On dirait que j'ai fait mouche, a commenté Trager.

Kylie l'a dévisagé.

— Que voulez-vous dire ?

— Vous n'êtes pas des champions de poker. Rien qu'à voir vos têtes, je devine que Sid Roth, qui avait dix ans de moins que moi et était en bien meilleure forme, n'a pas pu flancher le premier jour d'Hollywood-sur-Hudson. La rumeur est donc exacte, ce n'est pas un infarctus. Empoisonné ?

— Shelley, vous savez bien qu'on ne peut rien vous dire.

— Pas grave. Le maire pourra, lui. C'est grâce à moi qu'il attire dans ses filets un millier de gros poissons d'Hollywood. S'il estime que les neuf cent quatre-vingt-dix-huit encore en vie courent le moindre danger, c'est moi qu'il appellera.

Et de sortir son téléphone.

— Rangez ça. On attend les résultats du labo, mais tout porte à croire que Roth a été empoisonné.

— Si je tenais le salopard... Un serial killer ?

— On n'en sait encore rien, ai-je répliqué. Si ce n'est que les deux hommes étaient dans le show-biz, tout sépare les deux affaires. Ce seront deux enquêtes distinctes.

— Ce qui signifie que nous allons devoir interroger Lili Coburn, a ajouté Kylie.

— Pas tout de suite. Elle est en état de choc.

— Comme tous les témoins d'un meurtre. Nous saurons trouver les mots.

— Elle est dans sa caravane. Je vous y conduis.

L'état de choc de Lili Coburn était moins sévère qu'annoncé. Elle grillait une cigarette en absorbant le contenu incolore d'un grand verre, sans doute pas de l'Évian. Shelley nous a présentés sans faire mention de Spence Harrington, grâce auquel il connaissait Kylie. Il s'est contenté de lui dire que nous souhaitions l'interroger au sujet du «tragique accident».

— J'ignorais que l'arme était chargée, a répondu – ou plutôt déclamé – Lili.

On aurait dit qu'elle venait de consacrer l'après-midi à répéter ces mots et qu'une caméra s'était mise à tourner à l'instant précis de notre irruption.

— Tu sais que ce sont les paroles d'une chanson, ça? a rigolé Trager.

Elle a souri. Évidemment qu'elle le savait. J'ai enchaîné :

— Nous comprenons votre douleur, madame. Pouvez-vous nous expliquer ce qui s'est passé?

— Je ne vais pas vous raconter de salades. Je me suis mal conduite. J'ai fait lanterner la prod toute la matinée parce que j'étais furieuse après Ian. Il me trompait tant qu'il pouvait. Je ne peux pas jouer les étonnées : la première fois que j'ai couché avec lui, il était marié. Et quand je l'ai épousé à mon tour, c'était en connaissance de cause. Il me trompait? Je regardais ailleurs. Mais cette fois, c'était la goutte d'eau. Qu'avait-il besoin de baiser la fille avec laquelle lui et moi étions sur le point de tourner? Sans compter que cette putain s'est empressée de le crier sur les toits. Pas peu fière d'elle, on aurait dit qu'elle venait de décrocher la timbale!

Lili a sifflé un grand trait avant de poursuivre :

— Sachant combien Ian misait sur cette scène, j'ai joué les divas. J'ai refusé d'apparaître. Histoire de le faire suer un petit peu.

— Qu'est-ce qui vous a tout de même convaincu de tourner la scène ? a demandé Kylie.

— Vous êtes très mignonne… Me poseriez-vous la question si vous ignoriez la réponse ? Le réalisateur est venu me trouver. Disons qu'il s'est montré persuasif. En tout cas, il m'a convaincue.

Nouvelle gorgée de liquide.

— Sacrément convaincue, même.

— En arrivant sur le plateau, étiez-vous toujours aussi remontée contre votre mari ?

— À votre avis ?

— N'étiez-vous pas gênée du fait que sa liaison avec Devon Whitaker était sur toutes les lèvres ?

— Pas le moins du monde, mon chou. La seule chose qui puisse me gêner, c'est ma gaine quand elle remonte. Sous les regards de tous ces figurants qui cancanaient, oui, je me suis sentie humiliée. Mais mes sentiments et mes actes sont deux choses différentes. Bref, l'accessoiriste m'a tendu l'arme. Si j'avais su qu'elle contenait des balles réelles, croyez bien que j'aurais tiré sur Ian en premier, avant de vider le chargeur sur Devon Whitaker. C'est quand même elle qui s'est vantée devant toute l'équipe de s'être fait sauter par mon mari.

— Merci de votre témoignage. Et encore toutes nos condoléances.

— J'ai appelé Sebastian, le frère de Ian, qui vit à Londres. La famille est d'accord pour qu'une cérémonie ait lieu à New York, pour son public. Ensuite, ils souhaitent que le corps soit rapatrié le plus tôt possible.

— Le médecin légiste devrait avoir conclu l'autopsie demain ou mercredi. Sa famille pourra réclamer le corps ensuite.

— Merci, a dit Lili en vidant le verre. Shelley, veux-tu rester après le départ de nos amis?

Invitation à déguerpir que nous avons reçue cinq sur cinq.

— Si nous cherchions quelqu'un avec un mobile, le sien crève les yeux.

— C'est une chienne, je te l'accorde, mais elle est innocente, m'a répondu Kylie. Ian Stewart était un coureur de jupons de niveau international et Lili le savait très bien. Il l'avait trompée trop souvent pour qu'elle s'en étonne. Elle rêvait certainement de prendre sa revanche, mais plutôt sous la forme d'une jolie babiole en turquoise dans un écrin Tiffany, pas d'un cadavre. Elle n'y est pour rien.

— Vraiment? Quel poète a dit: «L'Enfer n'a pas pire Furie qu'une femme humiliée»?

— Je l'ignore, mais il ne pensait pas à elle. Dans ce milieu, la plupart des gens couchent à droite, à gauche. Mais pour eux, l'adultère n'est pas un mobile criminel. C'est juste un mode de vie.

18

Le Caméléon en aurait hurlé. Tout s'était déroulé à merveille, jusqu'à l'irruption de ces deux flics qui lui avaient chipé la vedette.

Son téléphone vibra. Encore un texto de Lucy. «Ian è LE suG sur Twitter. Bravo. É22 T1Kdor.»

Il avait en horreur ce jargon infantile. Bien sûr, il lui était arrivé de taper «PTDR» et autres «LOL», mais celui-là manquait à son lexique. Il lui fallut un petit moment pour déchiffrer: «Et de deux. T'es un cador.»

En effet. Mais il était mécontent. Il avait interverti les chargeurs, conformément au script. L'armurier avait tendu l'arme à Lili Coburn, conformément au script. Ian Stewart baignait dans son sang, conformément au script. Mais la scène suivante était celle qu'il avait attendue depuis le matin. La pierre d'angle de son scénario:

```
INT. HANGAR - STUDIOS SILVERCUP - JOUR

Les enquêteurs interrogent les figurants. LE
CAMÉLÉON attend son tour. Il n'ignore rien
du corps d'élite appelé «NYPD Red». Il se
fait une joie de les braver en combat singu-
lier. Bien sûr, ils vont lui tendre toutes
sortes de pièges, mais il est prêt. Ils sont
malins. Il l'est deux fois plus.
```

En rédigeant le scénario, le Caméléon n'avait aucune idée de l'identité des enquêteurs en question. Tout ce qu'il savait, c'est qu'il y aurait un cadavre au sol, qu'il en serait l'assassin et qu'il devrait répondre aux questions de deux flics d'élite, les yeux dans les yeux. Qu'il déjouerait leurs pièges les plus flagrants. Le grand jeu!

Mais rien de cela ne s'était produit.

Les deux enquêteurs s'étaient entretenus avec ce barjot de réalisateur et étaient repartis avec Shelley Trager. Repartis! Il aurait voulu leur crier: «Eh, je suis l'assassin! Suspectez-moi! Cuisinez-moi! Pensez un peu au public, merde! Vous n'avez aucun sens du spectacle?»

Mais non, ils avaient quitté les lieux, et c'était aux questions affligeantes d'une poignée d'abrutis en uniforme bleu pétrole qu'il avait dû répondre. Lui, le Caméléon, dans le même sac que quatre-vingt-dix-neuf autres figurants dont pas un ne méritait d'apparaître deux secondes à l'écran!

Vibration. Nouveau texto de Lucy: «G faim 2 glace OKKO. Pense AHT. Je T'M. G le feu OQ.»

Sourire. «J'ai le feu au cul»: son texto préféré. Du coup, il allait devoir se presser un peu. Si Lucy avait mieux lu le script, elle aurait vu qu'il comptait dire «É23» avant la nuit.

19

— Jusqu'à nouvel ordre, déclara Cates, l'effectif au complet est en mission permanente. En d'autres termes : NYPD Red sur le pont vingt-quatre heures sur vingt-quatre. Effet immédiat. Il y a des douches dans la salle de gym, ceux qui insisteraient pour dormir trouveront des couettes au quatrième.

Il était 17 heures et nous étions tous de nouveau réunis dans la salle de brief. Les mines étaient plus sombres que neuf heures auparavant.

— Depuis ce matin, nous avons deux meurtres de personnalités sur les bras. Sid Roth, un producteur de L.A. venu dans le cadre de la semaine Hollywood, s'est écroulé en prenant son petit-déjeuner au Regency. Le labo a décelé des traces de fluoroacétate de sodium dans son verre de jus de tomate et le légiste vient de me confirmer que le même poison a été retrouvé en grande quantité dans le corps de M. Roth. Un seul profil intéressant : un homme d'environ trente ans, latino, en tenue de serveur. C'est un peu vague pour commencer, et puisque ce suspect était déguisé, il est également possible, s'il est blanc, qu'il se soit maquillé. On n'a pas retrouvé d'empreintes sur les cafetières qu'il a tenues en main. Les seules traces papillaires relevées sont celles de la victime, sur le verre. Quelques heures après ce meurtre, Ian Stewart a été abattu aux studios Silvercup avec une arme qui aurait dû être chargée à blanc. Environ cent cinquante personnes travaillaient dans ce hangar, qui toutes auraient pu remplacer ces munitions par des balles réelles. Pour information, soixante-trois sont des femmes. Mais personne ne doit être écarté de l'enquête au motif de son âge, de ses origines ou de son sexe. Par ailleurs, rien n'interdit de penser que quelqu'un ait pu s'introduire sur les lieux. Pour le moment, les déclarations des uns et des autres se résument à un bon gros point d'interrogation. Et si vous êtes en train de vous demander combien d'entre eux ont une expérience dans l'hôtellerie-restauration, la réponse est 100 %, puisqu'ils sont tous figurants. Les éléments dont nous disposons ne permettent d'établir aucune connexion apparente entre Roth et Stewart. Ils n'ont jamais travaillé ensemble, mais si l'on en croit la fameuse théorie des six degrés de Kevin Bacon, il n'est pas absurde de postuler qu'au moins une personne ayant travaillé avec les deux les haïssait suffisamment pour les avoir tués le même jour. À ce stade, aucune signature ne permet de relier les deux meurtres, mais je vous avoue qu'avec deux cadavres dès le premier jour du festival, c'est un peu le cadet de mes soucis. Partons du présupposé que quelqu'un s'amuse à cibler des personnalités et qu'il n'a pas prévu de s'arrêter. Comme je viens de l'expliquer au maire, notre unité n'était pas en mesure d'empêcher un faux serveur de mettre du poison dans un verre ou je ne sais qui de charger une arme de théâtre dans un hangar surpeuplé. Le maire aurait préféré m'entendre dire autre chose, mais il ne le conteste pas. Quoi qu'il en soit, nous sommes désormais en alerte rouge. Ce qui signifie que nous devons, que nous allons empêcher toute nouvelle tentative. Ce soir, un raout monstre doit avoir lieu au Radio City Music Hall. C'est le vrai coup d'envoi d'Hollywood-sur-Hudson, toutes les huiles seront là. Le maire sera là, le gouverneur sera là, les paparazzi seront là, le public sera là. Et nous serons là aussi. C'était prévu, mais ce qui ne l'était pas, ce sont les renforts : détecteurs de métaux et scanners corporels à chaque entrée, renifleurs d'explosifs de la brigade canine, couverture aérienne, plus trois cents agents supplémentaires dans les rues. Le poste de commandement de la 6ᵉ Avenue sera placé sous les ordres de l'inspecteur Zach Jordan. Tous les autres, vous serez mêlés à la foule. Sauf l'inspecteur MacDonald, qui opérera dans le théâtre, en tenue un peu moins ordinaire. Je suppose que vous l'aviez prévu ainsi?

— Oui, capitaine. Mon mari et moi avons reçu une invitation.

— Parfait. Vous nous faites faire l'économie d'une robe de soirée. Voilà, vous savez tout. Un maboul se promène en liberté. Coffrez-le-moi. Rompez.

20

Le Caméléon gisait sur les draps froissés, les bras en croix. Il avait réglé l'angle et la vitesse du ventilateur pour jouir d'une douce brise sur son corps nu.

Les yeux au plafond, il ferma les paupières et tenta de se concentrer sur sa respiration, inhalant profondément, expirant lentement, dans un effort pour empêcher son cerveau de ruminer la scène à venir. Mais la méditation n'était pas son fort.

D'ailleurs, son téléphone venait de vibrer contre le placage en bouleau de la table de nuit Ikea. Prenant appui sur un coude, il s'en saisit pour lire : «CTXtra. Biz Lucy.»

Extra, en effet. Et lorsqu'il s'était retourné, épuisé, elle avait sauté du lit pour filer à la cuisine. Nue, avec son téléphone. Lui envoyer des textos à six mètres de distance, c'était tout elle. Et c'est pour ça qu'il l'adorait. Lucy était la fille la plus brillante qu'il eût jamais connue, ce qui ne l'empêchait pas de faire des choses absolument idiotes.

Il lui répondit par texto : «Pareil. Et ma glace?»

Réponse quelques secondes plus tard : «Je creuse.»

Il se redressa sur le lit pour mieux la voir creuser la crème glacée.

Il l'avait rencontrée au Paris Theatre, l'une des dernières salles à écran unique de New York. Elle n'y vendait pas des glaces mais du pop-corn.

— Vous devez être un fan absolu de Hilary Swank, lui avait-elle dit en pelletant dans un bac de pop-corn encore chaud, au lieu de lui servir un sachet prérempli.

— Non, pas vraiment.

— C'est pourtant la troisième fois que je vous vois cette semaine. C'est le pop-corn qui vous fait cet effet?

Il avait ri :

— Vous vous rappelez cette scène, au début du film, où le type au bar veut cogner la fille, qui le repousse? Eh bien, ce type, c'est moi.

— Sans blague? Vous jouez dans le film projeté actuellement ici, au Paris? Tenez, pour la peine, je vous fais le sachet moyen pour le prix du petit.

— Merci.

En fait, il s'en fichait. Son pop-corn était infect. S'il persistait à en acheter, c'était pour avoir l'occasion de lui parler.

— Je peux vous poser une question? Pourquoi restez-vous jusqu'à la fin du film, si vous n'apparaissez qu'au début?

— Parce que je suis dans le générique de fin. «La brute au bar : Gabe Benoit.» C'est mon nom.

— Enchantée, Gabe! Je me présente : «La brute au pop-corn : Lucy Carter»!

Il était revenu deux fois encore et avait attendu qu'elle ait fini son service. Puis ils avaient marché jusqu'au Carnegie Deli, sur la 7e Avenue, pour savourer un de leurs fameux sandwichs, le «Woody Allen», une tour de trente centimètres entrelardée de corned-beef et de pastrami, idéale pour se boucher les artères.

— Imagine que tu sois devenu assez célèbre pour que l'on donne ton nom à un sandwich. Ça serait cool, hein?

— J'ai mieux : une moitié de sandwich à mon nom, l'autre moitié à ton nom.

Puis ils avaient pris le métro pour boire un café dans l'appartement de Lucy, au sud de l'île.

— Je t'ai menti, lui avait-elle dit sitôt la porte fermée. Je n'ai pas de café.

— Qu'est-ce que tu as d'autre?

Elle avait ôté son T-shirt et quitté son jean. Son corps était magnifique. Lucy était une de ces filles qui sont plus belles à poil qu'habillées. Épaisse chevelure auburn, regard bleu à s'y noyer, et une peau crémeuse jusqu'aux orteils, lesquels étaient peints en rose.

— Ton corps est le plus beau que j'aie jamais vu.

— Tu me fais marcher.

— Pas du tout. Je le pense.

— Merci. La plupart des mecs préfèrent les seins en ballons de volley. Les miens sont calibrés pour le tennis.

— Ils sont parfaits.

— Comme dirait ma mère : «La taille idéale d'un sein, c'est quand il peut remplir une coupe de champagne.»

Le lendemain soir, il lui avait offert deux coupes en baccarat. Depuis, elle s'en servait pour tout : le Coca Light, les M&M's, les graines de tournesol, n'importe quoi. Jamais on ne lui avait fait plus beau cadeau.

À l'instant même, elle venait de les remplir de crème glacée et sortait de la cuisine en ondulant, un verre dans chaque main. Elle lui en tendit un et se laissa choir près de lui.

— Vas-y, dit-elle en plongeant sa cuillère dans la crème. Raconte.

Ça faisait partie de leur contrat. De retour à la maison, il était convenu qu'il partage avec elle les meilleurs moments de sa journée. Il lui rapporta donc ses hauts faits. Lucy buvait littéralement ses paroles, dans les plus horribles détails. Puis vint le feu roulant des questions. Quels vêtements portait Roth? Blazer et chemise jaune, sans cravate. Qu'avait-il fini par commander? Saumon fumé et toasts. Y avait-il des stars dans la salle? Pas d'autre que moi.

À court de questions, ils firent de nouveau l'amour. Puis Lucy se fit une joie de l'écouter se plaindre de tout ce qui était allé de travers.

— Deux inspecteurs du NYPD Red sont arrivés. Quiconque avait échangé les chargeurs pouvait encore se trouver sur place, ça tombait sous le sens. On pouvait donc s'attendre à ce qu'ils m'interrogent. Mais non. Ils sont repartis les mains dans les poches et j'ai dû répondre aux questions d'un jeune flic chino-japano-coréo-je-ne-sais-quoi...

— Ne sois pas raciste! C'est mal. On dit: asiatique.

— Justement, je croyais les Asiatiques supérieurement doués. Mais ce gars-là était débile. Il m'a demandé des trucs comme: «Vous êtes-vous approché de la table à accessoires?» C'est tout juste s'il ne m'a pas dit: «Est-ce vous qui avez chargé l'arme ayant servi à abattre Ian Stewart?» Que veux-tu répondre à ça! Il m'a regardé dans le blanc des yeux et il a décidé de ne pas se fatiguer pour moi. Du genre: trop nul pour l'avoir tué. Rien qu'un de ces figurants payés deux cent vingt-cinq dollars pour marmonner «bla-bla-bla» en arrière-plan du matin au soir. Veux-tu que je te dise, Lucy? Le plus raciste des deux, c'était lui.

— Pas grave... Ce soir, tu vas leur montrer qui est la vraie star. Tu vas leur en jeter plein la vue! J'ai préparé ton costume et ton maquillage.

— Merci.

— Gabe...

À son ton de voix, il devina ce qui allait suivre.

— Non, Lucy. Pas question. Pas cette scène. C'est trop dangereux. Tu ne viens pas avec moi.

— S'il te plaît! Si tu crois que c'est marrant de rester ici à ne pas savoir ce qui se passe...

— Tu n'as qu'à mettre la télé. C'est retransmis sur la E!

— Mais j'aurais voulu regarder avec toi...

— Enregistre sur le lecteur DVD. On regardera ensemble quand je serai de retour.

Elle, tête baissée, voix boudeuse:

— Ce sera moins drôle...

Il plongea son doigt dans la crème chocolatée et lui barbouilla gentiment le téton gauche. Puis il se pencha sur elle et lentement, sensuellement, promena sa langue sur son sein, jusqu'à la pépite de chocolat, qu'il suça. Lucy se tortilla de plaisir.

— Je te promets que tu auras ta scène, dit-il. Mais pas celle-ci, c'est trop risqué.

— Promis?

— Juré.

Elle l'embrassa.

— Tu auras faim en rentrant?

— Je rapporterai des pizzas. Tu n'as qu'à nettoyer les coupes.

— Pour quoi faire?

— Pour prendre le champagne, répondit-il en embrassant l'autre sein. À tout à l'heure.

21

Kylie et moi étions dans nos bureaux du troisième. Et par «bureaux», j'entends ce demi-terrain de football, grisâtre et haut de plafond, meublé de deux longues rangées de tables fonctionnelles peu ou pas compartimentées, sans aucune intimité.

Si le métier de flic a ses avantages, les installations luxueuses n'en ont jamais fait partie.

— Cates t'a placé d'un côté, moi de l'autre. Ça t'ennuie si on se rapproche?

Une seconde, j'ai cru que Kylie plaisantait, mais non. Pour elle, travailler en équipe, ça veut dire côte à côte, autant que possible.

— Pas bête. Faisons ça.

— Je n'en reviens toujours pas: mon premier jour au NYPD Red... et en robe du soir!

— Pas un mot à Omar. Il risquerait d'être jaloux.

— Et quand je vais devoir expliquer à Spence que je porte un micro... Qu'est-ce que je vais bien pouvoir lui raconter?

— Justement, il te servira de couverture. Tu pourras communiquer avec moi, tout en ayant l'air de poursuivre une conversation tout à fait n...

D'abord, le cliquetis de ses talons sur le carrelage. Puis sa silhouette qui s'approche de mon bureau. Cheryl Robinson. Elle a vu que je l'avais vue et m'a souri – pour la deuxième fois de la journée – de ce sourire carnassier qui vous illuminerait le hangar le plus glauque.

— Salut, Zach. Ta nouvelle équipière, l'inspecteur Mac-Donald?

Elles se sont serré la main. Je n'avais aucune raison de me sentir mal à l'aise, mais j'ai tâché de n'en rien montrer.

— Cheryl Robinson, psychologue.

— Kylie MacDonald, à l'essai. J'espère que vous n'êtes pas venue me triturer le cerveau, je crains qu'il soit indisponible; d'autant que je dois rentrer m'assurer que ma robe de soirée couvre bien mon holster à la cheville.

— Je vois: vous êtes chargée de surveiller la foule au Radio City Hall?

— Je serai même en plein dedans, a précisé Kylie. Ce qui ne change rien à mon programme, par ailleurs: j'ai le bonheur d'être mariée à un producteur télé. Sauf que là, je suis payée pour. Et, avec un peu de bol, Zach et moi mettrons le grappin sur notre premier cinglé. Coup double. Heureuse d'avoir fait votre connaissance, Cheryl, mais je dois vraiment rentrer m'habiller.

— Bonne chance!

Nous l'avons regardée s'éloigner.

— Je ne sais pas si tu as remarqué, mais Kylie prend son métier très à cœur.

Cheryl s'est contentée d'acquiescer.

— Dites donc, doc, pour une visite à domicile, vous n'êtes pas très bavarde…

— Je ne suis pas en service. Et c'est toi que je suis venue voir. Personnellement.

— Ah… bien, je t'écoute.

Malaise persistant. Inexplicable.

— Nous avons pris un café ensemble ce matin. Une dure journée nous attendait l'un et l'autre. La mienne s'est bien passée. Grâce à toi. Je voulais te remercier du conseil que tu m'as donné.

— C'était un bon conseil. J'aurais aimé le trouver moi-même.

— Je sais, je te l'ai donné la première. Mais c'est toi qui m'as aidée à l'entendre. Merci pour ça.

— Pas de quoi.

— Puisque je suis là, raconte un peu : comment ça va, la dynamique d'équipe ?

— Super, on vient d'avoir deux homicides en moins de huit heures. À supposer que je veuille me pencher sur mon passé, je n'en trouverais même pas le temps.

— Chaque chose a son bon côté, à ce qu'on dit. Si ça se trouve, tu vas passer une excellente nuit de sommeil.

— Ça m'étonnerait, on est en alerte rouge ce soir. À la tournure que prennent les événements, je ne suis pas près d'enfiler mon pyjama.

Elle m'a refait son sourire à un million de dollars.

— Dans ce cas, à demain matin pour le café ?

22

La police de New York dispose de dizaines de postes de commandement mobiles. Celui qui se trouvait garé au coin de la 50ᵉ Rue et de la 6ᵉ Avenue est à la fois le plus gros et le plus sophistiqué de la flotte. Ce centre nerveux sur roues, seize mètres de long, deux millions pièce, est un condensé de technologie américaine, britannique et israélienne. Nous l'avons affectueusement surnommé Goldorak.

— Toute cette quincaillerie pour pincer un seul type, a soupiré Cates d'un ton incrédule.

— À supposer qu'il soit seul.

Cates avait troqué ses vêtements civils pour sa grande tenue. Elle faisait un crochet avant de passer le reste de la soirée à portée d'aboiements du maire de New York qui avait exigé – je cite – d'être «tenu informé minute par minute des putains d'opérations».

— Je viens de parler avec Mandy Sowter, des relations publiques. Ian Stewart fait les gros titres sur toutes les chaînes. La grande presse évoque encore «un tragique accident qui fait l'objet d'une enquête», mais les tabloïds ne se gênent pas pour titrer à qui mieux mieux sur la « femme jalouse qui abat son mari devant plus de cent témoins».

— Techniquement, tous sont dans le vrai.

— Les résultats de l'autopsie de Roth n'ont pas été rendus publics. Personne ne peut encore faire le lien avec Stewart. Mais les blogs reprennent l'info de TMZ sur l'empoisonnement et les réseaux sociaux crépitent de rumeurs sur un serial killer. Et malgré ça, quel attroupement... À croire que la menace ne dissuade personne de fouler un tapis rouge.

— Tous des fans endurcis. Si leur star favorite doit être abattue ce soir, ils veulent être aux premières loges.

— Quitte à se prendre une ou deux balles perdues?

— Il leur en faudrait davantage.

Cates partie, je me suis installé à la console avec Jerry Brainard, un opérateur civil qui connaît chaque millimètre des mille kilomètres de fibre de notre Goldorak.

— Ma collègue est censée se trouver dans le hall. Tu as de l'image?

Brainard a connecté la caméra correspondante et zoomé sur Kylie. Elle portait une robe en soie crème à damner un séminariste, serrée à la taille, évasée à la base : le must absolu pour les femmes qui préfèrent porter le holster à la cheville. Je n'aurais pas su dire le nom du couturier, mais celui du beau mec qui l'accompagnait m'était connu : Spence Harrington.

J'ai pris le micro.

— De commandement à Yankee 1.

Grand sourire sur son visage, mais énergique protestation de la tête : le nom de code que je lui avais assigné n'avait pas l'heur de lui plaire.

— Yankee 1, j'écoute.

— Alors, ce spectacle?

— C'est quasiment l'état de guerre, ici. Il y a presque plus de flics que de Rockettes[1]. J'ai repéré des détecteurs de métaux, de particules et des chiens renifleurs d'explosifs. Le maire voulait de la sécurité, il en a.

— Et s'ils remettent un prix du meilleur incognito, je connais la gagnante. Vous êtes magnifiques tous les deux. Comment va Spence? Ça ne le dérange pas trop?

---

1. La troupe de danseuses du Radio City Hall. (*N.d.T.*)

— Tu veux rire ? Pour une fois qu'il participe à une *vraie* série policière !

— Assure-toi quand même qu'il n'a pas prévu de cascade. Coupez.

Je me suis tourné vers Brainard :

— Tu peux faire un pano sur la foule ?

Notre camion est haut d'environ quatre mètres. Le toit est équipé d'un mât télescopique avec caméra qui peut grimper jusqu'à neuf mètres. Brainard a décrit un lent 360 sur la foule amassée dans la rue. Bien plus qu'une simple vue d'ensemble : le zoom était assez puissant pour lire une plaque minéralogique à un bloc de distance.

J'ai scruté tous ces visages de fans attroupés dans l'espoir d'approcher, de toucher leur star préférée, de paparazzi en quête du cliché à revendre à prix d'or aux médias, et bien sûr de flics, en tenue ou pas, une bonne centaine, les meilleurs de New York, occupés à tenir tous ces gens à l'œil – ce qu'ils savent faire de mieux.

J'ignorais où et quand le tueur allait frapper, s'il avait prévu de le faire, mais assis derrière cette console, à surveiller un mur d'écrans, j'étais au moins certain d'une chose : nous étions prêts à l'accueillir.

23

EXT. RADIO CITY MUSIC HALL - NUIT

LE CAMÉLÉON mesure le pouvoir des apparences. Vêtu d'un bleu, un badge à la poitrine, il passe devant quelques chariots de vendeurs à la sauvette sur la 51ᵉ Rue et poursuit son chemin en direction de la foule à hauteur de la 6ᵉ Avenue.
Son petit bouc bien taillé et la frange grise qui dépasse de sa casquette lui donnent vingt ans de plus. L'épaisse monture en écaille, les verres ambrés et la bulbeuse prothèse nasale ont pour fonction de le rendre méconnaissable lorsqu'on découvrira son visage demain matin à la une de tous les journaux.
Un flic s'ennuie à la barrière de police en songeant qu'il pourrait être chez lui à siffler une bière. Il aperçoit LE CAMÉLÉON qui exhibe son badge. Le flic le fait passer.
LE CAMÉLÉON le remercie de la tête et se dirige vers la tour de caméras de télévision, en face du tapis rouge, de l'autre côté de l'avenue.
Le spectacle peut commencer.

Les choses se déroulèrent mieux encore que sur le script. Il y avait deux flics à la barrière de police, un Blanc d'un certain âge et une jeune Latino.

— C'est marqué quoi, sur votre carte? «Best boy»? Vous n'avez pas l'air d'un petit garçon!

— C'est du jargon de cinéma, expliqua le Caméléon. Ça désigne l'assistant-éclairagiste.

— Marrant, fit l'autre flic. J'ai toujours vu ce terme dans les génériques de fin, mais je ne m'étais jamais demandé ce qu'il voulait dire.

— La prochaine fois que vous le verrez, vous penserez à moi.

Éclat de rire, suivi du franchissement de la barrière.

La chaîne E! avait installé trois échafaudages, l'un sur la 50ᵉ Rue, l'autre sur la 51ᵉ et le troisième sur la 6ᵉ Avenue, en face du théâtre.

Il faisait sombre sous cette ferraille. Le Caméléon sortit sa lampe de poche. Au sol, un fouillis de câbles serpentait dans toutes les directions, mais le transformateur où tous se rejoignaient était immanquable.

Ayant trouvé les deux câbles qu'il cherchait, il les arracha sèchement.

Le brouhaha général l'empêchait d'entendre, mais il aurait parié que, dix mètres plus haut, le cameraman gueulait comme un putois.

Le Caméléon grimpa l'échafaudage aux trois quarts et lança :

— Problème d'alimentation ?

— Ouais. J'ai plus rien, ni image ni son. Le schwarz complet.

— Problème de transfo. Je m'en occupe. Mais j'aurais besoin d'un coup de main.

— C'est pas ma partie, mon gars.

— Si tu pouvais juste me tenir la lampe de poche… Je te promets que ton syndicat n'en saura rien.

— Ça va, j'arrive…

Et de suivre le Caméléon jusqu'au pied de l'échafaudage.

— Tu peux m'envoyer un peu de lumière là-dessus ? fit-il en désignant le transfo qui recevait le courant de la génératrice mobile.

Le cameraman s'accroupit en grognant :

— Magne-toi, hein, j'ai pas les genoux en caoutch…

Un coup sur la tempe, vif et précis. Le cameraman s'écroula sur lui-même. Dans les pommes pour un petit moment.

— Ce qu'il te faut maintenant, c'est un peu de vitamine, dit le Caméléon en lui injectant de la kétamine dans le deltoïde droit à l'aide d'une seringue. Voilà, fais de beaux rêves… Moi, je monte là-haut m'occuper de la caméra, dit-il en replaçant les deux câbles pour remettre l'image et le son.

Puis il grimpa au sommet de l'échafaudage et coiffa le casque suspendu à la caméra.

— Caméra trois? fit la voix du car-régie, à un bloc de là. Brian, tu m'entends?

— Cinq sur cinq, répondit le Caméléon.

— On t'a perdu pendant une minute. Tout va bien?

Le Caméléon rajusta sa casquette E! et prit ses aises derrière la caméra.

— Tout va parfaitement bien.

Comme sur le script.

24

Assise en tailleur sur le canapé, coudes sur les genoux, menton sur les paumes, les yeux rivés à l'écran, Lucy s'en serait voulu de manquer le plus infime potin dégotté par Ryan Seacrest.

Elle était 100 % addict au people, une militante pure et dure. Peu lui importait le degré de célébrité. Glamours, affreux, superstars, trouducs, elle n'en avait jamais assez. Pas même de ceux qu'elle haïssait. Ou qu'elle aurait voulu tuer.

Un plateau de fromages encore prisonnier de la cellophane était posé sur la table basse. Lucy avait aussi apporté les deux coupes et rempli la sienne de bière light. Le mousseux attendait au frigo le retour de Gabe.

Posé entre ses jambes, le téléphone vibra. «Coucou de la caméra 3. NRP. Biz, G.» NRP : ne réponds pas. Dieu sait qu'elle aurait voulu, excitée comme elle l'était, mais ce n'était pas le moment d'ennuyer Gabe au beau milieu de sa grande scène.

Elle avala sa bière en regardant Ryan faire le malin au côté des célébrités que des limousines déposaient devant le tapis rouge. Le métier le plus génial au monde. Et payé des millions.

— Je le ferais pour rien, ton taf, dit-elle devant l'écran. Je crois même que je paierais pour être à ta place.

C'était une fille de l'Indiana, où sa famille vivait toujours, mais avant tout une New-Yorkaise d'adoption. De sorte qu'elle était aux anges d'entendre toutes ces vedettes déclarer qu'il n'y avait rien de plus formidable que de tourner à New York. Le festival Hollywood-sur-Hudson n'avait d'ailleurs pas d'autre but. Bon, peut-être étaient-ils payés pour dire ce genre de truc, mais de son point de vue à elle, ce n'était pas seulement du matraquage : New York, c'était vraiment le nec plus ultra.

— Mais regardez qui s'approche, déclarait Seacrest à son public. Le mauvais garçon le plus en vue d'Hollywood, celui dont tout le monde parle, qui fait couler des litres d'encre et exploser Twitter, mais oui, vous l'avez reconnu, c'est bien lui, c'est… Braaaaaaaaaaaad Schuck !

Changement de plan pour une caméra plus lointaine. Une Hummer interminable remontait lentement le 6e Avenue en klaxonnant, toit grand ouvert. Dressé sur le siège arrière, moitié dedans, moitié dehors, Brad Schuck, en guise de salut à la foule, brandissait son éternelle bouteille de vodka dont il siffla quatre longues rasades sous les hurlements de ses fans, tandis que Seacrest commentait les images :

— Connaissant Brad, je parie que ce n'est pas de l'eau claire, mais je vous promets de lui poser la question tout à l'heure… Mais attendez, que fait-il ?… Il tend la bouteille à quelqu'un dans la limo…

Schuck, en effet, venait de se baisser pour resurgir en brandissant un tube d'un demi-mètre.

— Regardez ! s'époumonait Seacrest. Un canon à air comprimé ! Et vu qu'il porte un T-shirt «Chic et Schuck», je vous laisse deviner ce qu'il va bombarder sur la foule !

Baoum ! Premier tir de T-shirts impeccable et mêlée indescriptible pour arracher un de ces souvenirs textiles. Puis demi-tour de la Hummer d'un trottoir à l'autre et second tir de chiffons.

— Vous le savez, le maire de New York a invité le monde à venir filmer dans sa ville. Eh bien, c'est exactement ce que fait ce fou de Brad : il mitraille ! Regardez plutôt !

La suite, Lucy la connaissait. Elle s'était levée et sautillait sur place en tapant dans ses mains, folle d'excitation. Et elle criait :

— Waouh ! J'adooore New York !

25

— Il faut croire que tout ce qu'on raconte sur ce fou furieux de machin-Schuck est vrai, déclara Jerry Brainard.

Il avait balancé la E! sur l'écran central et nous regardions, comme des millions d'autres téléspectateurs, la pluie de T-shirts retomber sur la foule en adoration.

— C'est ce gars-là qu'il faudrait arrêter, suggéra Jerry.

— Il est plus probable que le maire l'invite à déjeuner à Gracie Mansion[1]. La première chose qu'on t'apprend au NYPD Red, c'est qu'il y a des jours et des lieux pour expliquer à un mauvais garçon, même célèbre, qu'une plaisanterie a assez duré. Le Radio City Hall, en présence de milliers de fans énamourés, n'est pas le lieu idéal. Et la semaine choisie par le maire pour encourager les chimpanzés du genre Schuck à montrer leur cul à New York est encore moins la bonne semaine. Par ailleurs, ces tirs de T-shirts me paraissent assez inoffensifs. Le coton n'a jamais tué personne…

La porte du Goldorak s'est ouverte sur un flic en tenue qui tentait de gravir le marchepied en soutenant un type hébété qui tenait des propos incohérents. Brainard les a aidés à entrer et le flic a déposé son fardeau en douceur.

— J'ai trouvé cet homme sous l'échafaudage télé. J'ai senti son haleine, il n'est pas ivre. Une marque de coup sur

---

1. La résidence du maire de New York. (*N.d.T.*)

le côté du crâne laisse penser qu'il a pu être matraqué. J'ai appelé une ambulance.

Affalé sur le plancher du camion, l'homme portait une chemise bleue avec le logo de la chaîne E!. Son badge, fixé sur sa poche, s'était retourné. Je l'ai remis à l'endroit.

— Oh, merde. Jerry, retourne à la console.

— Tu le connais? m'a demandé Brainard en se précipitant vers sa chaise.

— Non. Jamais vu de ma vie. Mais c'est un gars de la E!. Et son badge indique «cameraman».

— Et alors?

Je joue aux échecs depuis l'âge de sept ans. J'ai appris à anticiper trois, quatre, voire cinq coups d'avance. Mais je manquais de temps pour expliquer à Jerry la prochaine phase de jeu.

— Lance la caméra sur mât et zoome sur l'échafaudage de la E!.

Panoramique au-dessus de la 50ᵉ Rue et zoom sur la caméra perchée au sommet.

— Tout a l'air normal…

Je me suis tourné vers le flic:

— Où l'avez-vous trouvé? Sous quel échafaudage?

— 6ᵉ Avenue.

Jerry était en train de panoramiquer sur l'échafaudage de la 51ᵉ Rue.

— Laisse tomber! Fais-moi voir celui du centre, là-bas. Sur la 6ᵉ.

Jerry a appuyé sur un bouton et la caméra s'est mise à pivoter dans l'autre sens avec une lenteur exaspérante, un peu comme si nous assistions aux manœuvres d'un porte-avions.

— Et maintenant, zoome sur le cameraman.

Jerry a mis au point sur le type en question. Tout avait l'air parfaitement normal. L'espace d'un instant, j'en suis venu à douter de mon intuition. Mais soudain l'homme s'est éloigné de sa caméra.

— Suis-le! Suis-le!

Le cameraman se tenait contre la rambarde et semblait tenir quelque chose dans sa main droite. Puis il a armé son bras vers l'arrière, comme pour lancer un projectile. Brainard a zoomé sur sa main.

— C'est du verre. Une bouteille, on dirait.

L'objet a survolé la 6ᵉ Avenue en une parabole parfaite, serré de près par la caméra. Pas besoin d'être Kasparov ou Bobby Fischer pour deviner le coup suivant.

Le cocktail Molotov est retombé sur le toit ouvrant de la Hummer de Brad Schuck, explosant dès l'impact. Une grosse boule orange a envahi l'écran et Brainard a dû zoomer arrière pour élargir le plan. J'ai pris le micro:

— Ici le poste de commandement. Toutes les unités disponibles vers l'échafaudage télé de la 6ᵉ Avenue, entre la 51ᵉ et la 52ᵉ. L'homme que vous devez arrêter est blanc, cinquante, soixante ans et porte une tenue bleue de la chaîne E!. C'est lui qui vient de lancer la bombe. Il doit descendre par le côté nord de la construction. D'où je suis, je ne le vois plus.

Debout devant l'écran, j'assistais impuissant à cet incroyable spectacle: Brad Schuck, transformé en torche vivante, tordu de douleur sur le toit roussi de sa limousine, roulant sur le côté et chutant sur l'asphalte, puis se relevant et titubant vers le théâtre en poussant des hurlements, le corps nimbé de napalm en feu.

Avant d'avoir pu se jeter bille en tête sur Ryan Seacrest, sous les yeux de la foule horrifiée qui l'attendait sous la marquise du Radio City Hall, Schuck avait perdu conscience et s'effondrait sur le tapis rouge, tel un méchoui humain.

26

Pendant ce temps, le type qui venait d'incendier Brad Schuck avait disparu des écrans.

— On l'a perdu. Il a dû repérer notre caméra et descendre par l'arrière de l'échafaudage.

C'était la première fois que je travaillais avec Jerry Brainard. Un grand pro. Imperturbable. Sang-froid à toute épreuve.

— Bien sûr qu'il l'a repérée, m'a-t-il dit : elle est à plus de dix mètres du sol et elle est braquée sur lui. Mais ce n'est pas la seule. Je me demande s'il a fait gaffe à celle-ci, par exemple…

Quelques manipulations sur la console, changement d'image, et soudain notre lanceur de bombe était là, en train de dégringoler la face cachée de la tour.

— Webcam de trafic. J'ai préparé toutes celles du quartier dans un rayon de six blocs, au cas où.

Jerry était un pro, mais le type que nous traquions n'était pas idiot non plus. Il devait certainement se douter qu'une autre caméra ne tarderait pas à le rattraper. Quand ses pieds ont touché le sol, j'ai compris pourquoi il avait voulu éviter le regard de la caméra, ne fût-ce qu'une poignée de secondes. D'un seul geste, quasi subreptice, sa chemise bleue siglée E! s'est transformée en T-shirt jaune-rouge-orange.

— Un velcro. Malin, a commenté Brainard.

J'ai saisi le micro :

— Poste de commandement à toutes les unités. Le suspect est au sol et prêt à s'enfuir. Il a quitté sa tenue bleue de la chaîne E! et porte maintenant un jean et un T-shirt jaune-rouge-orange. Il se trouve actuellement devant le Time-Life Building et se dirige vers la 51e Ouest.

Sans doute pensez-vous qu'avec plus de cent flics quadrillant le secteur, mettre la main sur un homme seul fut un jeu d'enfant. Loin de là. La plupart de nos hommes, postés aux barrières antiémeutes, devaient d'abord se frayer un chemin dans la foule compacte.

En temps normal, quoique avec réticence, le New-Yorkais moyen s'écarte quand il entend un flic crier : «Poussez-vous! Laissez passer!» Mais les circonstances étaient exceptionnelles. L'explosion du cocktail Molotov avait provoqué une houle de panique. Les gens couraient de tous côtés pour s'abriter, sans se concerter sur la direction à prendre. C'était chacun pour soi. On se poussait, on se bousculait, on jouait des coudes sans se soucier de savoir si l'on renversait une femme enceinte ou un flic à la poursuite d'un malade.

Quelques agents ont tout de même réussi à fendre la cohue vers la 51e Rue.

— Il n'a aucune chance, s'est autorisé à dire Brainard.

C'est à ce moment que l'écran est devenu violet.

— Merde! Une bombe fumigène!

Pas de quoi remporter le prix du meilleur effet spécial, mais efficace. Brainard est revenu sur un plan large.

— Le revoilà!

L'homme au T-shirt courait en direction du dédale de cantines ambulantes installées sur le trottoir sud de la 51e Rue.

— J'ai une vue aérienne, mais les hommes au sol n'y voient pas à un mètre...

— Ils peuvent regarder en l'air, non?

Je me suis emparé du micro :

— Le suspect est au milieu des cantines roulantes sur la 51e, entre un parasol bleu et blanc de hot-dogs Sabrett et un rouge et blanc marqué «Falafels».

La fumée commençait à se disperser. J'ai pu discerner une poignée d'agents écartant les badauds sans douceur en direction des parasols. Le flic de tête n'était qu'à trois mètres de la cible quand une moto a jailli entre deux chariots pour s'élancer en vrombissant vers la 51e Est.

— Merde alors… Ce type est vraiment très fort.

— Pas autant que nous, Jerry. On le tient. À toutes les unités : vous me bloquez toute circulation motorisée de la 42e Rue à la 57e et de la 9e Avenue à la 3e. Le suspect pilote une Kawasaki Ninja vert fluo trafiquée.

Dans un crissement de gomme, la Ninja décrivit un angle droit et s'engagea sur la 6e Avenue à contresens, fonçant pleins gaz vers la limousine en flammes.

— Regardez ce fou furieux ! s'est écrié Brainard. Où se dirige-t-il ainsi ?

— Aucune importance. Le secteur est entièrement quadrillé. Il ne peut pas nous échapper. C'est rigoureusement impossible.

L'impossible, cet enfoiré le réalisait sous mes yeux l'instant d'après.

27

Perché sur son échafaudage, cocktail Molotov en main, Gabriel le réalisateur encourageait une dernière fois Gabriel la star :

— C'est LA scène du film. Une seule prise, mais je sais que tu vas y arriver. Tu l'as fait cent fois.

Regard incrédule de Gabriel l'acteur. Cent fois ? Il n'avait fait carton plein que six fois. Sur trente-deux. Jeter une bouteille enflammée sur une voiture en mouvement n'est pas aussi simple qu'il y paraît. Lucy l'avait aidé à répéter, mais sans flammes. À la place d'une voiture, ils s'étaient servis d'un caddie volé sur un parking de supermarché. Il aurait voulu s'entraîner encore, mais elle l'avait freiné :

— Tu n'as jamais aimé trop répéter.

Le napalm, ils l'avaient fabriqué à la maison. Un vrai jeu d'enfant. Il suffisait de mélanger de l'essence et du polystyrène dans une bouteille et de bien secouer.

Lucy, bien sûr, avait voulu sophistiquer :

— Ajoute de la vodka.

— Pour quoi faire ?

— Pour rien. Pour le symbole. Brad Schuck, la vodka : tu vois ?

N'importe quoi. Il avait quand même ajouté un trait de Stoli, pour lui faire plaisir.

Et maintenant, c'était le lever de rideau. La Hummer remontait la 6e Avenue.

— Et… action ! s'exclama le réalisateur.

À peine la bouteille eut-elle pris son envol, il sut que ce trente-troisième lancer serait son chef-d'œuvre. Geste irréprochable, ellipse parfaite, point de chute idéal.

L'explosion fut plus bruyante, aveuglante et spectaculaire qu'il ne l'avait imaginé. Il ne regrettait que de ne pouvoir assister plus longtemps à l'ultime prestation de Brad Schuck. Il la visionnerait le soir même à la maison.

Redescendu de l'échafaudage, le Caméléon passa en un clin d'œil du bleu pâle au multicolore et bondit vers la Kawasaki.

Le fumigène était une idée de Lucy. Ils s'étaient disputés au sujet de la teinte. Lui trouvait que le rouge ferait écho au NYPD Red. Elle lui avait fait observer qu'existait aussi le NYPD Blue.

— Rouge et bleu, ça fait violet, avait-elle conclu. Comme ça, pas de jaloux.

Avec Lucy, ne jamais chercher à comprendre. La couleur, quelle importance ? Il la remerciait seulement d'avoir eu cette idée : sans ce fumigène, il n'aurait sans doute pas sauvé sa peau.

Le Caméléon connaissait par cœur toutes les grandes scènes à moto du septième art : Schwarzenegger sur sa Harley Fat Boy dans *Terminator 2*, Steve McQueen sur sa Triumph TR6 dans *La Grande Évasion*. Et aujourd'hui, votre serviteur sur sa Kawasaki Ninja.

Il enfourcha le fauve, écrasa l'accélérateur et s'engagea plein pot sur la 6e Avenue. La plupart des flics avaient sauté les barrières pour tenter de maîtriser la panique, de sorte que la voie était encore libre. Mais pas pour longtemps. Il ne lui restait qu'une poignée de secondes avant qu'ils ne bouclent Midtown d'une rive à l'autre.

Au niveau de la 48e Rue, il se dressa sur son engin, fit peser tout son poids sur l'arrière et visa le seul endroit qu'ils n'auraient pas pensé à condamner.

Le métro.

Il pointa sa moto vers la bouche de la ligne D et dégringola les marches.

La plupart des stations du métro new-yorkais n'ont
qu'une issue. Sauf au Rockefeller Center, cette famille
avisée ayant eu la riche idée d'aménager sous l'ensemble
de gratte-ciel qui porte son nom un souterrain de quelque
dix hectares bordé de boutiques, de restaurants et de galeries d'art reliant entre eux tous les immeubles de la 5e et
de la 6e Avenue, entre les 48e et 51e Rues. Cette véritable
attraction touristique, plaque tournante du transport urbain
pour des millions de travailleurs, se révélait en outre, pour
un motard, un excellent moyen de semer la police.

En bas, pas l'ombre d'un flic. Mais des badauds ébahis
de voir une Kawasaki emprunter lentement les couloirs en
marbre et des New-Yorkais blasés qui n'en avaient stricte-
ment rien à secouer.

INT. GALERIES DU ROCKEFELLER CENTER - NUIT

LE CAMÉLÉON cache sa moto derrière une
grande surface et la recouvre d'une bâche.
Ils finiront sans doute par la trouver, mais
ne pourront pas remonter jusqu'à lui. Les
plaques ont été volées et les numéros de
série ont été fondus à l'acide.
Prochain arrêt : les toilettes du Starbucks.
Il en ressort deux minutes plus tard sous
les traits d'un étudiant ébouriffé, chaussé
de lunettes à la Harry Potter et vêtu d'un
T-shirt «SAUVONS LA PLANÈTE. LA SEULE OÙ IL
Y AIT DE LA BIÈRE.»
Il se dirige vers les voies, valide sa
MetroCard et débouche sur le quai au moment
où le train de la ligne D, bondé, entre dans
la station. Il s'insère dans la boîte à
sardines, comme n'importe quel New-Yorkais
rentrant chez lui après une dure journée de
travail.

Tout s'était déroulé sans pépin, à ceci près que le train
n'était pas entré aussitôt en gare. Les New-Yorkais savent

bien que ce n'est jamais le cas. Alors le Caméléon avait marché d'un air dégagé jusqu'au bout du quai, en dévisageant les passagers.

C'est alors qu'il l'avait aperçue.

Hilary Swank.

Pas en chair et en os. Sur l'affiche de son dernier film.

Il s'était approché. Et il avait dit:

— Salut, Hilary. Tu te souviens de moi? L'abruti au bar. Ne refais jamais ça, ma poulette. Jamais.

28

Le centre de commandement était plein à ras bord. Il y avait là Kylie, Cates, le commissaire principal, le maire et Irwin Diamond, l'adjoint chargé des situations de crise.

— Je convie la moitié d'Hollywood à découvrir ce que New York sait faire en matière de cinéma, déclara le maire, et dès le premier jour on a deux macchabées sur les bras et un troisième qui s'apprête à les rejoindre. J'attends vos explications.

Comme l'avait dit Reitzfeld, la merde finit toujours par remonter à la surface. Le commissaire principal a pris la parole :

— Ce type est très fort. C'est un véritable transformiste, il se fond dans la masse, chaque forfait est soigneusement planifié, y compris sa stratégie de fuite, et, ajouterai-je, il en a deux de la taille de Brooklyn. Alors que nous avions cent hommes à ses trousses, il les a blousés tranquillement et s'est offert un tour en Kawa.

— Pour ceux de la Côte ouest qui auraient loupé les images, ce sera aux infos de 23 heures et sur YouTube pour l'éternité, assena le maire en abattant son poing sur la console. Nom de Dieu, quel est son mobile ? Pourquoi nous – pourquoi me fait-il ça ?

Kylie, qui n'a jamais peur de prendre la parole, est intervenue :

— Il est de la partie, monsieur. Visiblement, il a une revanche à prendre.

— Une revanche? Non, madame. Il y a des syndicats pour ça. Nous avons affaire à un fou dangereux qui s'est donné pour mission, par ses propres moyens, de saboter toute industrie du cinéma dans cette ville.

Le maire s'est retourné vers son adjoint:

— Comment comptes-tu nous sortir de cet ouragan de merde, Irwin?

Diamond était plus âgé que le maire. Il était même le doyen de ses conseillers. Ceux qui le connaissaient ajoutaient: le plus avisé. Et ceux qui l'avaient vu à l'œuvre: le moins agité.

— Si tu permets, Stan, je pense que l'inspecteur Mac-Donald a raison. Pour faire ça, il faut avoir une sacrée revanche à prendre. Et si c'est le mot «revanche» qui te gêne, disons «une foutue démangeaison». Ce n'est pas avec New York qu'il règle ses comptes. C'est le pot à merde d'Hollywood qu'il ne supporte plus. À qui s'en prendre? Personne ne lui a fait de tort en particulier. Ils se sont tous contentés de l'ignorer. De le rejeter. Aujourd'hui, il prend son pied.

Hochements de tête. Ça tenait debout.

Le commissaire principal a enfoncé le clou:

— Je crois qu'Irwin a raison. Ce type est un loser. Les salopards de L.A. l'ont recraché comme un vieux chewing-gum. S'il a jeté son dévolu sur New York, c'est simplement que nous lui apportons un large choix de cibles sur un plateau d'argent, dans un temps et un espace limités. Mais c'est après Hollywood qu'il en a.

Le maire se comprimait les tempes du bout des doigts pour bien évaluer les implications.

— Si je comprends bien, nous allons expliquer à la presse qu'un aliéné a suivi tous ces gens d'Hollywood jusqu'ici? Sous-entendu: New York n'y est pour rien? Ça ne tient pas la route, Ben. Ces gens sont morts sous notre responsabilité.

Mutisme du commissaire principal. Diamond a repris la main.

— Stan, on meurt chaque jour dans les hôpitaux. Sont-ils responsables? A-t-on plus de chance de survivre en restant chez soi?

— Ne m'enfume pas avec ton Talmud, Irwin. Peu importe à quelle sauce notre police va se faire embrocher par la presse – en particulier par le *L.A. Times* et autres torchons de Hollywood. Gardez-le pour vous, mais ce qui pourrait nous arriver de mieux, c'est que ce dingue les suive en sens inverse jusqu'en Californie, après en avoir buté quelques autres, et d'ici une semaine ce sont les flics de L.A. qui seront sur le gril…

Intervention de Kylie:

— N'y comptez pas, monsieur.

— Ah bon? Vous pensez qu'il ne s'en donnera pas la peine? Et pourquoi? Parce qu'il n'aime tuer qu'à New York?

— Non. Parce qu'on l'aura coffré avant qu'il mette un pied hors de cette ville.

Et voilà comment, dès son premier jour, ma nouvelle partenaire venait de promettre au maire de New York, comme une fleur, de mettre sous les verrous, en moins de soixante-douze heures, le plus terrifiant des serial killers new-yorkais depuis le Fils de Sam.

Irwin Diamond a levé les pouces en rigolant:

— N'oubliez pas: grosses comme Brooklyn!

29

Ils commencèrent par regarder la vidéo en dégustant des pizzas et vidèrent une bouteille de champagne. Ensuite ils firent l'amour très tendrement, innocemment, à la façon d'adolescents à la découverte de leurs corps, non d'une paire de serial killers à sang froid. Et maintenant, nus l'un contre l'autre, ils s'adonnaient à leur jeu favori : imaginer et interpréter les scènes de films les plus ringardes.

— Oh, professeur Cunningham, disait Lucy avec l'accent traînant du Sud. Notre amour est impossible. Que ferons-nous si nous sommes découverts?

— Jamais ils ne nous trouveront, mon cher amour, répondait Gabriel avec une gravité toute britannique. À moins que...

— À moins que quoi, professeur? À moins que quoi?

— À moins que je sois assez con pour te mettre vingt sur vingt en littérature comparée, Pamela Ward... Si après ça les gens n'ont pas compris que le vieux prof se tape sa jeune élève!

Ils explosèrent de rire en emplissant leurs coupes de bière, puis remirent le son et cherchèrent les chaînes d'info.

— Bon Dieu de merde! s'exclama Gabriel. CBS, NBC, ABC, Fox, CNN... Il n'y en a que pour nous. Voyons un peu sur ESPN[1].

---

1. Chaîne sportive. (*N.d.T.*)

— Attends, attends, le maire va s'exprimer!

Ils regardaient les actus sur ABC, quand le présentateur venait d'être interrompu pour se rendre en direct devant le poste de commandement du NYPD. Le maire s'y tenait debout sur une estrade improvisée. À sa droite, on reconnaissait le commissaire principal.

— Qui sont les autres, derrière lui? s'enquit Lucy.

— Ces deux-là sont les flics qui m'ont snobé à Silvercup: inspecteurs Jordan et MacDonald. La Black en uniforme ne me dit rien, en revanche. Peut-être leur supérieure.

— MacDonald m'a l'air d'une sacrée salope. Mais Jordan est plutôt mignon.

— Chut… On écoute le maire ou pas?

L'édile s'était approché du micro:

— Aujourd'hui, un crime odieux et sauvage a été commis dans les rues de notre ville. Nos premières pensées vont de tout cœur aux proches et aux admirateurs de Brad Schuck. M. Schuck, plongé dans le coma, a été admis au service des grands brûlés. Je n'ai pas plus d'information sur son état, si ce n'est qu'il est critique.

— Monsieur le maire! l'a apostrophé un journaliste.

— Je n'ai pas terminé. L'élite de notre police est sur le pied de guerre pour arrêter le ou les responsables de ce crime ignoble. Ce soir, les citoyens de New York sont tristes. Tristes des blessures infligées à M. Schuck, mais aussi du coup porté à l'événement festif que devait être cette soirée au Radio City Hall, où notre ville souhaitait ouvrir son cœur et ses portes à Hollywood et à son industrie cinématographique.

— Quel charabia, commenta Gabe.

— Que nos amis de Los Angeles en soient convaincus: quand bien même il s'agirait d'un acte de haine visant la communauté hollywoodienne, cet acte a été commis ici, sous nos yeux. La ville de New York et la police de New York n'auront de cesse qu'elles n'aient fait traduire le ou les coupables en justice. Je vous remercie.

Déjà le maire tournait les talons, sous les cris des journalistes :

— Monsieur le maire ! Monsieur le maire !

— Je répondrai aux questions une autre fois.

— Y a-t-il un lien avec l'assassinat de Ian Stewart et la mort soudaine et suspecte du producteur Sid Roth ce matin ?

Le maire s'est arrêté, a échangé quelques mots en privé avec le commissaire principal, avant de reparaître sur l'estrade.

— La police fait son travail. Il est encore trop tôt pour vous fournir des éléments d'enquête, comme pour spéculer sur l'éventuelle connexion des faits que vous citez avec la brutale agression dont M. Schuck vient d'être victime. Cela étant, le commissaire principal vient de me préciser que ses services sont mobilisés vingt-quatre heures sur vingt-quatre pour empêcher tout nouvel acte de violence et pour mettre fin à cette tragédie dans les meilleurs délais. L'heure n'est pas aux spéculations, mais au recueillement et aux prières, dans la terrible épreuve que traverse M. Schuck. Plus de questions. Merci et bonsoir.

Cette fois le maire prit congé pour de bon, suivi de son aréopage. Le présentateur reparut à l'écran et Lucy coupa le son.

— Veux-tu prier avec moi pour aider Brad Schuck à traverser cette terrible épreuve ?

— Je ne prie jamais à poil, c'est un principe, répondit Gabe en se tournant sur le dos.

Lucy prit aussitôt position sur lui en gémissant à mesure qu'il s'enfonçait en elle. Tandis qu'elle cambrait ses reins, il se mit à jouer du pelvis, d'abord sans hâte, jusqu'à trouver le bon rythme. La passion aidant, elle ne fut pas longue à crier son nom, tandis que ses doigts à lui, cherchant une prise, lui emparouillaient le fessier.

Ils étaient à deux secondes d'atteindre l'orgasme quand le téléphone sonna. C'était révoltant.

— N'arrête pas ! Continue ! supplia Lucy.

Mais il ne continua pas.

Le téléphone sonnait toujours. Il était plus de minuit. Jamais personne ne les appelait si tard. Quand l'agence le joignait pour une figuration, c'était toujours avant 17 ou 18 heures.

À la énième sonnerie, il se décida à décrocher.

— Allô? Qui est à l'appareil?

— Un admirateur, répondit une voix. Je viens d'écouter l'allocution du maire. Félicitations.

— Félicitations de quoi?

— Arrête, Gabe. Je sais que tu es derrière tout ça.

Il se redressa, le sexe en berne. Lucy s'assit au bord du lit, jambes croisées, cherchant à comprendre ce qui se passait.

— Derrière tout quoi?

— Joue pas au con. Roth et Stewart ne m'ont pas mis sur la voie. Mais après le cocktail Molotov, plus de doute.

Le Caméléon sentit sa poitrine l'oppresser et la panique envahir ses poumons.

Ça, ce n'était pas dans le scénario.

DEUXIÈME PARTIE

SÉVÈRE REWRITING

30

Le Caméléon ferma les yeux et se concentra sur cette voix, à l'autre bout du téléphone.

— Qui êtes-vous?

Rire rauque.

— Un camarade de guerre…

— Je viens de changer de numéro. Aucun de mes vieux potes ne le connaît.

— Nous avons des amis communs, Gabriel. Certains travaillent toujours à Silvercup. Ton nom était sur la feuille de route du film avec Stewart, tout à l'heure. Tu n'as pas pu manquer d'assister à la terrible tragédie?

Nouveau rire, encore plus guttural.

Sous le crâne du Caméléon, les neurones crépitaient comme un ruban de pétards chinois à trois sous. L'un d'eux fit exploser le masque qui recouvrait ce rire insupportable.

— Mickey? C'est toi?

— Heureux de te le confirmer. Mais tu n'as pas l'air ravi de m'entendre…

— Il est minuit passé, Mick. Ma copine et moi étions en train de…

— De mater la télé? De suivre les actus?

— De dormir. Qu'est-ce que tu veux?

— Je ne peux pas t'en parler au téléphone.

— Aux dernières nouvelles, tu étais en vacances prolongées dans les Adirondacks. C'est à six heures de route, mais si tu as un créneau, je peux peut-être faire un saut?

— Comme j'étais un vacancier modèle, ils m'ont accordé une sortie. Je suis en ville depuis la semaine dernière. Tu te rappelles mon vieux loft?

— Ouais. Long Island City. Skillman Avenue. Très pittoresque.

Encore ce rire exaspérant.

— «Pittoresque»: j'adore! Passe faire un tour, on prendra un café sous la véranda en regardant le soleil se coucher sur la gare de triage…

— Je me fous de ton coucher de soleil, Mickey. J'arrive dans une heure.

Après avoir raccroché, il entreprit d'enfiler ses vêtements. Lucy n'avait pas bougé du lit.

— Tu peux me dire ce qui se passe?

— Un pépin de production. Les aléas du métier.

— Des clous! Écoute-moi bien. Tu ne veux pas que je t'accompagne au Radio City Hall pour le feu d'artifice, très bien, je m'en remettrai. Mais si tu préfères partir en balade à Long Island City au beau milieu de la nuit plutôt que de rester ici à baiser, je te conseille de trouver une explication plausible. Je ne suis plus la petite vendeuse de pop-corn, Gabe. Dans cette histoire, on est deux. Ou bien tu continues sans moi.

Il se rassit sur le lit.

— Excuse-moi, Lucy. Tu es flippée de nature. J'ai voulu t'épargner, c'est tout.

— Ne te donne pas ce mal. Jamais. Et maintenant, raconte.

— Je t'ai déjà parlé de Mickey Peltz?

— Non.

— Un des meilleurs question effets spéciaux, un pro des explosifs. Super doué pour faire sauter ce que tu veux, mais il économisait sur le matos pour mettre une partie des budgets de production dans sa poche. Jusqu'au jour où, pour les besoins d'un film sur le casse d'une banque, ils lui ont demandé de faire sauter un fourgon blindé. Mickey s'est procuré la merde de base, volatile et bon marché, au lieu d'acheter un produit cher et stable. Une des bombes a explosé sans prévenir. Un cascadeur a perdu un bras. Mickey s'est pris quatre ans de correctionnelle au pénitencier de Ray Brook, dans les Adirondacks.

— Et?

— Et apparemment, il est sorti plus tôt que prévu. En voyant péter le cocktail Molotov à la télé, il a tout de suite pensé à moi.

— Comment est-ce possible?

— Je n'avais pas mis de mèche. Seuls de rares gars, dans le métier, connaissent cette technique. Notamment Mickey, dont c'était une des recettes. C'est d'ailleurs lui qui me l'a apprise. Il a mis tout ça bout à bout, et voilà.

— Et maintenant, qu'est-ce qu'il veut? Son nom au générique?

— Des sous, je suppose. Contre la promesse de garder ses réflexions pour lui.

— Du chantage, quoi.

— Il n'a pas eu besoin de prononcer le mot, mais c'est aussi ce que je pense.

— Et pas trois ou quatre malheureux billets.

— Les maîtres chanteurs doivent souvent déchanter. J'ai lieu de penser que son prix de départ se situera quelque part entre le ridicule et le déraisonnable.

— Encore une petite question…

— J'ai la réponse : non, tu ne m'accompagnes pas. Mais tu l'avais deviné.

Lucy bondit du lit, toujours nue. Une odeur de sexe flottait encore autour d'eux. Passant ses bras sur ses épaules, il la serra tout contre lui.

— Tu es le verre à moitié vide, dit-elle, et moi le verre à moitié plein.

— Trop modeste, répondit-il en embrassant sa nuque. Tu es un verre rempli à ras bord. Où veux-tu en venir?

— Il ne pouvait rien nous arriver de mieux. Ta petite escapade chez Mickey pourrait bien fournir une scène incroyable. Un rebondissement imprévu. Même pour les auteurs du script.

Il ne lui fallut pas trois secondes pour voir qu'elle avait raison.

— Comment n'y ai-je pas pensé tout de suite? répliqua-t-il. Tu as mis le doigt dessus. C'est pour ça que je t'aime. Écrivons la scène.

— Toi et moi?

— Tu vois quelqu'un d'autre ici? dit-il en lui embrassant les cheveux, le nez, les lèvres. On fait équipe, non?

31

Enfin quelque chose à se mettre sous la dent. Des photos du tueur. Ellen Dobrin et Jason Garza, deux enquêteurs bilingues, sont aussitôt partis dans le Bronx pour tirer de son sommeil le garçon du Regency et lui montrer le visage du faux cameraman de la E!. Lui rappelait-il le serveur inconnu de l'autre matin? Réponse de Rafe:

— Vous me montrez un vieux Blanc. Je leur ai pourtant dit, aux deux flics, que ce serveur était un jeune Latino.

— En effet, monsieur. Mais imaginez qu'il soit grimé et que ces cheveux gris soient une perruque... Imaginez que le serveur était également grimé. Voyez-vous des points communs? Par exemple, le poids, la corpulence, la silhouette...

Rafe a examiné attentivement la photo, il ne demandait qu'à se rendre utile:

— Ben, c'est tous les deux un gars...

J'ai reçu de Dobrin le texto suivant: «Rien à en tirer. Rafe manque un peu de subtilité.»

Ensuite, Matt Smith, notre as de l'informatique, a mouliné la photo dans son logiciel de reconnaissance faciale. Même grimé, on ne modifie pas aisément sa distance interoculaire, la profondeur de ses orbites ou la forme de ses pommettes, pour ne citer que trois des quatre-vingts caractéristiques d'un visage.

Nous avions rassemblé des portraits de tous les figurants et membres de l'équipe de tournage. Nous avions également un panel de visages pêchés au hasard sur Internet. Il ne restait au logiciel, avec son algorithme magique, qu'à comparer tous ces visages à celui du suspect.

— Dans un épisode des *Experts: Miami*, l'ordi aurait déjà mis un nom sur ce visage, a rigolé Kylie.

Mais le travail de la police n'a que peu à voir avec ce qu'en montrent les séries télé. L'ordinateur a proposé vingt-trois profils possibles, parmi lesquels onze figurants (dont deux femmes), trois membres de l'équipe de tournage et neuf visages issus du lot témoin, dont Leonardo DiCaprio.

— Tous ces trucs de reconnaissance faciale ne sont pas aussi fiables qu'on voudrait nous le faire croire, a concédé Smith.

— Quand même, je suggère qu'on passe voir Leo pour vérifier qu'il a un bon alibi, a rétorqué Kylie.

À 2 heures du matin, j'ai fini par aller me coucher. Pour être réveillé par un appel à 4 h 15. J'ai allumé et regardé qui m'appelait. Kylie.

— J'espère que ce sont de bonnes nouvelles, K-Mac.

— Ce n'est pas K-Mac, c'est Spence Harrington. Moins facile de me trouver un petit surnom sympa, hein? Spennington, peut-être?

— Kylie va bien?

— Nickel. Elle est explosée, je n'ai pas voulu la réveiller. Moi, je suis un oiseau de nuit. C'est à cette heure-là que je gamberge le mieux. J'ai trouvé ton numéro sur son portable. Je me suis dit: appelons Zach, pendant que c'est encore frais dans ma tête. Histoire de papoter d'homme à homme.

Je commençais à émerger, sans voir encore où il voulait en venir.

— Vas-y, je t'écoute.

— Je ne suis pas flic, tu sais ça?

Grognement affirmatif.

— En revanche, je gagne ma vie, et plutôt bien, en produisant des séries policières pour la télé. Bref, je viens d'avoir une idée que je voudrais te soumettre.

— Une idée de série?

— Mais non, Zach. Au sujet de tous ces meurtres. Pourquoi n'ai-je pas été convié à ce conseil de guerre avec le maire? Ça m'aurait traversé l'esprit plus tôt. Mais j'étais dehors, avec tous les pékins.

— Spence, tu m'en vois désolé, mais...

— Pas grave. Kylie m'a fait un dessin. N'importe, je t'explique ma théorie?

— Très volontiers...

— Bon, je te fais simplement le pitch. Écoute bien. La ville de New York cherche à aimanter le fric en provenance des studios de L.A. Tous les pirates d'Hollywood reçoivent une invitation. Et se font buter l'un après l'autre. À qui profitent ces exécutions?

Je n'avais dormi que deux heures. Il devait y avoir une réponse intelligente à faire, mais je n'ai pas su la deviner.

— Ma langue au chat, Spence. Qui?

— La foutue ville des Anges! *Alias* Los Angeles, Californie.

— Je ne suis pas sûr de tout comprendre...

— La production de films et de séries, c'est leur gagne-pain à L.A. Ils ne veulent pas en laisser une miette à New York. Donc ils s'emploient à prouver que New York n'est pas un endroit sûr pour faire des films. Et ça marche déjà. Mercredi, Shelley Trager organise une grosse fête sur son yacht, pour la projection de ma nouvelle série. Laisse-moi te dire que c'est l'événement de la semaine. Eh bien, ce soir même, six personnes ont déjà annulé. Un rendez-vous urgent à Los Angeles... Mon cul : ils chient dans leur froc. New York leur fait peur, ils cherchent les jupons de leur mère! Je sais, ça paraît tiré par les cheveux, mais les meilleures intrigues reposent sur une idée farfelue. Prends *Lost*, par exemple : concept abracadabrant, mais ça a tenu six saisons. Encore une fois, je ne fais que tester une idée. Ton avis?

— Spence, je ne crois pas qu'une ville comme L.A. – même avec de sérieux motifs – puisse être pour quoi que

ce soit dans ces meurtres. Il ne peut s'agir que d'un individu. Tu as essayé d'isoler un suspect?

— Non. C'est ton boulot, ça, pas le mien. Et celui de
«K-Mac». Mais si tu dois commencer quelque part, essaie
l'Agence du film de Californie et la chambre de commerce
de L.A. Avec du bol, ça te mènera tout droit à l'hôtel de ville.

— Merci, Spence. Ton idée est très intéressante.

Pour une série télé. Parce que dans la vraie vie, difficile
de croire que le maire de Los Angeles ait passé un contrat
sur la tête de trois personnes, en plein New York.

J'ai promis à Spence d'en parler à Kylie dès l'aube et j'ai
raccroché. Une demi-heure plus tard, j'avais toujours les
yeux ouverts. Sans doute parce que je me repassais tous
les événements des dernières vingt-quatre heures à la mou-
linette. Ou parce que j'essayais de trouver un sens à l'appel
de Spennington.

Ou encore parce que je savais que Cheryl Robinson était
déjà au snack et avalait son deuxième café de la journée.

32

SCÈNE ADDITIONNELLE :
INT. LOFT DE MICKEY PELTZ - LONG ISLAND CITY
- NUIT

LE CAMÉLÉON pénètre dans l'appart. Il paraît
sincèrement réjoui de retrouver MICKEY. Ils
parlent du bon vieux temps, de la prison,
puis PELTZ en vient au fait. Il n'a jamais
été question de chantage, mais d'un simple
« coup de pouce » - juste un petit quelque
chose pour l'aider à se refaire. LE CAMÉ-
LÉON répond qu'il peut payer une première
moitié tout de suite et le reste le lendemain. Il fait mine de prendre le fric dans
sa poche, en sort une arme et abat MICKEY
d'une balle entre les deux yeux.

EXT. LOFT DE MICKEY PELTZ - LONG ISLAND CITY
- NUIT

LE CAMÉLÉON vient de sortir de l'immeuble
de MICKEY. Soudain la rue déserte est illu-
minée par une explosion qui pulvérise les
fenêtres du loft et carbonise tout ce qui
s'y trouvait.

Ce dernier plan laissait Lucy un peu perplexe.

— Tu crois que tu trouveras chez lui de quoi faire sauter
l'appartement ?

— Il sort de prison, répondit Gabe en haussant les
épaules. Il n'y aura même pas un quart de lait au frigo.

— Pourquoi tu ne le descends pas dès qu'il t'ouvre la porte?

— Je veux d'abord m'assurer qu'il n'a parlé à personne. Je connais Mickey, il a la langue bien pendue. C'est d'ailleurs grâce à ça que je l'ai rencontré. On tournait un navet, une histoire d'attaque terroriste dans un avion. J'étais un des passagers et Mickey devait faire sauter les portes du cockpit. Je lui ai demandé si je pouvais le regarder travailler, et trois secondes plus tard il me donnait une petite leçon sur les effets spéciaux. J'ai aussitôt pensé que ce type était une pointure dans son domaine et qu'il pourrait m'être utile un jour. Alors j'ai décidé de nouer des liens d'amitié. J'ai d'ailleurs fini par m'attacher à lui, avant qu'il n'aille au trou. Je serai content de prendre de ses nouvelles.

— Prends de ses nouvelles. Apprends ce qu'il sait. Et ensuite, tue-le.

— C'est bien, je vois que tu as lu le scénario.

Gabe prit la ligne 7 direction Flushing, sortit à la station 33e Rue et rejoignit à pied Skillman Avenue. Il n'était pas mécontent d'avoir une arme sur lui. Dans ce genre de quartier, il n'est pas rare de se faire agresser.

Rien n'avait changé depuis la dernière fois. Il se demandait par quel mystère Mickey avait réussi à conserver cet appart pendant la durée de sa détention. Une question qu'il prévoyait de lui poser pendant la séquence «retrouvailles» de leur conversation.

Il appuya sur l'interphone et donna son identité. Mickey lui ouvrit la porte sur rue. Le rez-de-chaussée sentait les ordures et l'urine. Il attendit que Mickey lui envoie l'ascenseur, puis monta au cinquième en tâtant le Walther PPK glissé dans la poche de son coupe-vent.

L'ascenseur débouchait directement dans l'appartement. Gabe y pénétra et entendit Mickey l'appeler à l'autre bout du loft:

— Eh, je suis dans l'atelier!

Assis sur un tabouret en bois, il semblait avoir vieilli d'au moins dix ans. Il était voûté, ses cheveux et même sa peau étaient couleur de cendre.

— Tu n'as pas beaucoup profité du soleil, on dirait.

— Assieds-toi, Gabe. Je voudrais te montrer quelque chose d'assez génial…

Il n'y avait là qu'un vieux fauteuil râpé dans lequel Gabe n'eut d'autre choix que de s'enfoncer.

— Alors, ce truc génial que tu voulais me montrer?

— Ceci, répondit Mickey en brandissant un cylindre chromé de la taille d'une lampe torche. Un détonateur à pression. Regarde ce qui se passe si j'appuie au bout.

Il enfonça le bouton argenté à l'extrémité du tube et le maintint en place sous son pouce.

— Eh bien? fit Gabe. Il ne se passe rien.

— En effet. Mais devine ce qui se produirait si je relevais le pouce et que je libérais le bouton?

Gabe n'avait plus besoin d'indice. Il venait de comprendre et voulut se lever.

— Ne bouge pas, fit Peltz. Le coussin est bourré de plastic. Si je lâche le bouton, tu peux dire adieu à ton cul.

33

— Tu n'es pas sérieux, Mick?

— Sérieux comme un sac mortuaire, répondit celui-ci, immobile.

— Pourquoi veux-tu m'exploser? J'aimerais comprendre!

— Je ne veux pas t'exploser. Je veux parler business.

— Pas de problème. Parlons.

— D'abord, donne ton arme. Où qu'elle soit, dépose-la sur le sol. Si tu me descends, tu meurs dans la demi-seconde.

— OK, détends-toi! Enfin, pas trop quand même, hein... Garde bien le doigt sur le bouton.

Plongeant la main dans la poche de son coupe-vent, il prit le Walther et le fit glisser sur le sol. Peltz le ramassa et le posa sur l'établi.

— Rassuré?

— Pour le moment.

— Bien. Parlons business.

— Contrairement à ce que tu crois, je ne t'ai pas appelé pour te faire chanter, Gabe. Vois-tu, ma mémoire est plus sûre qu'un coffre-fort en acier. Voici huit ans, nous avons fait une poignée d'épisodes des *Sopranos*, toi et moi. Est-ce que tu te souviens de ce jour à Jersey City, on se tournait les pouces et tu m'as parlé d'une idée de film, l'histoire d'un type qui se met à zigouiller un paquet d'enfoirés dans le milieu du cinéma...

— La moitié des gens qui bossent dans ce secteur ont eu la même idée, l'interrompit Gabe.

— Je viens de passer trois ans et demi à l'ombre : le soleil ne m'a pas tapé sur le ciboulot. Ce jour-là, toi et moi, on s'est amusé à imaginer les moyens les plus sympas de supprimer des affreux. L'un de ces moyens consistait à remplacer des munitions à blanc par des balles réelles dans une arme factice. Or, curieusement, tu te trouvais sur le plateau, ce matin, quand Ian Stewart s'est fait descendre exactement de cette façon.

— Ce qui ne prouve pas que j'y sois pour quelque chose.

— Admettons, grogna Peltz. Mais il y a plus curieux : le cocktail Molotov balancé sur Brad Schuck tout à l'heure n'avait pas de mèche. Un peu comme mon père m'a appris à les faire… et comme je t'ai appris à mon tour à les préparer. Marrant, maintenant que je t'ai sous les yeux, tu fais à peu près la même taille que le gars qui l'a lancé…

— Je suis de taille moyenne et de poids moyen, comme des millions d'autres.

— Pourtant, je mettrais ma main à couper que c'est toi qui nous as débarrassés de ces trois connards…

— Non, Mick. Je te jure que non.

— Dans ce cas, que fais-tu ici en pleine nuit ? Et avec un pétard, en plus ? Je te le répète : je ne t'ai pas fait venir pour te faire chanter.

— Alors pourquoi suis-je ici ?

— Parce que j'ai envie de jouer. Tu te rappelles la fin que j'avais imaginée pour ton film ? Rassembler une centaine de ces têtes de cons dans un même lieu et les faire sauter tous ensemble. L'idée te plaisait. Toujours tenté ?

— À supposer que je sois responsable de tous ces meurtres, jamais je n'aurais les moyens de monter un coup pareil. Et tu es bien placé pour le savoir, Mickey. Les explosifs, ça coûte un bras.

— Et même les deux jambes ! Paf ! C'est ça que j'aime en toi, Gabe. Tu as une bombe sous le cul, mais tu continues de vanner le mec qui tient le détonateur !

— Blague à part, Mickey, le C-4 n'est pas très cher si tu as une licence. Mais sur le marché noir, c'est une autre histoire. D'abord, il faut en trouver ; ensuite, ça coûte la peau des fesses.

— Pas si tu sais où te fournir. Écoute-moi bien, Gabe. Si ton objectif reste le bouquet final, tu viens de trouver ton artificier. Non seulement je sais où trouver la marchandise, mais je sais l'accommoder et je sais où placer les charges pour optimiser le nombre de victimes.

Des gouttes de sueur commençaient à perler sur le visage de Gabe, qui ne pouvait détacher ses yeux du petit cylindre. Peltz était fichu de le tuer ; mais, selon toute apparence, il n'avait pas l'intention de le faire chanter.

— Mais pourquoi voudrais-tu entrer dans le jeu ? Pour retourner en taule ?

— Parce que j'ai un plan pour acheter bon marché, revendre avec une jolie marge et en mettre un petit peu de côté pour ta consommation personnelle. Et parce que je viens de passer mille deux cent quatre-vingt-trois nuits à me demander comment faire péter ce système qui m'a mis au fond du trou. Maintenant, soit tu me donnes ta liste au Père Noël et je m'occupe du reste, soit tu rentres chez toi. Je ne te dénoncerai même pas. Je suivrai tes exploits à la télé en agitant des fanions.

Gabe fourra sa main dans sa poche, en sortit un papier plié en quatre et le lui tendit. Mickey s'en saisit de sa main libre et prit trente secondes pour le parcourir.

— Les quantités sont à revoir, mais tu te défends, pour un amateur. Je vois que mes leçons ne sont pas tombées dans l'oreille d'un sourd.

— Combien m'en faudrait-il ?

— Trente kilos de C-4 devraient suffire. Assez léger pour tenir dans un sac de sport.

— Tu peux m'en avoir ?

— Les doigts dans le nez.

— Vite ?

De nouveau ce rire guttural.

— Vite et pas cher, hein? À part une pipe à la sortie du Lincoln Tunnel, je ne vois pas! On a changé de siècle, Gabe. La rapidité du service fait grimper les prix.

— Disons demain. Combien?

Un bref instant de réflexion.

— Vingt-cinq mille. Plus cinq mille pour le carnet d'adresses et l'expertise.

— Soit trente mille.

— Pour un film réalisé dans les conditions légales, dis-toi que trente kilos plus le service te reviendraient le double ou le triple. Trente mille, c'est le prix pour la famille et les amis.

— Tu veux bien jeter encore un œil au diagramme? Ça tient la route? Les charges sont-elles idéalement situées pour faire le maximum de dégâts?

— Je te l'ai dit, ça a besoin d'être peaufiné. D'où les cinq mille, pour le conseil. Mon métier, c'est de tout faire sauter, pas de faire chanter. Ce qui nous fait trente mille, tout compris. Mais s'il te faut le plastic d'ici demain, il me faut l'oseille dans la journée. Tu as ce qu'il faut?

— Non. Mais je sais où le prendre.

— Alors vas-y.

— Il faut être deux. Ça t'intéresse?

— J'adorerais, mais mon agent de probation, c'est moins sûr. Ce morpion me colle au cul sept jours sur sept. Tu n'as personne d'autre?

— Si, si…

— Alors file. Je ne bouge pas d'ici.

— Je vais avoir besoin de mon flingue…

— Bien sûr. Pour m'abattre?

— Quelle idée. C'est juste que je déteste marcher tout nu dans ta rue.

Mickey prit le Walther et le tendit au Caméléon.

— Tu vois comme je te fais confiance?

— Garde ton doigt sur la détente, tu fais ça très bien.

— Tu crois ça?

Et Peltz relâcha son pouce, libérant le poussoir métallique. Gabriel fit un bond.

— Boum.

— Imbécile. Tu m'as fait marcher, avec tes conneries.

— Appelle ça comme tu veux, fit Mickey dans un rire d'arrière-gorge. Moi, j'appelle ça un effet spécial.

34

— Je t'ai envoyé au moins vingt textos, Gabe!

— J'ai répondu au premier, Lucy.

— Arrête! Quand je t'écris «que se passe-t-il?», tu ne peux pas te contenter de répondre «tu le sauras tout à l'heure». Ça n'est pas une réponse!

— Certaines réponses ne sont pas communicables par texto.

— Admettons. Il a voulu te faire chanter?

— Pas du tout. Il veut nous aider.

— Hein? Nous aider comment?

— Tu te rappelles la scène de fin que j'avais d'abord imaginée?

— Braoum! fit Lucy en jetant ses bras en l'air. Cette fin-là?

— Et pas une autre.

— C'est ma préférée. Je l'adore. Mais tu as dit que le budget de la prod ne le permettait pas. Même que je t'ai répondu: comment se fait-il que le Coyote du dessin animé puisse se payer ces tonnes de dynamite et pas nous?

— J'ai de bonnes nouvelles à t'annoncer, Lucy. J'ai rencontré M. Coyote. Il s'appelle Mickey Peltz. Il peut nous fournir la marchandise. Pour pas cher.

— Et tu lui fais confiance?

— Lucy, je le connais. Nous avons travaillé ensemble. Non seulement il ne nous baisera pas, mais il va nous dégotter tout le nécessaire. Dis-toi qu'il fait partie de l'équipe technique.

— Il prend combien?

— Environ trente mille. Dont cinq mille pour lui. Le reste sert à acheter le C-4.

— Merveilleux. Ça fait trente mille de plus que notre budget.

— C'est trop beau pour s'en passer. Je peux avoir ce fric.

— Ah bon? Peut-on savoir comment? Tu vas braquer une banque?

— Non. Une boîte de prod.

Lucy lui fit ce regard de maîtresse d'école qui le faisait fondre à chaque fois : tête baissée, sourcils froncés, lippe retroussée, menton sur la poitrine, sans oublier l'index appuyé entre les sourcils pour ajuster d'invisibles lunettes de vieille fille.

— Jeune homme, dit-elle d'une voix sévère et haut perchée, à mi-chemin entre Bea Arthur et Lisa Simpson, croyez-vous vraiment pouvoir entrer à la Paramount, à la Fox ou à la MGM comme si de rien n'était, les menacer d'une arme et ressortir tout seul avec un gros sac de blé?

— Non, m'dame, répondit-il avec l'accent du collégien de l'Arkansas. J'choisirais point un si gros studio. Plutôt un p'tit. Et p'is, y'aurait pas qu'moi tout seul. Y'aurait mon acolyte.

Le visage de Lucy se décomposa. Rangée, la panoplie d'institutrice! Elle tomba assise sur le lit comme un ballon crevé.

— Tu emmènes Mickey? dit-elle au bord des larmes. C'est lui, ton nouvel associé?

— Mais non, grosse bête. Tu viens avec moi.

35

Lucy bondit du lit.

— Toi et moi? Vrai? C'est pas une blague?

— Je t'ai promis une scène. C'est maintenant.

— Je veux tout savoir. En détail.

— Tu te rappelles, la semaine dernière, quand j'ai fait de la figuration pour ce film dans une cour d'assises? J'étais le juré numéro sept. On tournait *in situ*, à Chambers Street.

— Oui, je me rappelle.

— J'ai sympathisé avec le producteur exécutif, Jimmy Fitzhugh. On a traîné ensemble, on a parlé motos. Il a une Zook Boulevard dernier modèle, j'adore les roues. Je me suis dit : puisque je vais devoir me séparer de la Kawasaki, je m'en offrirai peut-être une quand j'aurai fini tout ça.

— Abrège.

— Bref, cette semaine, ils tournent à l'université de droit Fordham. Le car-régie est stationné sur la 62ᵉ Ouest. Chaque matin, Jimmy vient en bécane de Rockaway. Il se lève à l'aube, pour éviter la circulation.

— Le fric, Gabe. Où est-il?

— Il dort dans le car-régie.

— Sûrement pas trente mille. C'est fini, l'époque bénie du jour de paie où on distribuait le fric en liquide aux travailleurs. De nos jours, ils te signent des chèques et des bureaux d'escompte passent derrière avec des sacs de billets et des vigiles armés.

— Comme si je l'ignorais… J'ai cessé d'imiter le collégien attardé, au cas où tu ne l'aurais pas remarqué. Loin de moi l'intention de nous frotter à une paire de flics de location avec le doigt sur la détente. Si Jimmy Fitzhugh a du pognon dans son car-régie, ce n'est pas pour distribuer la paie.

— Alors c'est pour quoi?

— Pour la coke.

— Hors de ma vue, Gabe.

— Le boss de Jimmy nage dans le fric jusqu'au cou. Il adore faire la nouba, et quand c'est lui qui l'organise, il y a toujours du sucre-glace au dessert. Mais c'est aussi un homme trop en vue pour faire son marché lui-même et risquer d'être pris la main dans le sac. C'est donc son producteur exécutif qui s'en charge. Ça fait partie du contrat. Jimmy fait ça depuis trois ans, c'est lui qui me l'a dit. Jamais un pépin, et le big boss lui verse toujours une prime de risque.

— Sympa. Et comment on récupère le fric?

— Jimmy arrive au camion. Je lui pointe un flingue sur le crâne. Je le connais, il ne cherchera pas la bagarre. Ce fric n'est pas à lui. Et s'il est volé, le grand patron n'ira sûrement pas le déclarer aux flics. Ils risqueraient de comprendre son manège.

— Mon rôle dans tout ça?

— C'est ta grande scène, poupée. Avec du texte. Jimmy me connaît, il identifierait ma voix. Pas question que je dise un mot. Tu lui ordonnes de passer le fric et tu surveilles les alentours pendant qu'il remplit le sac. Une fois qu'on a le cash, je retourne voir Mickey. Je suppose que tu as deviné la suite.

Sourire jusqu'aux oreilles.

— Ouais. Braoum!

36

Il était 5 heures passées d'une ou deux minutes quand je suis entré chez Gerri. Vive activité à l'intérieur, mais pas au point que je ne puisse observer chaque table, chaque compartiment, chaque tabouret de comptoir. Cheryl n'était nulle part.

— Petit-déjeuner, Zach?

C'était la patronne. Une force de la nature, Gerri Gomperts: assez petite pour tenir debout dans une marmite de 75 litres, mais suffisamment robuste pour se mesurer seule à un junkie assez marteau pour tenter de braquer un snack à un coin de rue du commissariat. Car Gerri n'avait pas eu besoin de faire appel aux flics. Elle lui avait administré un grand coup de louche brûlante sur le crâne. Le malheureux, avant même de pouvoir être interrogé, en avait été quitte pour quarante points de suture.

— Non merci, Gerri. Seulement un grand café à emporter.

— Ah, désolée, on est en rupture totale… Il ne nous reste que du café à consommer sur place.

Je l'ai regardée en face:

— Tu plaisantes, j'espère?

— Pas du tout, Zach. J'interfère. Voilà ce que je fais. Et maintenant, file t'asseoir à la table du fond en attendant que ta psy de rêve sorte des toilettes. Elle vient tout juste de commander son petit-déj.

J'ai pris place dans le compartiment. Deux minutes plus tard, la porte des toilettes s'ouvrait et la psy en sortait.

Il fallait en convenir avec Gerri, Cheryl était une créature de rêve. Elle s'est assise en face de moi en disant :

— Encore toi ? J'ai suivi l'allocution du maire hier soir. Je suppose que tu n'as pas beaucoup dormi.

— J'ai été réveillé à 4 heures, mais pas par le maire.

— Ne me dis pas que c'est ta nouvelle partenaire qui t'empêche encore de dormir ?

— Non. Son mari.

Je lui ai raconté la théorie nocturne de Spence, sans lui faire grâce d'aucun détail.

— Alors j'ai fini par lui dire que la «foutue ville des Anges» ne pouvait pas être le cerveau malade qui a conçu cette série de meurtres et je lui ai demandé s'il avait une piste d'individu suspect à me suggérer. Et tu sais ce qu'il m'a répondu ?

Sourire.

— Laisse-moi deviner… «Inspecteur Jordan, c'est votre job. Pas le mien.»

J'ai tapé du plat de la main sur la table, faisant bondir les couverts.

— Mot pour mot ! Tu es vraiment trop forte.

— Trop aimable, mais ce n'était pas très difficile. À ta façon de présenter les choses, il n'y avait qu'une réponse possible.

— Mais comment qualifierais-tu l'attitude de Spence, dans ton jargon ? Comportement passif-agressif ?

— Je ne dirais pas cela. Je le crois sincère. Et authentiquement désireux de se rendre utile.

— Je lui en sais gré, mais quatre millions de personnes vivent à Los Angeles. Qu'il me rappelle quand il aura rétréci la cible.

— Hier soir, le maire a fait les promesses habituelles, équipes mobilisées à 100 %, mettre fin dans les meilleurs délais à cette épouvantable tragédie, bla-bla-bla. Où en êtes-vous exactement ?

— Quelque part entre l'arrachage de cheveux et la merde noire. On n'en sait même pas assez long sur ce type pour te demander de le profiler.

— Vous avez déjà compris, je suppose, qu'il gravite autour du show-biz, qu'il exècre ce milieu et tous ceux qui le font tourner. Ce qui limite la recherche aux acteurs, scénaristes et serveurs de Californie, Nevada et Oregon.

— Rien que ça… À moins que Spence ait levé un lièvre et que le suspect soit bel et bien aux ordres de la chambre de commerce de L.A…

— Je peux changer de sujet, juste une minute?

— Bien sûr.

— Est-ce que tu aimes l'opéra?

— Voilà bien une question de psy… C'est un piège? Si le flic que je suis aime l'opéra, je lui donne autant de chance de résoudre cette affaire que de rencontrer un pitbull végétarien.

Jackpot: le sourire à un million de dollars.

— Une de mes amies m'a donné deux tickets pour *La Traviata*. Elle a un dîner ce soir-là.

— Attends, laisse-moi deviner… Tu adores l'opéra, mais personne ne partage ta passion.

— Même pas, je déteste l'opéra… Non, c'est inexact. Je n'y suis allée qu'une fois, il y a douze ans. Je suis sortie au bout de trois heures, mais il devait bien en rester au moins dix-sept avant le rideau. Il se trouve que j'ai ces deux places et que ça ne coûte rien de repousser ses horizons culturels. Ma renaissance post-Fred, en quelque sorte.

— Merci d'avoir pensé à moi, mais je ne vais pas te raconter de craques: je n'ai jamais mis les pieds à l'opéra. Tout ce que j'en connais, c'est les vannes du genre: «Tant que la grosse dame n'a pas chanté, ce n'est pas encore la fin.» Bref, je suis comme vierge.

— Parfait. Je ne me voyais pas demander à un aficionado, j'aurais été obligée de rester jusqu'au bout. Tandis que si tu m'accompagnes… Faisons un deal: si un seul de nous deux s'ennuie, on reste au moins un peu; si on est deux à s'ennuyer, on se tire et on va faire un bowling, ou bien on se trouve une compétition de tracteur-pulling quelque part.

— S'il ne s'agit que de moi, le tracteur-pulling repousse-rait quelque peu mon horizon culturel. C'est quand?

— Samedi soir.

— C'est noté. En espérant que la chasse au maniaque sera fermée d'ici là.

Nous sommes restés là à discuter pendant une demi-heure encore. Et quand j'ai dû y aller, j'étais au moins sûr d'une chose: Cheryl était fin prête pour sa «renaissance post-Fred». Toute la question était de savoir si je voulais en faire partie.

37

Gabe était un peu nerveux. C'était vraiment la scène à ne pas foirer, celle qui vous crame le budget d'un tournage. La fin du film en dépendait.

La bonne nouvelle, c'était que le car-régie se trouvait dans une rue assez tranquille et qu'il était 6 heures du matin, soit une bonne heure avant l'afflux de passants.

La mauvaise, c'est qu'il était coincé entre Columbus Circle et le Lincoln Center, cibles de choix pour tout terroriste. De sorte que tout le périmètre serait parsemé d'yeux humains ou numériques. À quoi s'ajoutait qu'il n'aurait que la ligne D pour s'enfuir et que sa complice était une débutante. Il n'y avait qu'une conclusion à ces divers paramètres : il fallait être fou pour monter un coup pareil.

Une chance pour moi, se dit-il. Il se trouve que je le suis.

Pas le temps de se choisir un déguisement sophistiqué : ils enfileraient des cagoules de ski. Façon commando.

Ils descendirent à Columbus Circle, sortirent par l'escalier et remontèrent sur Broadway. Parvenus à la 62e Rue, ils prirent vers l'ouest et traversèrent Columbus Avenue. Les cars-régies se trouvaient là, au nombre de trois, stationnés sur une zone réglementée, leur dérogation bleue bien visible, collée sur la portière.

— Marche sans t'arrêter, fit Gabe.

La moto de Jimmy n'était pas encore là.

Au bout de la rue, ils tournèrent dans Amsterdam Avenue et patientèrent. Ils n'eurent pas à attendre longtemps : remontant l'avenue, la Suzuki de Jimmy Fitzhugh tournait à droite dans la 62ᵉ pour couper les gaz un demi-bloc plus loin, devant le premier car-régie.

— Vite.

Jimmy était en train d'enchaîner sa moto à l'attelage du camion et s'apprêtait à grimper au marchepied.

— Cagoules.

Fitzhugh ouvrait la porte lorsqu'ils parvinrent à sa hauteur.

Gabe grimpa les trois marches après lui en le poussant à l'intérieur, suivi de Lucy qui referma la porte sur eux.

Gabe n'en revenait pas. Ils l'avaient fait. Puis il braqua son arme sur Jimmy. Comme prévu, celui-ci n'eut pas un mouvement de défense.

— J'ai cinq cents dollars en poche. Tout va bien. Servez-vous.

Silence.

Sans cesser de le braquer, Gabe bouscula Lucy de l'autre main.

Même cagoulée, elle semblait pétrifiée. Paralysée. Pile au moment de sa grande scène. Elle avait oublié de dire son texte.

38

Dix longues secondes, ils restèrent là tous trois sans bouger, tel un tableau vivant. Gabe attendait que Lucy desserre les dents. Mais Lucy avait un trou de mémoire. Et Jimmy Fitzhugh essayait d'assembler les pièces du puzzle. Il fut le premier à tenter quelque chose :

— *Yo tengo dinero. Cinco. No habla español,* mais j'ai cinq cents dollars.

Gabe lui désigna une chaise du bout de son arme.

— Vous voulez que je m'assoie ?

Hochement affirmatif.

Quoique dans la quarantaine, Jimmy était assez athlétique – pas un de ces bikers de cent cinquante kilos qui se pavanent sur les voies rapides. À son âge, il restait sportif et n'en était pas peu fier, hantait les salles de gym et de squash, les courts de tennis et le club de softball de Broadway. Gabe ne doutait pas une seconde que Jimmy le maîtriserait sans difficulté si l'occasion s'en présentait.

Le Walther toujours braqué sur Fitzhugh, il se cambra le plus possible en arrière pour murmurer à l'oreille de Lucy :

— Dis ton texte.

— Oh, zut… Désolée.

Et, se tournant enfin vers Fitzhugh :

— On veut l'argent.

— Mais vous parlez anglais ?

— Évidemment que je parle anglais. Quelle question débile! Je répète: on... veut... l'argent. Tout de suite.

— Vous trouverez cinq cents dollars dans mon portefeuille. Si vous me laissez juste le sortir de ma poche...

— Parce que tu t'imagines qu'on a fait le déplacement pour un simple portefeuille? On veut l'argent de la dope. Ouvre le coffre.

Gabe sentit sa gorge se serrer. «Ouvre le coffre» était dans le script. «On veut l'argent de la dope» n'y était pas. Cette fois Fitzhugh haussa le ton:

— Qui êtes-vous, bordel? Vous bossez pour Monte? C'est lui qui vous envoie?

— On bosse pour notre poire! gueula Lucy en guise de réponse. Et maintenant, ouvre ce coffre.

— Je ne connais pas la combinaison. Et je ne comprends rien à cette histoire de drogue.

Là, Jimmy s'est redressé:

— Si je peux vous donner un bon conseil...

Gabe lui flanqua un grand coup de crosse en pleine figure. Fitzhugh retomba sur sa chaise en portant ses deux mains à sa joue ensanglantée.

— Ouvre ou tu es mort! hurla Gabe en agitant son arme, priant pour que la peur et la douleur l'aient empêché de reconnaître sa voix.

Mais Fitzhugh, à genoux maintenant, suppliait en essuyant ses mains pleines de sang sur son T-shirt:

— OK, OK! Ne tirez pas. J'ai deux enfants.

— Surveille! lança Gabe à Lucy, espérant qu'un mot de plus ne serait pas un mot de trop.

Obéissante, Lucy alla se poster au hublot et entrouvrit le store.

— Il y a des gens qui viennent. Vite.

Pendant ce temps, Fitzhugh avait ouvert le coffre. Gabe jeta un œil. Pas d'arme. Rien qu'un coffret portatif en métal gris.

— La clé est dans le tiroir de mon bureau.

144

Gabe lui fit signe avec son arme d'y aller.

— Vite! cria Lucy en trépignant. Quelqu'un s'approche.

Dans le tiroir du haut, Fitzhugh prit une petite clé. Puis il sortit le second coffre du premier.

— Il y a là de quoi faire trois achats, dit-il. Et laissez-moi quand même vous donner un conseil. Vous en prenez une partie et je vous garantis que vous ne serez pas inquiétés. Mais si vous prenez tout, soyez certain que Monte vous retrouvera, violera votre copine, lui ouvrira la gorge et l'allongera entre quatre planches. Vous aurez moins de chance : vous serez dedans avec elle, mais vivant. Il enterrera le tout quelque part et oubliera où.

— Ouvre, grogna Gabe, plus anxieux d'en finir que d'être démasqué.

Fitzhugh tourna la clé et souleva le couvercle.

Trois mignonnes petites liasses. Pas très épaisses, mais pour acheter de la coke elles le sont toujours assez. Vu qu'il n'y avait que des billets de cent.

— Croyez-moi. Ne faites pas l'erreur de tout prendre.

Le Caméléon prit une des liasses, hésita. C'est alors que Lucy, toujours postée au hublot, se mit à brailler comme une folle :

— Dépêche, Gabe! Je te jure qu'il y a quelqu'un qui approche!

Fitzhugh s'était redressé d'un bond.

— Gabe? Le figurant? Le mec à la Ninja? T'es tombé sur la tête? Tu crois vraiment pouvoir t'en tirer comme ça?

Le Caméléon n'avait plus le choix. Il pointa le Walther sur sa poitrine et appuya sur la détente.

— Et merde, merde, merde, merde!

Le corps de Fitzhugh s'effondra sur sa chaise. Le peu de sang-froid dont disposait encore Lucy fondit instantanément.

— Non mais t'es dingue ou quoi? Ils auront tout entendu dehors! Il t'a donné le fric. Pourquoi tu l'as buté?

— Parce que tu as dit mon nom! vociféra Gabe.

— Pas du tout. J'ai rien dit.

Gabriel s'empara des deux autres liasses et fourra le tout dans la poche de son coupe-vent. Puis il prit sèchement Lucy par le bras et la tira vers la porte.

— Cagoules!

Ils arrachèrent chacun la sienne et s'éloignèrent du camion en direction de Broadway. Dix minutes plus tard, ils descendaient la ligne D, assis dans le dernier wagon.

— Excuse-moi, Gabe, pleurnichait Lucy.

— Rends-moi un service, répondit-il sans desserrer les lèvres. Boucle-la.

39

Sur mon bureau m'attendaient un grand café et une boîte de beignets Krispy Kreme. Sur le couvercle était scotché un petit mot : « Désolée pour Spence. Il croyait bien faire. K-Mac. »

Assise à son poste, Kylie achevait de grignoter un beignet au sirop de sucre, avec une gorgée de café pour faire descendre.

— Je t'en ai pris un. Je t'ai laissé les onze autres.

— Merci pour l'attention, mais je ne sais pas comment le prendre. J'ai une tête à beignets ?

— Pour ta gouverne, sache que je n'ai pas donné ton numéro à Spence. C'est lui qui l'a pêché dans mon répertoire.

— Il t'a fait part de sa théorie ?

— J'y ai eu droit ce matin. Les puissances de Los Angeles ourdissent un complot diabolique pour saboter l'industrie new-yorkaise du cinéma…

— Diabolique et lâche. Avec un scénario pareil, je ne serais pas surpris que l'infâme Zorglub surgisse de l'ombre…

— C'est assez baroque, je te l'accorde. Reconnais-lui au moins la palme de l'imagination.

— De l'imagination ? Pas étonnant que je me casse les dents sur cette affaire. Idiot que je suis, je m'obstine à considérer les faits et rien que les faits.

— C'est toute la différence entre le travail de la police et celui de la télévision. Pour les gens de télé, la réalité est très surévaluée. Il ne faut surtout pas qu'elle vienne entraver leurs réflexions.

— Nous n'avons travaillé qu'une journée ensemble, la première. Maintenant que je commence à connaître ton mari, je me demande quel était ton budget beignets hebdomadaire avec tes précédents coéquipiers?

— Crois-le ou non, Spence n'a jamais appelé personne avant toi. C'est une première.

— Très flatté. Un peu crevé, mais flatté.

— Tu connais Spence. Les flics l'ont toujours fasciné. Il adore cette idée de combiner show-biz et enquête policière. Encore hier soir, il m'a dit que ton boulot est le plus génial qu'il puisse imaginer et qu'il ne tiendrait qu'à lui d'échanger sa place contre la tienne.

Spence Harrington, troquer sa place contre la mienne? Je n'ai su que répondre. Je n'ai même pas essayé. D'ailleurs, Cates s'approchait à grands pas en aboyant.

— Zach! K-Mac! Vol avec homicide, 62ᵉ Ouest, entre Columbus et Amsterdam.

Un secteur que je connais bien. Plutôt calme, en temps normal.

— Que s'est-il passé?

Cates s'est plantée devant nous, l'air d'une femme qui n'avait pas beaucoup dormi non plus.

— Un car-régie. Avec un producteur exécutif dedans, abattu d'une balle en pleine poitrine.

40

Gabe et Lucy s'engouffrèrent dans l'appartement, renversant au passage le porte-parapluie en cuivre qu'elle avait déniché aux puces pour douze dollars.

Ils n'avaient pas échangé un mot de tout le trajet en métro, rejoignant leur immeuble sans rien dire, elle en larmes, lui en rogne.

Dans le hall, elle avait attendu l'ascenseur, épaules tombantes, yeux rouges, le moral à zéro. Puis elle avait fini par lui demander, immobile :

— Tu ne m'aimeras plus jamais, dis?

C'était le fin fond de sa pensée. Elle n'avait jamais fonctionné autrement. Tu as merdé : tu ne mérites plus qu'on t'aime. Ses parents lui avaient fait ce coup-là.

— Ne sois pas…

Il ravala le mot «stupide», corrigea :

— Ne dis pas de bêtises.

Les portes de l'ascenseur s'étaient ouvertes. Elle s'était tapie dans un coin, ses joues baignées de larmes, bras croisés sur les hanches.

— Lucy, ce qui s'est passé est passé. Je suis un peu sur les nerfs, mais je t'aime. Je t'aimerai toujours.

Peut-être pensait-il lui remonter le moral. Bien au contraire, elle s'était mise à trembler sans pouvoir contenir sa détresse. Jamais il ne l'avait vue dans un tel état d'abattement. Ce spectacle l'avait remué jusqu'à la moelle. Il s'était encore radouci et, l'enveloppant tendrement de ses bras :

— Ça va aller…, avait-il dit.

Puis il avait embrassé son front, ses yeux, ses joues baignées de sel, tâchant de la réconforter du mieux possible. Comme elle relevait la tête, il avait gentiment posé ses lèvres sur les siennes. Elle avait soupiré, entrouvert sa bouche, offert sa langue. S'enhardissant, il lui avait saisi les fesses, tandis que, cambrant ses reins, elle l'invitait contre elle. Il s'était mis à bander ferme. Sortis de l'ascenseur, ils avaient titubé jusqu'à la porte, qu'il avait fini par ouvrir. Elle n'était pas refermée que déjà Lucy tombait le pantalon et la culotte.

Elle l'attrapa par la ceinture et défit d'une main experte les boutons de son jean, tandis qu'il arrachait son coupe-vent et le jetait au petit bonheur.

La chambre était trop loin. Lui tournant le dos, elle s'appuya contre une chaise, ses deux mains à plat sur la table. Il l'agrippa par les hanches et la pénétra par-derrière, vigoureusement. À chacun de ses coups de boutoir, elle couinait :

— Pardon… Pardon… Pardon…

— Chhhhhh… Calme-toi… Ne dis rien… Ça va aller…

Ce fut sauvage et puissant. Une pure, brutale décharge d'adrénaline. Exactement ce dont il avait besoin. Ce dont tous deux avaient besoin.

Les orgasmes de Lucy avaient leur propre bande-son. Gabe se retenait jusqu'au moment où s'élevait le gémissement familier. Puis elle poussait le volume et heurtait la cadence. Alors il s'abandonnait, réprimant ses propres cris en épousant ses spasmes.

Regard vitreux, elle s'avachit dans ses bras. Il la porta jusqu'à la chambre. Là, ils ôtèrent ce qui leur restait de tissu et refirent l'amour sans hâte ni mots d'excuse, très tendrement.

Après quoi, Lucy serra un coussin dans ses bras, recoquillée en position fœtale. Gabe se lova contre elle et remonta le drap.

Un mot lui traversa enfin l'esprit : l'argent.

Il avait fourré les liasses de cent dans les poches de son coupe-vent. Combien ? Il n'en savait rien.

Ça pouvait attendre.

41

— Rouler comme un taré ne va pas le ramener à la vie, tu sais.

Sans décoller le pied du plancher, je traversais Central Park en direction de la 65e Rue Ouest.

— Je sais, Kylie, mais je ne peux pas m'en empêcher. C'est un peu comme d'être accro à un mauvais feuilleton : tu meurs d'envie de voir le prochain épisode.

— Je connais ça, mais pas au point de chercher la mort à un carrefour. Par ailleurs, apprends que les mots « mauvais feuilleton » sont un pléonasme.

Moins de cinq minutes plus tard, nous empruntions la 62e Ouest. Une voiture de police était garée le long du car-régie. Un flic en tenue, Frank Rankin, nous attendait à l'extérieur :

— On vient d'arriver. Le permis de circuler indique qu'il participait à un tournage à l'université Fordham. La victime, d'après l'appel qu'on a reçu, s'appellerait Jimmy Fitzhugh.

— Vous êtes entré dedans ?

— J'ai passé la tête. Je n'ai pas voulu polluer la scène, mais je devais m'assurer qu'il était bien mort.

— Et ?

— Un tir en pleine poitrine, à bout portant. Tant que la Crim n'est pas venue, on ne peut rien affirmer. Mais des morts, j'en ai vu, et celui-là l'est plus qu'un peu. Il y a aussi un coffre à l'intérieur, grand ouvert. Je n'ai pas vérifié, mais je suppose que le contenu s'est envolé.

— Qui a appelé le 911 ? s'est enquis Kylie.

— Un certain Michael Jackman. Assistant-réalisateur, à ce qu'il a dit. Il n'a rien vu ni entendu. Il avait rendez-vous avec la victime et a trouvé le corps. Il est assis à l'arrière du véhicule, avec ma collègue.

— Gardez-le au chaud. On entre jeter un œil sur la scène de crime.

Fitzhugh gisait sur sa chaise, vêtu d'un T-shirt gris imprégné de sang noirci, du col à la taille. Sur sa joue droite, une balafre encore fraîche.

— Crosse de pistolet, a décrété Kylie.

J'ai balayé l'intérieur du coffre avec ma lampe torche.

— Cet agent a vu juste. Il est vide.

— Mis à part le cinéma, ce meurtre ne ressemble pas aux précédents.

— J'ai le même ressenti, Kylie. Les trois autres étaient soigneusement planifiés, voire mis en scène. Tandis qu'ici, tout indique un vol qui a mal tourné. La victime est à son bureau, l'auteur des faits surgit, lui ordonne d'ouvrir le coffre. Fitzhugh refuse, l'autre l'aide à changer d'avis en lui assenant un coup de crosse. Fitzhugh ouvre le coffre, l'autre empoche le liquide.

— Ça, c'est le vol qui tourne bien. Mais puisqu'il a pris l'argent, pourquoi a-t-il abattu Fitzhugh ? Pourquoi corser et passer du vol au meurtre ?

— Parce que Fitzhugh l'a reconnu.

— Il y a tout de même un hic. Le type que nous cherchons est un as du travesti. Même avec une vidéo de lui, on est incapable de l'identifier.

— S'il est impossible à reconnaître, pourquoi avoir buté Fitzhugh ?

— C'est exactement ce que je viens de te dire, Zach.

— Alors on est à égalité : dans le cirage l'un et l'autre.

Nous sommes sortis du camion pour rejoindre la voiture où la collègue de Rankin, Robin Gallagher, nous attendait.

— Mike Jackman, le type qui a découvert le corps, est méchamment secoué. Il ne travaillait pas seulement avec la victime, il était son beau-frère.

— A-t-il dit quelque chose d'intéressant? a demandé Kylie.

— Il a d'abord dit: «Qui va l'apprendre à ma sœur et aux enfants?», ce qui peut se comprendre. Puis quelque chose de plus inattendu.

— Quoi?

— «Salaud de Levinson.» Il a dû le répéter une demi-douzaine de fois.

— Est-ce qu'on sait qui est ce «salaud de Levinson»?

— Non.

— Pouvez-vous demander à M. Jackman de sortir du véhicule? S'il n'y voit pas d'inconvénient, nous aimerions lui poser une ou deux questions.

C'est alors qu'est arrivé le break de la brigade criminelle. J'ai rêvé un instant d'en voir sortir la séduisante Maggie Arnold, pour la deuxième fois en deux jours. Manque de bol. La portière du conducteur s'est ouverte. S'en est extrait le riant John Dryden.

— Salut, John. Comment va depuis hier? Tu te souviens de Kylie MacDonald, ma partenaire?

— Où est le corps?

J'ai désigné le camion. Il s'y est dirigé d'un pas d'ours.

— Quel odieux personnage, s'est offusquée Kylie.

— Et encore, tu ne l'as pas connu avant qu'on lui paie des cours de savoir-vivre…

42

Le Caméléon avait dormi trois heures. Lorsqu'il s'éveilla, Lucy s'affairait dans la cuisine.

— Qu'est-ce qu'il y a pour le petit-déj? héla-t-il.

— L'heure est passée! Je nous prépare un brunch. Des pancakes – des vrais, pas des merdes congelées. Et je suis sortie acheter des framboises. Maintenant qu'on a les moyens!

Il se traîna jusqu'à la cuisine, encore nu.

— Comment ça, «maintenant qu'on a les moyens»?

— J'ai compté l'argent. Quarante-cinq mille dollars. Tu te rends compte que tout ça devait atterrir dans la poche d'un dealer? Je hais la drogue. Je ne comprends pas que les gens touchent à ça.

— Quarante-cinq mille, tu es sûre?

— Trois paquets de cent cinquante Benjamin Franklin, soit quinze mille chacun. J'ai recompté. Les pancakes sont prêts dans cinq minutes.

Il prit sa douche, poussant progressivement l'eau de chaud à bouillant. Il était noyé de remords. La veille, il avait tué deux, peut-être trois personnes qu'il aurait de nouveau tuées avec joie, sans cligner de l'œil.

Mais Jimmy Fitzhugh, c'était différent. Jimmy faisait partie des gentils.

«Ne tirez pas. J'ai deux enfants.»

Je sais, je sais. Tracy et Jim Jr. Mais que pouvais-je faire d'autre? Lucy a gueulé mon nom. Je n'avais pas le choix.

Mensonge, Gabe. C'est toi qui as pressé la détente, pas elle.

Il augmenta encore la température de l'eau. La douleur lui faisait du bien.

Je suis désolé, Jimmy. Sincèrement désolé.

Les pancakes étaient délicieux – au vrai beurre, avec de grosses framboises fraîches, du sirop d'érable épais, le tout arrosé de bon café bouillant. Ce petit-déjeuner ferait une scène d'intérieur parfaite pour son film.

— Tu es certain que j'ai crié ton nom? Parce que si c'est vrai, je te jure que je ne m'en suis pas rendu compte.

— Tu as dit: «Dépêche, Gabe.» Pas un mot de plus, par un de moins.

— Fitzhugh a eu le tort de réagir. S'il n'avait pas relevé, tu aurais pensé qu'il n'avait rien entendu et tu n'aurais pas eu besoin de le tuer. C'est sa faute autant que la mienne s'il s'est fait descendre.

— Non. C'est ma faute, point final. Je suis le réalisateur et le producteur. Je t'ai mis trop de pression. On n'a même pas répété. Tu n'étais pas taillée pour le rôle. Je n'aurais pas dû te le proposer.

— Ça ne se reproduira pas, Gabe. Je te le promets.

— Pour notre sécurité à tous, je crois qu'il serait bon que tu restes un peu hors champ.

— Je suis virée?

— Pas du tout. Au contraire. Tu es nommée coproductrice. Nous avons une ou deux nouvelles scènes à écrire. C'est là que je vais avoir besoin de toi. Plus que jamais.

— Quelles nouvelles scènes?

— Je me tâte encore, mais on vient de remonter quarante-cinq mille dollars dans nos filets, soit quinze mille d'excédent. Suffisamment pour s'offrir une ou deux scènes sympa et acheter à Mickey quelques feux d'artifice supplémentaires. De quoi s'éclater.

— Quatorze mille neuf cent quatre-vingt-quatorze. J'en ai eu pour six dollars de framboises.

43

Mike Jackman était un grand gars aux épaules larges, au regard chaleureux, qui dégageait un air de belle intelligence. Le genre de type, dans ses bons jours, qu'on aurait embauché séance tenante. Mais Mike n'était pas dans un bon jour. On aurait dit Bambi quand il fait les gros yeux au canon d'un fusil de chasse.

— On vous a dit que Jimmy Fitzhugh était mon beau-frère?

— Oui. Je vous présente nos sincères condoléances. Inspecteur Jordan, et voici l'inspecteur MacDonald, qui fait équipe avec moi. Avec votre aide, nous saurons peut-être où trouver l'assassin de votre beau-frère. Que pouvez-vous nous apprendre?

— Rien du tout. Fitz et moi, on se voyait chaque matin pour parcourir les notes de production de la journée. Je suis assistant-réalisateur, il était producteur exécutif. Il arrivait toujours le premier, je le rejoignais dans le car-régie. J'ai trouvé le coffre grand ouvert. Et Fitz sur sa chaise, mort. J'ai fait le 911.

— Qu'y avait-il dans ce coffre? a demandé Kylie.

— Ce n'était pas mes oignons.

— Vous vous entendiez bien?

— Comme les meilleurs amis du monde. Plutôt frères que beaufs.

— Je résume: votre meilleur ami, celui avec qui vous preniez le café chaque matin, ne vous a jamais laissé deviner ce que ce coffre pouvait contenir qui vaille la peine de le tuer?

— Jamais.

— Votre sœur le sait peut-être? Il va bien falloir qu'on lui apprenne l'affreuse nouvelle. On en profitera pour lui poser la question…

— Inutile. Elle ne sait rien de rien.

— Ce qui semble indiquer que vous, au contraire…

— Mike, suis-je intervenu. Vous me faites l'effet du bon copain qui dissimule une information en pensant protéger Jimmy. En réalité, c'est son assassin que vous protégez ainsi. Pourquoi ne nous dites-vous pas ce que vous savez? Ce n'est pas contre Jimmy qu'on s'en servira.

Jackman a secoué la tête.

— Jimmy est mort. Ce n'est pas pour lui que je m'inquiète. Si cette merde vient à se savoir, c'est ma sœur et les gosses que ça blessera.

— Nous ne sommes pas là pour salir la réputation de Jimmy, a répondu Kylie. Nous sommes là pour arrêter son assassin. Aidez-nous. S'il vous plaît.

Jackman est resté un moment à regarder Kylie au fond des yeux. Puis il a poussé un long et lent soupir.

— Promettez-moi une chose: quoi que je vous apprenne, ma sœur ne doit jamais rien savoir.

— Je vous le promets.

— Très bien. Fitz était… comment dites-vous dans votre jargon… une mule?

— Un passeur de drogue?

— Je me trompe de terme… Il servait d'intermédiaire entre le client et le fournisseur.

— Qui fournissait quoi?

— Je ne connais que son nom: Monte. Il lui vendait de la coke.

— Et le client?

— Notre employeur, Bob Levinson.

— Celui que vous insultiez dans la voiture de police?

— Entendons-nous, il produit de grands films. Mais comme patron, c'est une salope. Il vit sur une montagne de fric, entouré d'une cour de lèche-cul. Il achète par kilos, mais ce n'est pas lui qui pousse le caddie. Pour les contacts avec le fournisseur, il compte sur son producteur exécutif.

— Et si le producteur exécutif dit non, il peut aller pointer au chômage.

— Exactement. Levinson veille à n'embaucher que des pères de famille qui ont besoin du job. Et au-dessus de tout soupçon : casier vierge, aucun passé, aucune histoire de drogue.

— Combien pouvait-il y avoir dans ce coffre ?

— Chaque mois, Levinson lui remettait quatre liasses de quinze mille. Monte passait le jeudi avec un kilo de coke qu'il échangeait contre une liasse. Nous sommes le 9 aujourd'hui, il devait donc rester trois liasses.

— À part vous, qui était au courant de ce trafic dans son entourage professionnel ?

— Les gens parlent. Il y avait des rumeurs. Mais de là à savoir qui était au courant de quoi…

— Il nous faut une liste de toutes les personnes en lien avec la production, de près ou de loin. Machinistes, éclairagistes, livreurs de repas… Tout le monde.

— Bien, m'dame. Je vous imprimerai ça.

Il s'est levé pour partir, s'est retourné :

— Encore une question : Levinson, vous allez l'arrêter ?

— Si nous avions un chef d'inculpation, sans hésiter. Mais nous n'en avons pas.

— Ce n'est pas plus mal. Ne salissons pas la mémoire de Fitz.

Puis il est sorti pour de bon.

— Vous avez une minute ?

Nous nous sommes retournés : cette voix était celle de John Dryden, notre apathique malabar.

— Tu as quelque chose pour nous, John ?

Il m'a gratifié d'un regard qui voulait dire à peu près:
«Brillante question. Pour quelle raison irais-je déranger
deux flics sur une scène de crime? Évidemment que j'ai un
truc pour vous. »

De la tête, il nous a fait signe de le suivre dans le car-régie
et nous a désigné le hublot de gauche.

— Regardez. Premier hublot: store baissé. Et de l'autre
côté: second hublot, store baissé. À l'exception de ces deux
lamelles entrebâillées, permettant à la personne qui se tiendrait là de surveiller la rue.

— Une petite personne: l'entrouverture n'est qu'à un
mètre cinquante du plancher.

— Or l'angle d'entrée du projectile dans le corps de
la victime désigne un tireur plutôt grand. Donc ils étaient
deux. Le tireur et le guetteur.

— Deux… Déjà qu'on ne trouve pas le premier, a soupiré Kylie.

Haussement de Dryden. Pas son problème.

44

Le Walther PPK était son arme de choix : un petit pistolet de poche, le même que James Bond, tout simplement parfait. Mais trop brûlant pour s'en resservir déjà. Il ne pouvait pourtant pas prendre le métro sans arme, avec quarante-cinq mille dollars.

Gabe ouvrit le petit placard et choisit le Glock 23. Un calibre .40, plus massif que le PPK .380, donc plus difficile à dissimuler, mais dans le cas même improbable où un flic le contrôlerait, jamais il ne ferait le lien avec le vol et homicide de la 62ᵉ Rue.

Il prit la ligne 6, changea à Grand Central et sauta dans le 7. Trajet tranquille, presque plaisant. Il ne pouvait s'empêcher de penser à Lucy. Une fille géniale. En lui proposant de l'aider à étoffer son scénario grâce à la rallonge de quinze mille dollars, il n'avait cherché qu'à lui donner le sentiment d'être utile. Il n'attendait pas d'étincelles.

Or elle avait sorti de son chapeau une idée absolument prodigieuse, qui multipliait par mille l'intérêt du scénario.

— J'aimerais compléter ma commande, dit-il à Mickey en entrant dans le loft.

— Quelle arme de destruction massive te ferait plaisir ?

Gabe avait crayonné l'idée de Lucy sur un petit calepin.

— Je ne garantis pas l'exactitude de mon crobard, mais ça pourrait ressembler à quelque chose de ce genre. Ton avis ?

— Ici, c'est qui ?

Gabe le lui dit. Sifflement admiratif de Mickey :

— Tu ne manques pas de couilles, Benoit.

— Félicite ma copine, c'est elle qui a eu l'idée. Ça te paraît réalisable ?

— Du plastic, je peux t'en avoir autant que tu veux. Quel genre de détonateur tu vois ?

— J'hésite encore... Tu n'as qu'à panacher : minuterie, télécommande, ou bien un truc que je puisse déclencher avec un fil de détente. Quelque chose de simple, à la portée du premier imbécile. N'oublie pas que je ne suis pas un pro.

— Et pour ce rab de matos, tu as prévu une rallonge ?

— J'ai un chiffre en tête.

— Dis.

— Qu'est-ce que tu peux m'avoir pour, disons, quinze mille de plus ?

Les yeux de Mickey prirent la taille de soucoupes. Un rire glaireux manqua l'étouffer.

— Mon bonhomme, pour quinze patates de plus, je te promets un barouf de tous les diables !

Gabriel sortit les trois liasses de son sac à dos et les jeta sur la table.

— Voilà. Quarante-cinq mille.

Mickey prit l'une des liasses, la feuilleta, la reposa.

— Je me demande combien Jimmy Fitzhugh en avait en tout dans son coffre...

— Qui te parle de Jimmy Fitzhugh ? se raidit Gabriel.

Mickey alluma une cigarette, expulsa la fumée au plafond.

— Personne ne me parle de rien. On n'entend que ça sur radio-police. Vol avec homicide dans un car-régie des productions Levinson. Deux agresseurs. James Fitzhugh, producteur, abattu. Tu me crois débile ? C'est bien toi qui m'as dit que tu savais où trouver l'argent, mais qu'il fallait être deux. J'assemble les pièces, c'est tout. Alors, avec qui t'étais ?

— Avec ta mère. Tu veux toujours du taf ou tu préfères te mêler de ma vie privée ?

— Du calme, mon lapin! fit Mickey, mains levées. Je ne me mêle de rien. Chacun ses oignons : leçon numéro un à Ray Brook. Je discutais, c'est tout. Oublie ma question. Parlons plutôt de ta commande.

— Notre deal prévoyait que tu puisses me livrer demain.

— Pas de souci. Je peux toujours.

— Parfait. Mais pas de retard, hein. J'ai un emploi du temps de malade.

— Quarante-cinq mille de pétards, demain sans faute, ici même.

— Ah, il manque un billet dans une des liasses. Ma copine l'a pris pour faire des courses.

— Pas de souci. Dis à ta petite femme que c'est cadeau. Marché conclu?

— Conclu, fit Gabe sans hésiter.

Entente scellée par une poignée de main, dans la vieille et respectable tradition hollywoodienne.

45

— On dirait bien qu'on tient le bon bout, a dit Kylie.

Nous avions maintenant deux listes : celle que Shelley Trager nous avait transmise, contenant les noms de tous ceux qui s'étaient trouvés à un moment ou un autre sur le plateau où Ian Stewart avait été abattu ; et celle que Mike nous avait imprimée, contenant les noms de toutes les personnes liées de près ou de loin aux studios Levinson.

Il ne nous restait donc qu'à recouper ces deux listes de plus de quatre cents noms en tout. Seuls douze noms figuraient sur l'une et l'autre, dont huit hommes.

— On gagnerait du temps en partageant ces noms avec une autre équipe, quatre chacun.

— On en gagnerait encore plus en se les partageant à huit : chacun un, a ironisé Kylie.

— Mon souci d'efficacité des services n'a pas l'air de te convenir...

— Ça me ferait mal ! Primo, toi et moi étions sur les deux scènes de crime : pourquoi perdre du temps à mettre une autre équipe au parfum ? Secundo, je suis dévorée d'une ambition féroce et je ne laisserai personne me chiper l'affaire du siècle. Maintenant, dis-moi lequel de ces deux arguments a ta préférence et je me ferai une joie de te l'enfoncer dans le gosier.

— Pas la peine d'insister... «Dévorée d'ambition féroce» me paraît un charmant résumé.

— Parfait. N'oublie pas de l'inclure dans ton rapport pour Cates. Je ne crois pas qu'elle le retiendra contre moi.

Au milieu de l'après-midi, nous avions biffé cinq noms. Deux d'entre eux, qui se trouvaient sur le tournage avec Stewart dès 7 heures du matin, ne pouvaient avoir empoisonné Sid Roth au Regency. Deux autres disposaient de solides alibis au moment de l'attentat au Radio City Hall, le lundi soir.

Le cinquième était noir. Il s'était marré en apprenant le motif de notre interrogatoire :

— Vous n'avez pas vu la vidéo du gars qui a fait cramer la limo de Brad Schuck? Il était blanc, le mec! Vous devriez régler la couleur de la télé!

Rires partagés, plates excuses et retour au bercail.

— Et maintenant?

— Direction Middle Village, dans le Queens. Intersection 79e Rue et Furmanville Avenue. À côté de l'adresse, il y a marqué : «Jardins du Paradis.»

— Sûrement un restaurant chinois.

— Ou un massage thaïlandais. Attends une seconde. Voyons sur Google…

Kylie a sorti son iPhone.

— Mince alors… Très encourageant. Un institut de santé mentale!

— Avoue que c'est rigolo : on recherche un dangereux maniaque, mais le dernier endroit où l'on penserait le trouver, c'est bien chez les dingos!

Kylie m'a donné l'adresse exacte. C'était à vingt minutes. J'ai rejoint la voie rapide sur Long Island.

— On sait quoi sur ce type?

— Il était figurant sur le tournage de Stewart, ce qui signifie qu'un de nos hommes l'a interrogé. Également figurant pendant trois jours pour les studios Levinson, la semaine dernière. Il a pu entendre parler de l'argent de la drogue planqué par Fitzhugh dans le car-régie.

— Et son nom?

— Benoit. Gabriel Benoit.

46

Le secteur de Furmanville Avenue, dans le Queens, est un quartier populaire plutôt tranquille, bordé de petites maisons d'un étage flanquées de minuscules courettes. Les rues sont un brassage aberrant de petites citadines japonaises et d'énormes VUS bouffeurs d'essence.

Dans ce décor s'élevait un bâtiment fonctionnel de trois étages en brique blanche, datant des années 1960, qui s'efforçait de paraître quelconque et ne parvenait qu'à être hideux.

L'auvent, couleur bordeaux, portait l'inscription «Jardins du Paradis».

— C'est rassurant de voir que le plan d'urbanisme de New York est assez souple pour autoriser l'installation d'un nid de coucous au beau milieu d'un quartier peuplé de jeunes âmes influençables!

— Déduction hâtive, inspecteur MacDonald. L'asile de fous était peut-être là dès l'origine, et ce gentil petit quartier s'est développé autour.

— Cliniques privées, maisons de repos, hôpitaux de jour... Je connais ce genre d'établissements. Tu te risques à leur poser une question, ils se montrent plus méfiants qu'un avocat mafieux. En général, tu tombes sur une petite fouine hypocrite, «sincèrement désireuse de t'aider», qui se retranche aussitôt derrière le secret médical et ne lâchera rien sans une assignation.

— On pourrait menacer cette fouine-là de poursuites pour publicité mensongère? Le trottoir est défoncé, l'herbe est grillée et ce bâtiment est une monstruosité. Jardins du Paradis? Mon cul, oui.

Une épaisse moiteur régnait dans le hall d'entrée. Si les pensionnaires payaient l'air conditionné, c'était pour des prunes.

La réceptionniste était une femme entre deux âges. À l'évidence, elle avait bénéficié d'un prix de gros sur la teinture écarlate. Elle a levé le nez est s'est fendue d'un sourire de bienvenue. Un début très prometteur, donc.

— Bonjour. En quoi puis-je vous être utile?

Son accent trahissait la native du Queens élevée sous la mère.

— Police de New York, ai-je répondu en brandissant mon badge. Nous recherchons M. Gabriel Benoit.

— Qui dites-vous?

J'ai prononcé le nom plus lentement: «Ben-oy't.» B-E-N-O-I-T.

— Oh! vous voulez dire «Beunwa», a-t-elle répondu en hochant la tête, visiblement consternée par ma diction. Il ne fait plus partie de nos pensionnaires.

— Savez-vous où nous pouvons le trouver?

— Vous pourrez le demander au docteur Ben-David, qui dirige l'institut. Mais asseyez-vous donc.

La salle d'attente était remplie de sièges cossus qui avaient dû paraître le comble du confort sous l'administration Truman. À ce stade de leur existence, hélas, le luxe avait laissé place au sordide.

Nous avons patienté.

— Cinq dollars qu'il roule à fond pour les Mets, a lancé Kylie.

J'étais sur le point de refuser ce pari stupide lorsqu'un cri strident a déchiré le silence. Dans un asile de fous, les résidents passent leur temps à hurler nuit et jour. Mais ce cri-là était différent. C'était celui d'une personne en proie à une violente douleur. Je le savais, Kylie le savait et la réceptionniste aussi.

— Mon Dieu! s'est-elle écriée en se précipitant à travers le hall. Le docteur Ben-David!

47

Nous avons suivi notre hôtesse à l'autre bout du grand hall dont le jaune pimpant, avec le temps, avait tourné au pisseux.

La porte du docteur Ben-David était ouverte. Nous nous sommes précipités à l'intérieur. Le directeur ne ressemblait pas du tout à l'idée que nous nous en étions faite : c'était une directrice.

Âgée d'une trentaine d'années, affalée sur un sofa, Laura Ben-David était incroyablement séduisante. Et incroyablement enceinte.

— Docteur Ben-David ? s'est enquise la réceptionniste. Est-ce que tout va bien ?

Laura Ben-David s'est redressée.

— Merci, Doris, ça va... Je suis horriblement confuse de vous avoir alarmée, mais il semblerait que ce chenapan veuille sortir avec deux semaines d'avance sur le planning, dit-elle en plaquant ses deux mains sur son ventre. Il vient de me faire une fameuse contraction.

— Le travail a commencé ? a demandé Kylie.

— Je suis en plein dedans.

— Nous sommes de la police de New York. On vous conduit à l'hôpital ?

— Inutile, merci. Je viens d'appeler mon mari. Il arrive dans cinq minutes.

— Ils sont ici pour Gabriel Benoit, a glissé Doris.

— Il m'a donné bien du souci. Comment va-t-il?

— Nous n'en savons rien. Mais je me présente, inspecteur MacDonald, j'accompagne l'inspecteur Jordan. Vous sentez-vous capable de répondre à quelques questions?

— S'il faut répondre par oui ou non, probablement à une ou deux... Mais je ne peux pas vous garantir que ce petit coquin-là me laissera le temps de passer le grand oral!

Grimace.

— Doris, merci de retourner à l'accueil et de montrer le chemin à Lawrence dès qu'il sera là.

Doris partie, Kylie s'est assise à côté du docteur Ben-David.

— Votre réceptionniste nous a appris que M. Benoit ne fait plus partie des résidents. Pourquoi avait-il été admis?

— Vous savez que je ne peux répondre à cela.

— Pouvez-vous nous dire quand il est sorti?

— Il y a quelques mois.

— Et pouvez-vous nous dire le nom du médecin qui l'a relâché?

— Il est sorti tout seul.

— Êtes-vous en train de me dire que ces gens-là vont et viennent à leur guise?

— La plupart de «ces gens-là», comme vous dites, ne sont pas autorisés à sortir. Mais Gabriel est entré ici de son plein gré. Il était libre d'aller et venir comme bon lui semblait.

— A-t-il laissé une adresse?

— Ouille... Ne me faites pas rire! a répondu Laura Ben-David en se tenant le ventre. Quand on est dans l'état mental de Gabriel Benoit, on ne laisse pas d'adresse. Les patients dans son genre ont trop peur d'être suivis à la trace.

— Vu son cas, c'est la prudence même.

Un homme est entré sans frapper et s'est agenouillé près d'elle.

— Laura, comment te sens-tu?

Comme s'ils avaient répété la scène, elle a poussé un glapissement – moins strident que le hurlement qui nous avait fait bondir – et a planté ses ongles dans le dos de son mari pour vaincre une trente-deuxième contraction, avant de pouvoir articuler :

— Ça va… Inspecteurs : Lawrence, mon mari.

— Ma chérie, je pense qu'ils peuvent attendre. La voiture est dehors. Allons-y.

Il l'a aidée à se lever du sofa. Notre plus fiable informatrice s'apprêtait à décamper dans un service d'obstétrique. C'était le moment de tenter le tout pour le tout et c'est Kylie qui s'est dévouée.

— Docteur Ben-David… Gabriel Benoit est suspecté d'une série d'homicides avec violence.

Elle s'est arrêtée net.

— D'homicides ? Oh, mon Dieu, c'est atroce…

— Nous savons qu'il y a des règles déontologiques, nous avons entendu parler du secret médical, mais un grand nombre de vies – de vies innocentes – sont en jeu. Y a-t-il quoi que ce soit que vous puissiez nous dire pour nous aider ?

Laura Ben-David s'est tournée vers son mari.

— Lawrence, juste une minute. S'il te plaît. Attends-moi dehors. J'arrive tout de suite.

— Laura, tu es sûre que… Très bien. Dans une minute exactement, je reviens te chercher et je t'emmène à l'hôpital de gré ou de force.

Et il est sorti en claquant la porte.

— Inspecteur MacDonald, la loi me fait obligation de ne divulguer aucune information médicale hors décision de justice…

— Ça ne va pas nous aider.

— Vous m'avez mal écoutée. Laissez-moi terminer. Je reprends : la loi *me* fait obligation de ne divulguer aucune information médicale hors décision de justice. La même obligation vaut pour les employés de cet institut. Mon métier n'est pas de vous aider à arrêter un criminel. Mon métier est de veiller sur les cent dix-huit autres pensionnaires de cet établissement, lesquels ne sont pas soumis, n'est-ce pas, aux mêmes interdictions. Est-ce que je me fais comprendre ?

Kylie comprenait parfaitement.

— Nombre de nos résidents sont curieux comme des pies, voire franchement indiscrets. Mais aussi très loquaces. En particulier J. J. Mais ils sont aussi fragiles, vulnérables et assez farouches. Surtout, ne les effrayez pas. Bien compris ?

— Oui, madame. Merci.

— Je ne pouvais pas faire moins. Ni plus, hélas.

Kylie l'a prise dans ses bras.

— Je vous souhaite d'avoir un beau bébé.

J'ai ouvert la porte et Lawrence l'a conduite jusqu'à la sortie. Je n'ai trouvé qu'un mot à dire :

— Très agréable, cette femme. Rien à voir avec la petite fouine hypocrite qu'on m'avait promise…

48

Je suis allé trouver Doris, qui avait regagné la réception.

— Le docteur Ben-David nous a autorisés à rendre une petite visite à vos pensionnaires, lui ai-je dit.

Elle n'a pas du tout paru surprise. Au contraire, elle devait être dans la confidence.

— Dans ce cas, je vous conseille de faire connaissance avec le monsieur au T-shirt Freud, m'a-t-elle répondu sans lever les yeux. La salle de jour est là-bas, a-t-elle ajouté avec un signe de tête.

Une petite douzaine d'hommes et de femmes vaquaient dans la grande salle commune de l'institut psychiatrique, un de ces endroits où l'on mesure pleinement le bonheur de ne pas vivre enfermé. Seuls ou en petits groupes, ils regardaient la télé, étudiaient le vol des mouches, discutaient entre eux ou se tenaient à l'écart, pianotant calmement sur un ordinateur ou un jeu vidéo. En somme, comme dans une salle d'embarquement. À ceci près que ces voyageurs-là n'allaient nulle part. Et qu'on pouvait lire ça dans leurs yeux.

— T-shirt Sigmund Freud à onze heures, a chuchoté Kylie.

L'homme en question semblait avoir mon âge. Efflanqué et longiligne, le crâne semé de rares cheveux blonds, le nez chaussé de lunettes rondes en fer, il était posté à une fenêtre et tenait dans sa main gauche deux cigarettes intactes.

— Tu te rappelles ce qu'a dit le docteur? ai-je soufflé à Kylie.

— Oui : curieux et loquace.

— Et vulnérable. Vas-y mollo.

— Tu me connais, numéro six. Je suis plus douce qu'une chatte.

Il n'y avait là, bien entendu, aucun sous-entendu sexuel. Mais vous connaissez le cerveau mâle : pas besoin de lui montrer le chemin. Le mien s'est aussitôt souvenu de notre premier mois de formation. Avant que Spence n'apparaisse dans le tableau. En ce temps-là, Kylie MacDonald était plus tigresse que chatte…

— La maladie mentale te fait reculer? a-t-elle ajouté. Pas moi. Qui m'aime me suive…

Kylie s'est approchée de l'ami Freud. À quelques pas, mais à portée d'ouïe, elle s'est arrêtée et m'a dit :

— Quelle déception, je pensais trouver Gabriel…

— Hein? Gabriel qui?

— Mais le réalisateur, voyons. T'es nouveau? Tout le monde le connaît, ici.

Sigmund Freud s'est détourné de la fenêtre pour nous apostropher :

— Pardonnez-moi. Vous cherchez Gabriel?

Sourire guilleret de Kylie, heureuse de trouver une oreille secourable.

— Oui. Bonjour, je m'appelle Kylie.

— Et moi J. J. Pourquoi cherchez-vous Gabriel?

— Je suis actrice, il est réalisateur.

J. J. s'est marré. Dingue ou pas, il n'était pas plus insensible au charme de Kylie que le reste du genre humain.

— Je le connais bien. Vous êtes dans un de ses films?

— Non, mais j'aimerais. Je suis venue pour le casting. Vous qui le connaissez, vous auriez un conseil à me donner?

— Allons nous asseoir dehors. On pourra en griller une.

Et comme deux vieux copains, ils sont sortis par une porte-fenêtre qui donnait sur une terrasse garnie de meubles de jardin encore plus défraîchis que le mobilier intérieur. J. J. s'est installé dans un rocking-chair en osier et Kylie s'est assise en face, sur un banc. Quant à moi, je rôdais à distance raisonnable.

J. J. a fait passer ses cigarettes dans sa main droite, sans en allumer aucune.

— Gabriel n'est pas un réalisateur commode. En audition, inutile d'improviser. Je ne plaisante pas. Le script, rien que le script! Il déteste être rewrité. Je me rappelle, un soir, il y avait du rôti au menu. Au dernier moment, ils nous ont servi du poulet. Gabriel est devenu fou, il criait : «Qui a revu la scène?»

— Il est habité…

— Non, Kylie. Scorsese est habité. Gabriel est fou. Nuance.

— Je veux quand même auditionner. Mais où est-il?

— Parti. Envolé. Pfuit! Évaporé. Un soir, on l'a vu traverser la salle de jour, on était en train de regarder cette série japonaise avec les robots, vous connaissez?

— Non. C'est bien?

— Pas mal, si on aime les robots. Bref, Gabriel déboule et nous annonce que les scènes de dingos sont dans la boîte. Puis il nous dit que nous sommes tous des vedettes, mais qu'il ne peut pas nous promettre d'être au générique avant le montage et la post-prod. Il est parti le lendemain, on ne l'a jamais revu.

— Vous l'avez lu, ce scénario?

— Jamais! Ils n'étaient que deux à avoir le droit de le lire : lui et Lucy.

— Lucy?

— Sa copine.

— Vous connaissez son nom de famille?

J. J. a hoché la tête.

— Non, juste son prénom. Genre : je suis assez célèbre pour me passer de patronyme. Comme Oprah, quoi. Sauf que la plupart des gens savent qu'elle s'appelle Winfrey.

— Et elle vit toujours ici?

— Non. On ne l'a jamais vue. Mais je parie qu'il est avec elle. Ils étaient inséparables. Vous savez ce que je crois?

— Non. Dites.

— Je crois que Gabriel n'avait aucune raison d'être interné ici. Je pense qu'il est venu dans le seul but de tourner son film.

— Je suis quand même surprise qu'on l'ait laissé entrer avec une caméra...

J. J. l'a regardée comme s'il avait affaire à une demeurée.

— Quelle caméra?

Et de se frapper le front:

— Tout est là-dedans!

Une seconde de battement pour filtrer l'information:

— Mais alors, le film... il est dans sa tête?

Haussement d'épaules.

— Ben, je crois vous l'avoir dit... Ce mec est bon à enfermer.

49

Lucy avait découvert sa cachette depuis plusieurs mois : dans son bureau, le seul meuble qu'il eût d'ailleurs apporté dans cet appartement. Cherchant l'agrafeuse, elle avait ouvert le tiroir du bas un peu trop vivement et l'avait sorti de son logement.

Or ce tiroir était moitié moins long que les autres. Et derrière, il y avait un double fond. L'espace secret où il cachait ses lettres. Des monceaux de lettres.

Lettres de femmes, forcément. Gabe avait eu d'autres copines avant elle. Ce qui la crispait davantage, c'était qu'il les eût conservées. Pire encore, il les lui cachait.

Elle avait remis le tiroir en place. Ces lettres ne la regardaient pas. Elle s'était fait le serment de ne jamais les lire et avait tenu cet engagement. Environ dix minutes. Puis elle était parvenue à un arrangement avec sa conscience : elle ne lirait que deux ou trois lettres, pas plus, histoire de se faire une idée. Et, peut-être, d'apprendre comment elle avait emporté le morceau. Mais elle n'irait pas plus loin. À moins, bien sûr, que certaines de ces lettres fussent trop récentes. Auquel cas, gare à ses fesses !

Ressortant le tiroir, elle avait pris une pleine poignée d'enveloppes. Ce n'étaient pas des lettres de femmes. Il s'agissait de courriers professionnels. Réponses de studios de cinéma, de chaînes de télévision, de producteurs, d'acteurs, de réalisateurs. Elle en avait lu cinq ou six :

Cher Monsieur,

Nous vous remercions de nous avoir communiqué vos propositions. Nous sommes cependant au regret de vous apprendre que...

Malheureusement, votre histoire ne correspond pas à celles que...

À notre grand regret, notre agenda de production pour la saison à venir ne nous permet pas d'envisager...

Une collection de lettres-types au contenu immuable : merci, mais non merci. Des centaines de refus, certains vieux de plus de dix ans. Cela faisait peine à voir.

Les mois avaient passé, Lucy n'avait rien dit. Elle aurait aimé en parler à Gabe, le rassurer sur lui-même. C'eût été avouer qu'elle les avait lues.

Au lieu de ça, elle lui avait encore compliqué la vie. Elle venait de saboter la scène du hold-up. Après l'avoir tanné pour obtenir un rôle dans son film, elle avait tout gâché.

Comment se le faire pardonner ? Car il fallait bien qu'elle se rachète. Assise à son ordinateur, picorant les derniers ragots de Hollywood sur ses sites favoris, la foudre l'avait frappée. Une inspiration subite. Brillante, même. Et qui cadrait parfaitement avec le reste du film.

Elle avait lancé Word, ouvert un nouveau fichier et s'était mise à écrire.

SCÈNE ADDITIONNELLE :

50

Le coude planté sur l'accoudoir de son fauteuil, le menton appuyé sur les phalanges de sa main droite, le capitaine Delia Cates était plongée dans une méditation silencieuse. Cette posture, celle-là même du *Penseur* de Rodin, lui avait d'ailleurs valu ce surnom.

Lorsque notre patronne est en mode statue, le silence se fait autour d'elle. Il faut lui laisser le temps de réfléchir. Kylie et moi ne faisions justement rien d'autre.

— Il réalise un film, venait de répéter Cates pour la troisième fois. Un film sans caméra.

— Tout est dans sa tête, ai-je répondu pour la troisième fois également.

— C'est ce que je ne parviens pas à comprendre. C'est insensé.

— Ce type est un dément, capitaine. Il n'y a rien de sensé à attendre d'un gars dont la dernière adresse connue est un asile d'aliénés.

— Que faites-vous du meurtre de Ian Stewart et de l'attentat contre Brad Schuck ? Ce n'était pas seulement dans sa tête. C'est aussi sur pellicule.

— C'est vrai, mais la plupart de ses performances sont en *live*.

— J'appelle ça du théâtre, Zach. Pas du cinéma.

— Je vous promets d'en faire l'observation à M. Benoit.

177

— À ce sujet, quand comptez-vous l'arrêter? Vous avez son nom, vous avez sa photo et même un début de piste sur sa copine. Qu'attendez-vous pour cueillir ce tordu?

— Capitaine, nous ne faisons que ça. Mais il est malin.

— Non, inspecteur, pas malin : dément. C'est vous qui l'avez dit. Mettez Cheryl Robinson sur le coup. Qu'elle nous aide à comprendre ce qu'il a dans la calebasse. Où il pourrait se planquer. Où il pourrait frapper. Qu'elle n'omette rien.

— Je lui ai déjà laissé plusieurs messages, à son poste et sur son portable. Si elle ne me rappelle pas d'ici ce soir, je ferai le point avec elle demain matin.

Cates s'est tournée vers Kylie.

— Vous qui êtes dans le show-biz, qu'est-ce que tout ça vous inspire?

— C'est mon mari qui est «dans le show-biz», pas moi. Mais, pour avoir côtoyé des centaines de personnes qui évoluent dans ce milieu, je peux vous dire que la plupart vivent dans un sentiment d'insécurité. Où qu'ils aillent, ils ont l'impression d'être jugés en permanence. Et vous savez quoi? Ils le sont.

— Comme nous tous.

— C'est différent… Tenez, admettons que vous soyez concessionnaire automobile. Un client vient essayer un modèle, puis il vous rend les clés en disant : «Cette voiture est vraiment trop nulle, je ne la prends pas.» Ça ne veut pas dire qu'il vous hait. C'est le produit qu'il n'aime pas. Or dans le show business, en général, le vendeur est son propre produit.

— Tout refus est donc vécu comme un affront personnel…

— Exactement. Gabriel Benoit frappe à la porte de cet univers depuis des années sans parvenir à entrer. On le néglige, on le sous-estime, on l'ignore, on l'écarte, on le rejette. Il s'obstine, mais rien à faire : il n'arrive pas à percer.

— En attendant, cet enfoiré se console comme il peut. Ramenez-le-moi.

Kylie et moi savons reconnaître une réplique sans réplique. C'en était une. Nous nous sommes dressés comme un seul homme, mais aussitôt Cates nous a fait signe de nous rasseoir.

— J'ai un peu réfléchi. Peut-être M. Benoit n'est-il pas aussi dément qu'on le croit. Peut-être réalise-t-il vraiment un film.

Pause.

— Par «réaliser», j'entends «concevoir». Mettre au point le scénario. En ce moment même, des millions de gens sont suspendus à cette histoire. Il y a de l'action, du spectacle, du suspense… Tout le monde attend la suite. En moins de vingt-quatre heures, ce figurant négligé, ignoré, est passé du statut de loser à celui de star du crime.

— Peut-être, mais il est le seul à savoir qu'il joue dans son propre film.

— Pour le moment. Mais d'ici qu'il ait dirigé la scène finale, ne croyez-vous pas que tous les studios d'Amérique lui feront un pont d'or pour acquérir les droits?

— Capitaine, il n'en toucherait pas le premier centime. Rappelez-vous le Fils de Sam: un criminel ne profite jamais de… mais oui, ça y est! Comment n'y ai-je pas pensé?

Sourire de Cates:

— On dirait que l'inspecteur MacDonald vient d'avoir une révélation mystique…

— Et en plus c'est contagieux, ai-je ajouté. Benoit se fout de l'argent. Il n'a pas besoin de caméras. Lui, il écrit le scénario. C'est un autre qui fera le film.

— Son film, a renchéri Cates. Avec Brad Pitt, Johnny Depp ou George Clooney dans le rôle de Gabriel Benoit. Au train où vont les choses, c'est plutôt en bonne voie.

— Si c'est vrai, a encore dit Kylie, nous ne sommes qu'au milieu de l'acte II. Et je suis prête à parier qu'il a prévu pour l'acte III un bouquet final digne d'un blockbuster.

Personne n'a relevé le pari.

51

Kylie et moi glanions des infos sur Gabriel Benoit en dévorant des sandwichs lorsque nous avons appris la mort de Brad Schuck. Il n'était pas sorti du coma.

Pour nous, ça ne changeait rien. Le temps de mettre sa fiche à jour, je reprenais mon travail. Il était 21 heures quand Cheryl Robinson a fini par me rappeler. On entendait des bruits derrière, des bruits joyeux qui la forçaient à parler fort :

— Zach, je viens d'avoir ton message. Désolée, je suis au resto et le téléphone était dans mon sac. Tu voulais me parler?

— Oui. On a un suspect. Cates aurait besoin de tes compétences pour savoir ce qu'il a dans le crâne.

— Tu me fais le pitch?

— Gabriel Benoit, trente-quatre ans, fils unique, né à Stuttgart, Allemagne. Enfance itinérante au gré des affectations de son père, officier du renseignement militaire : Corée du Sud, Alabama, Georgie, et pour finir le Pentagone. Études secondaires en Virginie, bon niveau, intérêt marqué pour le cinéma. Abandonne en première année de fac. Parcours chaotique, jusqu'à son arrivée à New York. Apparitions déclarées dans des centaines de films et téléfilms, sous son vrai nom. Il y a deux ans, change d'adresse pour une poste restante, puis échoue dans un asile d'aliénés, où nous pensions l'avoir localisé. Il en est sorti voici quelques mois.

— Soit il est devenu paranoïaque il y a deux ans au point de s'ingénier à ce qu'on ne le trouve nulle part, soit c'est le moment où il s'est mis à planifier ses crimes.

— Ou les deux.

— Envoie-moi tout ce que tu as sur lui. Je tâcherai d'y voir clair en rentrant et on en reparle demain matin au petit-déj. Cinq heures, ce n'est pas trop tôt pour toi?

— En ce moment non. Merci, doc. Désolé d'avoir interrompu ta soirée.

— Ne t'excuse pas. Il comprend parfaitement. C'est un flic.

Et elle a raccroché.

«Il»? Cheryl passait sa soirée avec un homme? Et un flic, en plus? Elle n'avait pas mis longtemps à le remplacer, son Fred! Ce gars-là avait-il un point de vue sur l'opéra?

On a encore travaillé deux bonnes heures, Kylie et moi. Vers minuit, je m'écroulais dans mon lit. Quatre heures plus tard, j'avais un appel de Kylie, mais je savais à quoi m'en tenir.

— Salut, Spence.

— Non, c'est moi. J'ai passé un savon à Spence: «Quand tu as une idée de génie à 4 heures du matin, au lieu de réveiller Zach, réveille-moi.»

— Eh bien, remercie-le de ma part de ne pas m'avoir réveillé...

— Écoute, c'est très sérieux. J'ai rapporté à la maison une vidéo de Benoit en train de lancer le cocktail Molotov. Je l'ai regardée au moins dix fois. Parfois seule, parfois avec Spence. Il vient de me réveiller en disant: «Ça y est, j'ai compris.»

— Ne me dis rien: le colonel Moutarde, dans la véranda, avec le chandelier?

— Zach, je sais ce que tu penses de Spence... qu'il est un peu, disons... créatif. Mais cette fois, je crois qu'il a mis le doigt sur un truc.

— Mettons que je n'aie rien dit. Je t'écoute.

— Toi, je ne sais pas, mais moi, quand je regarde cette vidéo, j'ai tendance à focaliser sur le visage de Benoit.

Spence, lui, c'est le cocktail Molotov. Il a fait un arrêt sur image. Eh bien, il n'y a pas de mèche. Pas de chiffon imbibé. Pas de flamme.

— Et alors?

— Et alors, d'après lui, c'est un truc de métier. On ne peut pas tendre une bouteille enflammée à une superstar assurée pour des millions. Alors, plutôt que d'avoir recours à une doublure, on se passe de mèche. Nous savons que Benoit a commis le hold-up avec un complice. Je me demande si ce ne serait pas un spécialiste des effets spéciaux.

— Sans vouloir démolir l'une après l'autre les élucubrations nocturnes de Spence, n'importe quel gosse est capable de bricoler un engin incendiaire à partir d'une boîte de petit chimiste – avec ou sans Tampax pour faire la mèche. Le moyen le plus simple consiste à mélanger du liquide de freins, du Destop et...

— Zach, nous n'avons pas affaire à un gosse. Selon Spence, c'est du travail de pro. Quoi que tu penses de ses intuitions, aie l'honnêteté d'admettre qu'il connaît les métiers du cinéma.

— Kylie, on ne va pas se disputer... Nous sommes aussi crevés l'un que l'autre. Remercie Spence de ma part pour sa contribution à l'enquête.

— Il a dressé une liste de six noms susceptibles de correspondre au profil. *A priori* insoupçonnables, mais si l'un d'eux relevait, en analysant la vidéo, un détail significatif? Je sais que c'est un peu se raccrocher aux branches, mais quelles autres pistes avons-nous?

— D'accord. Je vois Cheryl Robinson dans une heure. Ensuite, on trouve tes six artificiers et on les interroge.

— Tu t'es bien gardé de me dire que tu avais rencard avec la profileuse...

— On doit se voir à 5 heures. J'ai pensé que tu avais besoin de sommeil.

— Pas question. D'ailleurs, je suis debout. Où avez-vous rendez-vous?

— Chez Gerri, sur Lexington. Au coin.

— Parfait. On s'y retrouve dans une heure. Café et petit pain beurré pour moi, merci.

Et elle a raccroché. Je me retrouvais donc dans la situation de partager le petit-déjeuner avec deux superbes nanas : une ex-copine dont je n'arrivais pas à me consoler et une nouvelle qui, à bien y songer, avait toutes les qualités requises pour me faire oublier la première.

Je me suis baissé et j'ai déroulé mon tapis de yoga.

52

J'avais décidé d'arriver avec dix minutes de retard, pour laisser Cheryl et Kylie prendre le temps de faire connaissance. Je me figurais en outre que je me sentirais moins mal à l'aise ainsi, même si j'étais sans doute le seul à trouver gênante cette partie à trois.

Mauvais calcul. À peine avais-je franchi la porte, Gerri Gomperts a jailli du comptoir en essuyant ses mains sur son tablier, dont l'état témoignait déjà de longues heures en cuisine.

— Peux-tu m'expliquer ce qui se passe? Ta psy était là à t'attendre, quand l'autre est arrivée et s'est carrément posée à côté d'elle!

— L'autre, comme tu dis, est ma nouvelle coéquipière. Inspecteur comme moi.

— Ça m'est égal. Tu dois choisir.

— Pas si simple! Elles sont aussi brillantes, belles et marrantes l'une que l'autre.

— Alors suis mon conseil, mon garçon: choisis celle qui n'a pas d'alliance.

Muni d'un café et d'un bagel, j'ai rejoint Kylie et Cheryl, déjà plongées dans une conversation animée. Que deux femmes qui se connaissent à peine sympathisent aussi aisément est une chose qui m'étonnera toujours.

— J'étais en train de résumer à Cheryl la théorie de Cates.

— Effroyablement plausible, a commenté Cheryl.

— Tu as eu le temps de jeter un œil sur la fiche de Benoit? ai-je questionné.

— Je l'ai lue deux fois. Un père officier, ce n'est jamais anodin. Je n'aime pas caricaturer, mais c'est le job qui veut ça. Les militaires sont rarement tendres avec leur progéniture. Gabriel a dû avoir peu de prise sur sa propre vie, surtout si son père était violent ou trop autoritaire. Il a pu en concevoir une haine significative, qu'il a dû refouler pour mener sa vie. Et il s'est créé un monde à sa convenance, un univers fantasmatique.

— N'est-ce pas le cas de tous les enfants?

— Certes, mais dans le cas de Benoit, les films qu'il se projetait mentalement ont cessé d'être fantasmatiques. Ils sont devenus sa réalité. À la fois scénariste et réalisateur, il contrôlait tout. Ça s'est probablement compliqué quand il a commencé à travailler pour de vrai dans le cinéma.

— Où il ne contrôlait rien du tout.

— Exactement, Kylie. Benoit est figurant, autant dire superflu. Ce n'est pas sa faute à lui s'il n'est pas une star. C'est à cause des gens de Hollywood, en particulier des puissants. Ils représentent une force oppressive qui l'empêche de réussir.

— C'est une réalité. Ces mariolles empêchent bel et bien la réussite d'un tas de gens.

— Et impunément. Mais dans le scénario de Benoit, ils payent au prix du sang.

— À ton avis, ai-je demandé, à qui pourrait-il encore s'en prendre?

— La théorie de Cates est parfaitement fondée. À supposer qu'elle soit dans le vrai, le prochain épisode pourrait être haut en couleur. D'un petit empoisonnement discret, il est passé à une exécution devant témoins, puis il est monté d'un cran en commettant un attentat à la bombe, commenté en direct par Ryan Seacrest. Ce zigoto ne va pas se contenter d'assaisonner un autre jus de tomate. Il ne veut pas décevoir son public. Ses crimes seront donc toujours plus spectaculaires et coûteux en vies humaines. Si je devais décrire son cas à des confrères, je dirais sans doute qu'il souffre de psychose paranoïaque psychogène. Ce qui, de vous à moi, signifie qu'il s'agit d'un tueur fou, ivre de vengeance, qui s'apprête à commettre quelque chose de véritablement horrible. Alors magnez-vous de le mettre hors d'état de nuire.

— On croirait entendre le Penseur de Rodin…

Le portable de Kylie a sonné.

— C'est le sergent Karen Porcelli, des Archives centrales.

— Si tôt?

— Je lui ai laissé un message juste après t'avoir eu, lui demandant de me rappeler très vite. J'aimerais qu'elle vérifie les antécédents des gars dont Spence nous a dressé la liste. Je reviens.

Kylie est sortie pour prendre l'appel.

— Elle prend son boulot très à cœur, m'a dit Cheryl. Je la trouve formidable.

— Tu n'es pas mal non plus… Et merci pour le diagnostic. Je m'en veux de t'avoir ensevelie sous la doc si tard hier soir.

— Ce n'est rien. Les sociopathes, c'est mon pain quotidien. Ainsi que les flics au cœur brisé, a-t-elle ajouté d'un ton enjoué. MacDonald et toi formez une sacrée équipe. S'il y a quoi que ce soit que je puisse faire pour t'aider à poser tes bagages, n'hésite pas à me passer un coup de fil.

— Entendu. En attendant, on pourrait commencer le traitement par une petite opérathérapie?

53

Gabriel caressa son cher Walther. Il était certain désormais de ne plus jamais pouvoir s'en servir, mais il y était attaché comme à un vieil épagneul : trop vieux pour la chasse, mais comment s'en séparer ? Il le rangea dans le petit placard et fourra le Glock dans son sac de voyage.

Lucy n'était pas levée.

— Où vas-tu ? fit-elle.

— Je sors.

— Besoin d'une complice ?

— Je croyais avoir été clair. Le coproducteur bosse le scénario, gère les costumes, le maquillage…

— … et couche avec le réalisateur. Mais après le pied qu'on a pris tous les deux, je m'imaginais que, peut-être, tu aurais changé d'avis.

Il s'assit sur le lit, posa une main sur son sein et déposa un baiser sur les lèvres.

— Un pied gigantesque. Tellement que je voudrais te savoir nue à m'attendre ici, pantelante de désir.

— Tu n'es vraiment qu'un beau salaud, Gabe. Et c'est pour ça que je t'aime. Tu en as pour longtemps ?

— Deux heures.

Parfait, pensa-t-elle. Surtout, prends ton temps.

Il sortit en fermant la porte à clé derrière lui. Elle attendit d'avoir entendu les portes de l'ascenseur se refermer, puis la cabine descendre en ronronnant vers le hall. Postée à la fenêtre, elle l'observa ensuite sortir dans la rue et se diriger vers la bouche du métro.

Elle savait très bien qu'il ne l'aurait pas laissée l'accompagner chez Mickey, mais elle n'avait pas pu ne pas lui poser la question. Sans quoi, il aurait soupçonné quelque chose. Ça faisait partie de son personnage. Maintenant qu'il était sorti, elle était prête à jouer son autre rôle.

Incapable de choisir entre Pandemonia et Passionata, elle avait décidé de s'attribuer les deux noms et de se baptiser «Pandemonia Passionata», incomparable maîtresse de Satan.

Elle avait déniché le costume approprié dans une friperie de Mulberry Street, à savoir une vilaine robe en soie noire transparente, passementée de dentelle et de rubans de velours. Elle devait avoir un bon demi-siècle et lui avait coûté dix-huit dollars. Pour douze de plus, elle s'était également offert des perles noires et un chapeau à voilette surmonté d'une aigrette noire.

Elle épingla ses cheveux et entreprit de se maquiller soigneusement, en terminant par le rouge à lèvres le plus écarlate qu'elle eût trouvé. Faute de quoi, se disait-elle, elle aurait tout aussi bien pu tourner la scène en noir et blanc.

Elle consulta sa montre. Il lui restait amplement le temps de sortir pour prendre position à l'emplacement idoine.

Elle s'inspecta dans le miroir.

Impeccable. Il ne lui manquait plus qu'un ultime accessoire.

Elle se dirigea vers le petit placard de Gabriel, l'ouvrit et se saisit du Walther.

54

De retour au bureau, nous tâchions d'imaginer où Benoit pourrait frapper la fois suivante.

Le festival Hollywood-sur-Hudson n'en était qu'à son troisième jour. En d'autres termes, la ville serait un vivier de victimes potentielles jusqu'à ce que celles-ci aient repris l'avion pour la Côte ouest en fin de semaine.

Mandy Sowter, chargée des relations publiques, se trouvait chez elle. Nous l'avons appelée pour qu'elle nous faxe une liste de toutes les personnalités invitées, en ayant soin de cocher les plus importantes. Nous avions également besoin du programme des événements.

— Ne perdons pas de vue que les RP n'ont accès qu'au programme officiel communiqué par la Commission du film. Il doit bien y avoir une cinquantaine de réunions privées, déjeuners d'affaires et autres cocktails qui ne figurent pas sur la liste.

— ... mais dont Shelley Trager a forcément connaissance, a répliqué Kylie.

Sans perdre une seconde, elle a composé le raccourci de Spence pour avoir la liste des manifestations et rendez-vous, importants ou non, dont Trager était informé, avec le lieu, la date et l'heure.

Dix minutes plus tard, Spence rappelait, mais je n'ai pu entendre que les derniers mots de Kylie avant de raccrocher :

— OK, d'accord, dis-lui qu'on y sera.

— Alors, résultat des courses?

— Spence a appelé Shelley. Il ne demande qu'à nous aider. Par ailleurs, il nous fait dire que la cérémonie d'hommage à Ian Stewart a lieu ce matin et qu'il compte sur une présence policière.

— Bonne idée.

— Content de te l'entendre dire car, de toute façon, je me dois d'y assister en tant qu'épouse de Spence Harrington.

Dix minutes plus tard, Karen Porcelli nous rappelait des Archives. Kylie l'a mise sur haut-parleur.

Quiconque est appelé, par profession, à manipuler des explosifs est tenu de se déclarer auprès de la police de la ville. Aussi Porcelli n'avait-elle eu aucun mal à se renseigner sur les six noms de la liste.

— J'ai un truc qui devrait vous intéresser. L'un d'entre eux, Mickey Peltz, vient tout juste d'être libéré du pénitencier de Ray Brook, dans les Adirondacks.

— Pourquoi était-il emprisonné? a demandé Kylie.

— Il détournait une partie des budgets de production affectés à l'achat d'explosifs et se fournissait en cochonnerie bon marché et de mauvaise qualité. Quelqu'un y a laissé son bras. Ils l'ont inculpé de vol qualifié et blessures au premier degré, il s'est pris quatre ans.

— Des connexions possibles avec Benoit?

— Oui, ils ont travaillé ensemble sur une demi-douzaine de productions, au bas mot. Mais pas de certitude que Benoit lui ait rendu visite en prison.

— Où peut-on rencontrer ce M. Peltz?

— Le pénitencier m'a indiqué le 33-87 Skillman Avenue, à Long Island City. Quatrième étage. Je vous maile ses coordonnées avec celles des cinq autres, mais vu les antécédents de Peltz, je le placerais en haut de la pile.

— Merci, Karen. À charge de revanche.

Kylie a raccroché.

— Je pourrais en dire autant à Spence, ai-je reconnu. On ira rendre visite à ce Peltz en revenant de la cérémonie.

Il était 8 heures passées quand Cates est apparue, elle qui est toujours là dès 6 heures, même les jours creux.

— Pardonnez mon retard, mais j'avais vraiment besoin de me faire masser les pieds ce matin…

Fadaises. En réalité, elle venait de passer deux heures à se faire souffler dans les bronches par le maire ou le commissaire principal, voire par les deux.

— Qu'en a pensé Cheryl Robinson?

— Que Benoit est un fou et que vous êtes surdouée, ai-je dit.

— Mieux vaut entendre ça que d'être sourde. A-t-elle eu le temps d'argumenter?

— Elle adhère à votre théorie du scénario et veut croire qu'il prépare sans doute un très gros coup. Nous avons établi une liste de cibles et de lieux plausibles.

— Nous sommes également sur la piste d'un homme qui pourrait avoir aidé Benoit à préparer le cocktail Molotov, a ajouté Kylie.

Nous avons dressé à Cates le profil de Mickey Peltz.

— Zach et moi assistons à la cérémonie en mémoire de Ian Stewart. Ensuite, on file à Long Island City chercher ce Peltz pour lui poser quelques questions.

— Gagnons du temps. J'envoie deux agents interpeller M. Peltz.

— Pas la peine, a répondu Kylie. On s'en charge. Il n'y en a pas pour des heures.

— Détendez-vous, inspecteur MacDonald. J'envoie deux agents le chercher et vous le mettre au frais dans une salle d'interrogatoire. Je ne charge pas une autre équipe de le questionner. Il attendra bien sagement votre retour.

Demi-sourire de Kylie.

— Pardon… Ça se voit tant que ça que cette enquête m'obsède au point de défendre chaque pouce de mon territoire?

— Oui, mais entre un flic combatif et un autre qui s'en bat l'œil, je choisirai toujours le plus mordu.

— Alors j'ai une bonne nouvelle pour vous, capitaine, ai-je conclu. L'inspecteur MacDonald est mordue jusqu'à l'os.

55

Gabriel avait donc repris la ligne 7. Son sac de voyage était vide, à l'exception du Glock – chargé. Sans doute eût-il mieux valu prendre un taxi, mais les chances étaient faibles qu'un flic demande à fouiller le sac d'un homme blanc aux yeux bleus et aux cheveux blonds tirant sur le roux.

Par ailleurs, il aimait le rythme saccadé, le ferraillement du métro new-yorkais. Ses paupières se fermèrent à demi. Prix du meilleur scénario, du meilleur acteur, du meilleur réalisateur, et maintenant du meilleur film… Je tiens à exprimer ma gratitude aux membres du jury. Je veux également remercier une femme admirable, ma copine, qui n'a jamais cessé de croire en moi, même lorsque plus personne n'aurait misé un kopeck sur ma pomme. Je vous dirais volontiers son nom si je ne devais vous tuer ensuite…

Il se mit à glousser tout haut en épiant les autres passagers entre ses paupières. Mais tous se contrefichaient de ce dingo qui riait tout seul. Il en faut plus pour étonner un New-Yorkais.

— Dis donc, tu fais peur à voir! dit-il à Mickey lorsque celui-ci, la mine blafarde, eut ouvert sa porte sur son long corps voûté.

De rares poils se battaient en duel au bout de son menton en galoche.

— On dirait Sammy dans *Scoubidou*, mais dans dix-huit ans!

— Très aimable. Je viens de passer la nuit à préparer ton matériel.

— Tu as tout trouvé?

— Avec Mickey Peltz, satisfaction garantie.

Mickey conduisit Gabriel à son atelier, où les pains de plastic étaient sagement empilés. Il y avait aussi des rouleaux de fil, deux boîtes d'amorces, quatre minuteurs numériques et quatre télécommandes.

— Tu as là plus que le nécessaire.

— Je vais avoir besoin d'un cours accéléré de démolition…

— Rien de plus simple.

Mickey prit un pain de C-4 et en flanqua un grand coup contre l'établi. Gabriel sursauta.

— Première leçon, dit Mickey en lui tendant le pain : n'aie pas peur de ces machins-là. Jamais ça n'explosera par accident. Tu peux le déformer, le découper, tu peux même tirer dedans, il n'arrivera rien. Pour ça, il faut combiner une forte chaleur et une onde de choc. C'est le rôle des amorces. Tu me suis?

Gabriel frappa à son tour l'établi avec le pain de C-4.

— Je te suis.

Peltz était très pédagogue. En quarante minutes de travaux dirigés, il avait formé Gabriel à l'art de tout faire voler en éclats.

— Pas si fastoche que ça, nuança ce dernier. Il faut faire gaffe à un tas de trucs…

— J'ai la solution : on le fait ensemble. Je ne prendrai pas cher.

— Non.

— Pourquoi non?

— Je ne veux courir aucun risque, Mick. Tu es en liberté conditionnelle. Ton agent de probation peut débarquer à tout moment et retourner l'appartement sans mandat. Il suffit qu'on t'aperçoive avec un sac de voyage pour t'arrêter et déclencher une enquête. Je ne veux pas que mon artificier passe les vingt années qui viennent entre quatre murs.

— Je ne prendrai pas vingt ans, répliqua Mickey. Même pas vingt mois. Je me serai fait sauter avant en mordant une amorce.

— Mais alors, pourquoi courir ce risque?

— Parce que je l'ai toujours fait. C'est mon métier, Gabriel. J'ai perdu le droit d'exercer légalement, c'est tout. Dieu m'est témoin, j'ai rarement autant pris mon pied que ces deux derniers jours. Je fais de nouveau ce que j'aime et je voudrais que ça continue.

— C'est impossible, Mickey. Désolé.

Mickey ferma ses paupières et prit une profonde inspiration.

— Moins que moi.

Puis il ouvrit un tiroir et en sortit un classeur à anneaux.

— Qu'est-ce que c'est?

— Je me doutais bien que tu m'enverrais promener. Néanmoins, j'ai voulu me rendre utile. Alors j'ai rassemblé ça pour toi. C'est offert par la maison.

Il lui tendit le classeur. Sur le dessus, on pouvait lire : *L'Art de tout faire péter.* L'intérieur était truffé de diagrammes dressés à la main sur du papier quadrillé. À côté de chaque schéma, avec soin et clarté, Mickey avait écrit ses instructions. À l'encre noire : «Ce qu'il faut faire» et, à l'encre rouge : «Ce qu'il ne faut pas faire.» Un récapitulatif de son cours magistral, point par point. À la fin figurait une annexe d'une centaine de pages d'informations détaillées sur la plupart des explosifs, issues de publications scientifiques, du *Manuel de démolition des forces spéciales*, de fiches pratiques trouvées sur Internet et de blogs – sans oublier, bien entendu, la bible de tout apprenti révolutionnaire, le fameux *Anarchist Cookbook*, truffé de recettes pour la fabrication d'explosifs.

— Extraordinaire… Tu as fait ça pour moi?

— Non, je l'ai acheté dans un magasin de farces et attrapes.

Rire de gorge.

— Marrant, hein? Tu pourras toujours caser la réplique dans ton film. Évidemment que je l'ai fait pour toi, crétin. Je croyais te l'avoir dit : avec Mickey Peltz, satisfait ou remboursé.

— Merci. Et maintenant, empaquetons tout ça.

— Ça doit peser à peu près quarante-cinq kilos. Ça ne sera pas trop lourd à porter?

Gabriel sortit une poignée télescopique de son sac, lequel était muni de roulettes.

— Je tracterai.

Cinq minutes plus tard, sorti du hall, il posait son sac contre le mur de l'immeuble pour prendre son téléphone. Quand il l'aperçut.

Elle venait de tourner au carrefour et s'engageait dans l'avenue. Une voiture de flics.

Gabe colla le téléphone sur son oreille et feignit de parler tout en l'observant.

Une simple patrouille, pensa-t-il. Ils cherchent des sales gueules.

La voiture était passée sans freiner. Il respira un grand coup.

S'ils savaient ce qu'il y a dans ce sac…

Dix mètres plus loin, la voiture s'immobilisa, puis alluma ses feux arrière et recula jusqu'à hauteur de Gabriel. Le conducteur abaissa sa vitre et aboya :

— Eh, toi! Bouge pas de là.

Gabriel se statufia.

56

Deux flics étaient sortis du véhicule.

Le premier était jeune et fort.

Le second, jeune aussi et plus fort encore, s'approcha de Gabriel, tandis que le premier pénétrait dans le hall.

— C'est le 33-87 Skillman ou le 33-97 ici? La plaque est à moitié effacée.

— J'en sais trop rien, fit Gabriel. Je n'habite pas ici.

L'autre flic était ressorti :

— Danny, c'est ici. Il y a le nom du mec sur l'interphone. C'est au quatrième.

— Mon collègue a trouvé, on dirait. Bonne journée, monsieur.

— Bonne journée.

Il les regarda prendre l'ascenseur, puis fit le tour de la voiture, l'air de rien. Le numéro de district était peint en bleu et blanc sur le pare-chocs arrière : 19e.

Pas étonnant que ces deux gros aient eu du mal à trouver, ils viennent du 19e. Celui dont dépendent Jordan et Mac-Donald. Il ne s'agit pas d'une visite de contrôle. Ils ne sont pas venus remonter les bretelles à Peltz. Non, ils cherchent à remonter jusqu'à moi.

Sac plein de C-4 ou pas, il n'était plus question de rentrer à la maison.

Il marcha jusqu'au carrefour, traversa Skillman Avenue et s'adossa à un feu tricolore d'où il pouvait observer l'immeuble de Mickey sans être vu.

Et Lucy qui l'attendait! Il composa le numéro de l'appartement. Elle ne répondait pas. Ni sur son mobile. Ni à son texto. Rien. Bordel. Elle commence par buter Fitzhugh, maintenant elle bat la campagne. Et pour couronner le tout, Mickey a le bonjour des flics.

Son cœur cognait. Il refit le numéro de Lucy, attendit cette fois de tomber sur la boîte vocale. Toujours le même message guilleret: «Salut, c'est Lucy. Je suis occupée à changer de vie. Si je ne vous rappelle pas, c'est que vous faites partie des changements.»

— Lucy, c'est moi. Ça commence à puer. Je suis en bas de chez Mickey. Des flics viennent d'arriver. Je parie qu'ils sont venus l'embarquer. J'ai pour quarante-cinq patates de C-4 dans mon sac et je suis coincé là sans pouvoir rien faire. Voilà, c'est tout. Ah si, une dernière chose: QU'EST-CE QUE TU FOUS, BORDEL?

Dix minutes plus tard, les flics ressortaient avec Mickey. Sans menottes.

Ils ne l'arrêtent pas. Ils veulent seulement l'interroger. Mais je connais Mickey, il jouera l'imbécile. Il ne dira pas un mot.

Ensuite, son agent de probation viendra lui poser un ultimatum: «Dis-moi ce que tu sais et je ne t'épingle pas pour infraction à l'obligation de bonne conduite. Mais si tu la boucles et qu'on m'apprend que tu étais en contact avec Benoit, compte sur moi pour t'envoyer à Ray Brook avant l'heure du dîner.»

Mickey va paniquer. Plutôt mourir que de retourner là-bas. Si l'agent de probation le met dos au mur, il me balancera aussi sec.

57

SCÈNE ADDITIONNELLE :
EXT. CHAPELLE FUNÉRAIRE FRANK E. CAMPBELL,
MADISON AVENUE ET 81e RUE - JOUR

PANDEMONIA PASSIONATA, belle à crever dans
sa petite robe de deuil noire, patiente
docilement derrière les barrières antiémeutes disposées pour la cérémonie en souvenir de Ian Stewart. Les proches du défunt
sortent lentement de la chapelle, mais le
menu fretin ne l'intéresse pas. Elle est
venue pour le gros poisson. L'heure de Pandemonia a sonné. L'heure de la rédemption.

Lucy avait les mollets en feu, les orteils comprimés et les muscles du bassin complètement noués. Elle en aurait hurlé.

Elle n'avait pas porté de talons depuis des années et ses escarpins d'occasion, trop petits d'une taille, lui faisaient souffrir le martyre. Mais c'était ça ou rien. Non seulement ces chaussures apportaient la touche véridique à son déguisement de pleureuse de l'Upper East Side, mais leurs talons de dix centimètres lui offraient un poste d'observation idéal sur le porche de la chapelle.

La police avait disposé des barrières tout le long du trottoir, à droite de l'entrée du funérarium. Mais l'affluence était bien plus réduite qu'elle ne l'avait imaginé – moins de trente fans –, de sorte qu'elle avait trouvé une place juste devant.

Elle était postée là depuis une heure et demie et ne comptait même plus le nombre de fois où Gabe avait tenté de la joindre. Elle brûlait de lui répondre, mais c'était impossible. Pas avant la fin de la scène. Pourquoi n'était-il pas assez large d'esprit pour se balader sur TMZ.com? Il aurait déjà tout compris. Mais après tout, ce n'était pas plus mal. Elle lui raconterait tout devant une bière, assortie pourquoi pas d'un petit massage plantaire. Il serait tellement fou de joie qu'il en oublierait le regrettable épisode du car-régie de Jimmy Fitzhugh.

Les portes du funérarium s'ouvrirent à deux battants et furent maintenues en place. Le directeur sortit le premier, à reculons, guidant des mains le cercueil en acajou luisant.

Lucy était tendue. C'est le moment que choisit son téléphone pour vibrer et la faire sursauter. Gabriel, toujours lui, tentait de la joindre pour la millionième fois. Impossible de décrocher. Elle ouvrit son sac et en sortit un mouchoir pour tamponner ses yeux. Omettant de refermer le sac, elle se composa un visage bouleversé, en sincère hommage au défunt dont la dépouille regagnait le corbillard.

Quelques proches sortirent à leur tour de la chapelle à la suite du cercueil. De parfaits inconnus. Pour citer le script : « le menu fretin ».

Enfin apparut le vieux Juif. Shelley Trager. À sa gauche, Lili Coburn, dans ses atours de veuve spécialement coupés pour l'occasion. Pure comédie. Elle haïssait Ian Stewart tout autant que les autres. À la droite de Trager s'avançait le jeune réalisateur, Muhlenberg. Lucy avait vu son premier film et se souvenait d'avoir pensé : « Ce mec est vraiment doué »; mais, depuis qu'il avait rejoint les grosses compagnies, il n'avait fait que de la merde.

Le trio fit halte devant le porche, à un cheveu de l'angle idéal pour tirer.

Elle plongea la main dans son sac, serra la crosse du Walther et attendit.

C'est alors qu'elle l'aperçut. La fliquette bien foutue qu'elle avait vue à la télé. MacDonald. Suivie de son mari, producteur. Elle les reconnut aussitôt. Des photos de ce joli couple, il y en avait par centaines sur Google images.

Elle n'avait prévu d'abattre que Trager. Mais ils étaient cinq devant elle.

Imagine que tu les descendes tous les cinq. Gabriel hallucinerait! J'aurais fait plus que réparer le plantage du hold-up.

La flic et son mari avaient rejoint Trager sous le porche pour échanger quelques mots. De quoi pouvaient-ils parler? De logistique, peut-être. Qui prend quelle voiture, ce genre de chose.

Leur conversation ne dura pas plus de quelques secondes. Puis Trager mit un pied sur Madison Avenue, suivi des quatre autres. Et le petit groupe de cinq s'ébranla dans sa direction. Elle ne savait même pas combien de balles contenait l'arme. Au moins cinq, décida-t-elle.

«Action», dit-elle muettement.

Pandemonia Passionata sortit le Walther PPK de son sac et ouvrit le feu.

58

Rentrer en métro? Avec un sac bourré de plastic? Hors de question. Les chiens renifleurs d'explosifs ne feraient qu'une bouchée de lui.

Maintenant que les flics l'avaient vu, même un taxi n'irait pas sans risque. Toutes les voitures jaunes de New York arborent le même avertissement sur leur vitre arrière : «Ce véhicule est placé sous vidéosurveillance. Vous serez photographié.»

— Oh, et puis merde! décida Gabriel.

Il ne lui fallut pas dix minutes pour arrêter un taxi clandestin. Comme il n'y avait pas de compteur, le chauffeur annonça son prix pour la pointe sud de Manhattan :

— Cinquante.

Gabe ouvrit la portière, poussa son sac à l'intérieur et s'assit sur la banquette maculée de graisse et couturée de scotch de déménageur.

En temps usuel, il aurait marchandé. «Cinquante dollars pour monter dans ton corbillard crasseux qui pue le sapin magique et je ne sais quelle chique à la bouse de chameau? Pour t'entendre déblatérer des heures au téléphone avec les autres gars de ton putain de réseau terroriste? Je te file trente-cinq, et estime-toi heureux que je n'aie pas ma ceinture d'explosifs, sinon je faisais voler ton tacot jusqu'à La Mecque.»

Jolie scène. Mais pas aujourd'hui. Il avait plus important à faire.

Il avait renoncé à laisser des messages à Lucy. Qui, manifestement, ne souhaitait pas qu'il sût où elle se trouvait. Il réglerait ça plus tard avec elle. D'abord s'occuper du cas Mickey Peltz. Il composa son numéro.

— Allô?

Incroyable. Il avait décroché.

— Mick? T'es où?

— À Manhattan. Les flics m'ont embarqué au poste du 19ᵉ. Ils m'ont bouclé dans une salle d'interrogatoire et m'ont dit d'attendre les deux enquêteurs.

— Jordan et MacDonald?

Petit sifflet admiratif:

— T'es vraiment balèze…

— Facile. Ce sont les deux mêmes qui me courent après.

— En tout cas, te bile pas, je ne dirai rien. Je ne suis pas en état d'arrestation. Ils veulent juste me parler. Mais pas moi. Fais-moi confiance.

— Ton agent de probation est au courant?

— Ils m'ont demandé de l'appeler. C'est la loi. Il est censé assister à l'interrogatoire. Sauf qu'il est en audience à Sing Sing jusqu'à 13 heures. Alors je reste là, les doigts dans le cul, à attendre qu'il se pointe…

— Mickey, je t'entends mal… La ligne est dégueulasse…

— Je disais, j'attends qu'il se pointe.

Mais Gabe avait raccroché. Imbécile de Mickey. Il saurait mener les flics en bateau, mais l'agent de probation n'aurait aucun mal à lui tirer les vers du nez. Gabe avait déjà la scène en tête.

```
INT. POSTE DU 19ᵉ DISTRICT - NEW YORK - JOUR

MICKEY PELTZ est assis dans la salle d'in-
terrogatoire. Les INSPECTEURS JORDAN et
MACDONALD lui font face. L'agent de proba-
tion entre dans la pièce.
```

AGENT DE PROBATION

Bonjour, Mickey. Une partie de ballon?

MICKEY

Bien sûr, chef. Quand vous voulez.

AGENT DE PROBATION

Football ou baseball?

MICKEY

Hein?

AGENT DE PROBATION

Football, tu retournes en taule pour six à douze ans. Baseball, deux à quatre ans.

MICKEY

En taule? Pourquoi? J'ai rien fait!

AGENT DE PROBATION

Il paraîtrait que tu as fait équipe avec un criminel recherché. Un tueur de masse. Gabriel Benoit.

MICKEY

Je viens d'expliquer à ces deux-là que Gabe ne m'a pas donné signe de vie depuis des années.

AGENT DE PROBATION

Si c'est vrai, on ne retrouvera donc pas son ADN dans ton appartement.

MICKEY

Qu'est-ce que ça changerait? Il est venu souvent, dans le temps. Si ça se trouve,

il a même pu entrer par effraction en mon
absence. C'est pas pour autant que je l'ai
revu.

AGENT DE PROBATION

Les preuves, c'est pour les flics, Mickey.
Moi, je n'ai besoin que d'un soupçon raisonnable pour me convaincre que tu es retombé
dans tes vieux travers et que tu as enfreint
tes obligations de bonne conduite. Maintenant, écoute attentivement ce que je vais
te dire car je ne le répéterai pas deux
fois : dis-moi ce que Gabriel Benoit a prévu
pour la suite et je sens que je n'aurai
pas le temps d'aller prélever son ADN dans
ton loft. Mais attention, je veux tous les
détails et sur un plateau en or, parce que
celui en argent est reparti en cuisine…

Et le tour serait joué. Mickey s'ouvrirait comme une
huître.

Son téléphone sonna.

Lucy. Pourvu que ce soit elle…

Le nom s'afficha sur l'écran : Mickey.

Il ne décrocha pas. Parler avec Mickey? Autant pisser
dans un violon. Le mieux qu'il eût à faire, c'était de faire
taire ce salopard une fois pour toutes.

Il avait jusqu'à 13 heures.

59

Le temps de rentrer à l'appartement, il était en nage. Ses vêtements étaient bons à tordre. Il roula le sac d'explosifs jusqu'à la chambre, se dénuda et prit une douche rapide.

Comment s'habiller pour la scène suivante? Lucy aurait pu le conseiller, mais elle était sortie. Il farfouilla dans la penderie et fit pour le mieux.

Il était 10h30. Il lui restait du temps avant l'arrivée de l'agent de probation. Mais d'abord, un verre. Il prit sur l'égouttoir une des coupes à champagne et se servit une rasade de vodka. Pas assez pour s'étourdir. Juste une petite dose, histoire de se calmer les nerfs.

Puis il s'assit devant l'ordinateur de Lucy, démarra, ouvrit Firefox et parcourut l'historique. Elle n'avait consulté que les conneries habituelles: PerezHilton.com, TMZ.com, les sites astrologiques…

Puis il consulta la messagerie de Lucy. Peut-être lui avait-elle envoyé un message qu'il n'avait pas reçu sur son mobile? Mais rien non plus.

Enfin il déroula le menu «éléments récents». En tête de liste apparut un document intitulé ScAdd.doc, daté de la veille.

Scène additionnelle? Qu'est-ce qu'elle s'imagine?

Il double-cliqua l'icône et le document s'ouvrit plein écran.

SCÈNE ADDITIONNELLE :
EXT. CHAPELLE FUNÉRAIRE FRANK E. CAMPBELL,
MADISON AVENUE ET 81ᵉ RUE - JOUR

PANDEMONIA PASSIONATA, belle à crever dans
sa petite robe de deuil noire, patiente
docilement derrière les barrières antiémeutes disposées pour la cérémonie en souvenir de Ian Stewart. Les proches du défunt
sortent lentement de la chapelle, mais le
menu fretin ne l'intéresse pas. Elle est
venue pour le gros poisson. L'heure de Pandemonia a sonné. L'heure de la rédemption.

Pandemonia Passionata? Qu'est-ce que c'était que cette blague?

Il poursuivit sa lecture. Au milieu de la scène, il bondit et courut jusqu'au petit placard.

Le Walther avait disparu.

La coupe de vodka finit son vol contre le mur.

— Merde, merde, merde, merde! MERDE! hurla-t-il en cognant le placard.

Pas de rage, non: de panique.

60

On devait être au moins trente flics sur place et pas un n'a vu quoi que ce soit. Mais dès le premier coup de feu, j'ai compris. «TIREUR ACTIF : individu déterminé à tuer ou tenter de tuer dans un espace restreint et peuplé.» Définition tirée du manuel publié par le Bureau du contre-terrorisme, que j'avais lu trois fois. Et dont j'avais surtout retenu ceci : «Une attaque de tireur actif est imprévisible par nature. La réponse policière dépend des circonstances particulières de l'incident.»

En d'autres termes, quand les balles commencent à siffler, impossible de dire ce qui peut arriver. Démerdez-vous.

Le premier tir a atteint Shelley Trager. Il s'est figé d'un coup, portant les mains à son cœur. L'une des deux plantes en pot dignement disposées de part et d'autre du porche a amorti sa chute. Il s'est vautré comme une baudruche, les traits contractés de douleur.

La foule s'est dispersée en tous sens, me laissant apercevoir le tireur. Une femme en noir, postée juste derrière la barrière métallique, bras droit tendu, pistolet braqué en direction des personnes qui se trouvaient devant le porche.

Une femme. Alors que 96 % des tireurs actifs sont de sexe masculin. Et dire que nous étions convaincus de rechercher un homme.

J'ai sorti mon arme et j'ai bondi à travers l'avenue. Cette femme s'apprêtait à presser une deuxième fois la détente, mais on n'avait pas affaire à une pro. Sa position était exécrable. Le second tir lui a déporté la main. Je ne sais pas qui elle visait, toujours est-il que la balle est allée perforer la boîte crânienne de Muhlenberg pour en ressortir dans une gerbe de sang, d'os brisé et de matières cervicales.

La foule était en proie à un indescriptible chaos. Coincés entre la rangée de barrières et la façade du funérarium, une poignée de gens courait vers la 82ᵉ Rue, mais le plus grand nombre affluait dans ma direction, traversant Madison Avenue en sens inverse. La tireuse, à moins de trois mètres de Spence et Kylie, pointait maintenant son arme sur eux.

Je me suis arrêté pour trouver une ligne de tir.

Puis j'ai chuté lourdement.

Un gros type vêtu d'un sweat violet venait de me pousser violemment. Je me suis étalé, il en a profité pour m'arracher mon arme et me tomber dessus en hurlant :

— Je le tiens ! Je le tiens !

J'ai entendu un coup de feu, suivi d'un autre, puis d'un troisième, tandis qu'un déluge d'apprentis héros s'abattait sur moi.

J'avais compté cinq détonations en tout. Et puis plus rien. Cinq secondes ont passé. Puis sept. Dix. La fusillade avait cessé.

Le Bureau du contre-terrorisme avait vu juste : le problème avec les tireurs actifs, c'est qu'il n'y a pas deux attaques semblables. La joue écrasée contre le trottoir graisseux, je n'avais aucune idée de la façon dont les choses s'étaient terminées et de la suite des événements.

61

J'ai entendu des flics se porter à mon secours.

— Lâchez-le! Il est avec nous.

— Il a un flingue! hurlait le malabar qui m'écrasait, avec un lourd accent du Sud.

— On te dit qu'il est flic, andouille! Des flingues, on en a tous. Et maintenant, dégagez!

À trois mètres, une voix plus puissante, catégorique, assermentée, a prononcé les mots suivants:

— Elle est morte.

Qui est morte? Qui?

Enseveli sous un tas humain haut de cinq ou six personnes, je sentais la masse s'alléger à mesure que les agents les dispersaient. Le malabar de cent vingt kilos qui m'était tombé sur le paletot (et dont on devait apprendre qu'il entraînait une équipe de football dans un lycée de Batesville, Mississippi) m'a aidé à me relever en bredouillant des excuses:

— Je suis vraiment désolé… Vous comprenez, je vous ai vu courir avec une arme vers tous ces gens…

Qui est morte? QUI EST MORTE???

Une fois debout, j'ai rectifié ma tenue et me suis frayé un passage jusqu'à l'entrée du funérarium.

— Alors, qu'est-ce que tu fabriques? Tu dors pendant le service?

Ma coéquipière, arme de service à la main, arborait une esquisse de sourire, un peu déplacé vu les circonstances. Mais surtout, elle était vivante.

— Kylie... ça va?

— Non. Mais toujours mieux qu'elle.

La femme en noir gisait dos au trottoir, deux trous rouges dans la poitrine, un troisième au milieu du front. Carton plein.

— C'est toi qui as fait ça?

Elle a hoché la tête.

— J'ai vu tomber Trager et Muhlenberg.

— Muhlenberg est mort avant d'avoir touché le sol, a ajouté Kylie. Shelley a quelques côtes cassées, mais il s'en sortira.

— Quelques côtes? Mais comment ça? Il s'est pris une bastos en plein buffet!

— Cette fripouille portait un gilet pare-balles...

Trager était allongé sur l'avenue, la tête appuyée sur un veston roulé en boule. Je me suis accroupi près de lui. Il m'a souri. Ses dents de travers trahissaient le gamin qui avait connu la misère. Il était aujourd'hui assez riche pour se faire refaire le clavier plusieurs fois, mais il préférait conserver ses chicots pour ne pas oublier d'où il venait.

Je lui ai rendu son sourire.

— Vous portiez un gilet?

— Un cadeau de ma femme. Sans doute une promotion sur le Kevlar chez Bloomingdale's...

— Votre femme vous a offert un gilet pare-balles? Sérieusement?

— Elle m'a dit qu'il y avait des chances, vu mon rang dans la chaîne alimentaire, si un *meshuggener* en liberté tirait pour de bon sur les gens, pour que je figure en bonne place sur sa liste. Je déteste donner raison à ma femme, mais je veux bien faire une exception pour cette fois.

— Vous avez beaucoup de chance, Shelley, ai-je répondu en me relevant.

Il a soupiré.

— Je sais, je sais… Avec elle, je ne suis pas près de voir la fin.

— Zach! Viens voir un peu.

Assis sur la marche d'entrée du funérarium, Spence Harrington me montrait un éclat de pierre tombé de la façade au cours de la fusillade.

— Tu as vu ça? Une demi-seconde de plus et c'était pour ma poire. Kylie m'a poussé sur le côté. Elle m'a sauvé la vie.

— Et pas que la tienne, Spence.

— Tu sais que tu as une partenaire en or massif?

— Oui, toi aussi.

Kylie s'est approchée avec le réticule de la tireuse.

— Elle s'appelle Lucinda Carter. Vingt-huit ans.

— Lucy. La copine dont J. J. nous a parlé. Il y a son adresse? Benoit s'y trouve peut-être.

— Il n'y a qu'un permis de conduire, délivré dans l'Indiana. Rien qui permette de connaître son adresse à New York. Bon sang, Zach, l'idée ne m'est même pas venue de chercher une fille… J'étais obnubilée par Benoit.

— Comme nous tous.

— Et maintenant plus que jamais. Commençons par boucler le périmètre. Que les agents prennent les dépositions de tous les témoins. Et peu importe si ça doit… Zach!… Le téléphone: il vibre…

— Eh bien, réponds!

Kylie a farfouillé dans le sac.

— Un certain «Gabe». C'est lui.

— Mets-le sur haut-parleur.

— Allô…

— Qui est à l'appareil?

— Inspecteur Kylie MacDonald, police de New York.

— Où est Lucy? Où est-elle?

— J'ai une meilleure question. Où êtes-vous?

Fin de la communication.

TROISIÈME PARTIE

LE SPECTACLE CONTINUE

62

Plus un crime est important, plus il y a de chance qu'une personne haut placée s'efforce d'entraver l'enquête de police. Dans le cas présent, cette personne était une proche connaissance de Shelley Trager, et cette connaissance n'était autre que le maire de New York en personne.

Allongé sur une civière, Trager attendait d'être transporté en urgence à l'hôpital Lenox Hill, quand le maire, suivi de son aréopage, fit son apparition. Après avoir félicité son ami d'avoir eu la bonne idée de revêtir un gilet pare-balles, l'édile se tourna vers Kylie.

— Inspecteur MacDonald, c'est bien vous qui m'avez juré de coffrer ce maniaque avant qu'il ait mis un pied hors de cette ville? Si c'est toujours ainsi que vous tenez vos promesses, je vous prédis un brillant avenir. En politique.

— Stan!

C'était Trager qui braillait depuis sa civière.

— Stan, sans MacDonald, il y aurait plus de cadavres sur le trottoir de ce funérarium qu'il n'y en a à l'intérieur. Idem pour l'inspecteur Jordan. Ce sont tous d'excellents flics. Ne te fais pas plus con que tu n'es. Laisse-les faire leur boulot.

— Très bien, a soufflé le maire. Et moi je vais faire le mien. Je débranche Hollywood-sur-Hudson.

Trager s'est levé sur un coude en grimaçant de douleur.

— Tu nages en plein délire, Stan. Monte dans l'ambulance, je te dépose au Bellevue[1]... Au premier coup de Trafalgar, New York dépose les armes : c'est ça, le message que tu veux adresser à Hollywood? Ce ne serait pas plutôt : nous avons la police la plus réactive, la plus affûtée, la plus courageuse du pays ; aucune autre au monde ne défend l'industrie du film comme le fait le NYPD Red?

— Qu'est-ce que tu me chantes, Shelley? «Baisser les bras, c'est laisser la victoire aux terroristes»? Je connais le refrain.

— J'ignore qui gagnera la partie, mais laisse-moi te dire en face qui la perdra. Jette l'éponge et dès novembre prochain, bien heureux s'il te reste dix électeurs à Staten Island. Montre tes couilles, Stanley!

— D'accord. Je leur donne vingt-quatre heures. Pas plus.

Il s'est retourné vers Kylie. Mais pas pour s'excuser de lui avoir sauté à la gorge et la féliciter d'avoir mis une criminelle hors d'état de nuire. C'était bien mal le connaître.

— Qui était cette fille?

Kylie l'a renseigné.

— Et maintenant?

— On épluche ses textos et sa boîte vocale. Elle était en contact direct avec Gabriel Benoit, l'homme que nous recherchons. L'étau se resserre.

— Je vous repose la question : pensez-vous toujours que vous allez finir par le coffrer?

— Oui, a répliqué Kylie dans le quart de seconde. Absolument.

Je n'en croyais pas un mot, mais elle paraissait encore plus sûre d'elle qu'en répondant à cette même question l'avant-veille. Or depuis, nous avions quatre cadavres en plus.

---

1. Le plus ancien hôpital de New York, réputé pour ses services psychiatriques. (*N.d.T.*)

63

Delia Cates n'est pas le genre de flic qui accourt sur une scène de crime parce que le maire de New York s'y trouve. Elle est assez futée pour laisser à ses équipes le temps de rassembler des éléments exploitables. Nous en avions déjà une cargaison lorsqu'elle est arrivée sur les lieux, vingt minutes après le départ du maire. Dont certaines qui faisaient froid dans le dos.

— Dites-moi tout.

— La meurtrière était la copine de Benoit, Lucinda Carter, *alias* Lucy. Son téléphone est une mine d'or. Aucun mot de passe. Ses échanges de textos avec Benoit laissent penser qu'elle était au courant de ce qu'il préparait, mais qu'elle n'était pas avec lui lorsqu'il a tué Roth, Stewart et Schuck.

— Elle s'est foutument rattrapée depuis.

— Et dans le dos de son copain. Benoit ne s'est pas douté une seconde de ce qu'elle tramait. Ses derniers messages montrent qu'il cherchait en vain à la joindre. Et vous aviez raison : ils se fabriquent un film. On a trouvé dans son sac le script de cette «scène». Elle avait imaginé deux fins.

— La première où elle parvient à prendre la fuite, et la seconde où elle meurt tragiquement?

— Non. La première où elle prend la fuite, la seconde où elle est arrêté par le NYPD Red et nous tient tête pour couvrir son homme.

— Avec «Stand By Your Man» en fond sonore?

— Il y a même mon nom et celui de Zach, a répondu Kylie en dépliant l'une des pages du scénario retrouvées dans le sac. Elle y apparaît sous le nom de Pandemonia Passionata. Je vous en lis quelques lignes :

```
                    INSPECTEUR JORDAN

Où est ton complice? Qu'est-ce qu'il mijote?


                        PANDEMONIA

Économise ta salive, beau gosse. Tu n'ob-
tiendras rien de moi.


                 INSPECTEUR MACDONALD

Vous rendez-vous compte de la merde dans
laquelle vous êtes?


                        PANDEMONIA

Je vous retourne la question.
```

— Soit je m'échappe, soit ils m'arrêtent : c'est comme ça qu'elle voyait les choses, hein? Elle n'a pas songé à écrire la fin telle qu'elle s'est produite?

— Non. Elle s'est illusionnée jusqu'à la dernière seconde.

— Ce qu'il nous faut, c'est le reste du scénario. Où se trouve-t-il, selon vous?

— Peut-être dans son ordinateur, mais on n'a trouvé que son permis de conduire, délivré dans un autre État. Ses dernières adresses connues à New York ne donnent rien. Mais on a peut-être une piste. Vous vous rappelez ce que Cheryl Robinson nous a dit? Que Benoit se préparait à frapper un grand coup, plus grand que les précédents. Eh bien, écoutez ceci.

J'ai ouvert le menu «messages reçus» du téléphone de Lucy. La voix de Benoit s'est fait entendre : «Lucy, c'est moi. Ça commence à puer. Je suis en bas de chez Mickey. Des flics viennent d'arriver. Je parie qu'ils sont venus l'embarquer. J'ai pour quarante-cinq patates de C-4 dans mon sac et je suis coincé là sans pouvoir rien faire. Voilà, c'est tout. Ah si, une dernière chose: QU'EST-CE QUE TU FOUS, BORDEL?»

— Quarante-cinq mille? Ça fait un paquet de plastic, ça...

— Suffisamment pour alerter la Sécurité intérieure et quiconque sera prêt à nous donner un coup de main pour le courser.

— Je ne veux pas le courser, Jordan. Je veux le devancer de trois longueurs.

— Zach et moi avons la liste de tous les événements, officiels ou non, prévus dans le cadre d'Hollywood-sur-Hudson. Le problème, c'est qu'il y en a partout: hôtels, théâtres, restaurants, sans parler des soirées privées. Jamais on n'aura assez de renifleurs d'explosifs dans un si grand nombre de lieux.

— Benoit est-il capable de faire le coup tout seul? C'est une chose de bricoler un cocktail Molotov, c'en est une autre de manier une telle quantité de plastic sans l'aide de son copain démolisseur. Plaçons Peltz en garde à vue pour soixante-douze heures.

— Ça devrait le faire réfléchir, mais je ne suis pas sûr que ça le dissuade de passer à l'action. Benoit n'est pas stupide. Il s'est forcément douté que nous serions tentés de rendre visite à un artificier tout juste sorti de taule. Raison pour laquelle il n'a pas voulu laisser les explosifs là-bas. Il est plus probable qu'il ait demandé à Peltz d'orchestrer le feu d'artifice et de lui donner une leçon de maniement accélérée. Faire sauter du C-4, ce n'est pas très sorcier...

— Dans ce cas, Peltz sait forcément quelles devaient être les cibles. Terminez ce qu'il reste à faire ici et rentrez au bercail ventre à terre. Je vous demande de flanquer à M. Peltz la frousse de sa vie.

— Bonne idée! On attend quand même l'arrivée de son agent de probation? a demandé Kylie.

— C'est la loi, n'est-ce pas? Toujours interroger l'individu en semi-liberté en présence de l'agent de probation.

— En effet, c'est la loi.

— Et vous devriez connaître son corollaire mieux que quiconque, inspecteur MacDonald: certaines lois sont faites pour être contournées.

64

Il restait un quart d'heure avant la relève lorsque nous sommes rentrés au poste. Un flot continu de gens entrait, sortait ou attendait de pouvoir être entendus par le sous-officier de service.

Le commissariat du 19e est un des plus effervescents de New York. L'accueil ne peut y être assuré que par un vieux pro tel que Bob McGrath.

À notre arrivée, il était occupé avec deux femmes d'une vingtaine d'années, dont une Latino belle à croquer. Quatre autres personnes attendaient leur tour derrière la ligne de confidentialité. Que nous avons franchie sans complexe.

— Désolé de vous interrompre, sergent, mais le capitaine Cates a envoyé une patrouille cueillir un certain Mickey Peltz dans le Queens. Il est ici?

— Oui, inspecteur. Attendez que je vous trouve sa feuille d'entrée... Est-ce que l'un de vous deux *habla español*?

— Moi, je *habla un poco*, a répondu Kylie.

— Mauvaise réponse. Tous les flics savent *hablar un poco*. Cette jeune femme est colombienne. Elle ne parle pas un mot d'anglais et sa copine pas un mot d'espagnol.

— Je ne suis pas exactement sa copine, est intervenue cette dernière. Elle loge en face de chez moi et m'a demandé de l'accompagner. Je suis le Bon Samaritain dans cette histoire. On lui a volé son passeport et...

— Merci, mademoiselle. J'ai pris note de la version anglaise. Accordez-moi deux secondes, le temps de trouver un agent hispanophone.

— Bonjour, sergent, je peux?

C'était le livreur de sodas poussant son diable chargé de canettes pour recharger le distributeur de boissons. McGrath lui a fait signe de passer.

— Et fais-moi le plaisir de dégager ta camionnette en vitesse, Vernon, au lieu de bloquer nos véhicules de patrouille.

— Et vous, arrêtez d'envoyer du plomb dans la machine! a rétorqué le livreur en rigolant.

McGrath lui a fait un doigt, tout en cherchant de l'autre main la fiche de Peltz parmi les documents entassés sur le comptoir.

— Pardonnez-moi, mais je dois prendre mon fils à la sortie de l'école dans un quart d'heure, a glissé la Bonne Samaritaine.

— Je comprends, madame.

Tournant la tête, il a hurlé par-derrière :

— Donna, tu attends quoi pour m'amener Rodriguez ou Morales? Je vais l'attendre combien d'années, cet interprète espagnol?

Dans la cage vitrée derrière lui, une femme en civil a roulé son siège jusqu'à la porte pour gueuler encore plus fort :

— Ils sont occupés, sergent!

— Mon cul, a rétorqué McGrath sans cesser d'excaver sa montagne de papiers. Ils sont en pause déjeuner, oui! Tu les rappelles et, cette fois, n'oublie pas de leur faire un descriptif de cette jeune femme.

Je commençais à m'impatienter. Un regard en biais à ma partenaire m'a suffi pour comprendre qu'elle était encore plus agacée que moi par ces interruptions incessantes. Kylie serrait les mâchoires pour ne pas être tentée de l'ouvrir.

Ce qui n'a pas échappé à McGrath.

— Désolé, les gars. Votre Peltz est là depuis un moment. Sa feuille est quelque part là-dessous…

Il a continué à chercher, tandis qu'un petit groupe se dirigeait vers la sortie en poussant le portillon de sécurité séparant l'accueil de la salle d'attente : trois flics portant d'énormes sacs, le livreur de chez Gerri, un prêtre et un vieux bonhomme en costume bleu froissé, l'air d'être revenu de toutes les guerres, avec les mots « avocat commis d'office » gravés sur le front.

McGrath levait et baissait le nez à chaque entrée ou sortie, sans cesser de chercher. Il a fini par extraire un papier bleu de la pile, énonçant d'une voix triomphale :

— Peltz, virgule, Mickey !

Un Post-it jaune était collé sur le coin supérieur. McGrath l'a déchiffré en plissant les yeux :

— L'agent de probation, retenu au tribunal, arrive à 13 h 05. Il vous demande de l'attendre.

— Certainement pas, a répondu Kylie en prenant le papier bleu. Pas après ce qui s'est passé ce matin. Où est Peltz ?

— Salut, sergent. *¿ Dónde está la hermosa mujer ?*

C'était Morales, dont le regard ténébreux repérait aussitôt la superbe Colombienne. Contractant ses abdos et vidant ses poumons, il se sentait tout à fait prêt à servir d'interprète.

Derrière lui se tenait Rodriguez, qui ne s'avouait pas vaincu :

— Morales est portoricain, sergent. C'est à peine s'ils savent l'espagnol, sur son île… Mon père à moi était colombien. C'est moi qui vais traduire.

— Morales était là le premier, a répondu McGrath en cherchant deux dollars au fond de sa poche. Et puisque tu n'as rien à faire, va donc me chercher un Diet Pepsi au premier.

— Sergent… où est Peltz ? C'est urgent.

— Désolé, les gars. C'est un vrai zoo, ici. Vous le trouverez…

À ce moment précis, on a entendu un choc et la jeune Colombienne s'est écriée, en montrant quelque chose derrière moi :

223

— *Dios mío!*

McGrath a tourné la tête.

— Qu'est-ce que c'est que ce barouf?

Je me suis retourné. Un homme titubait en heurtant les murs, le corps secoué de spasmes, moulinant des bras et crachant du vomi. À trois mètres de nous, il s'est écroulé au sol, tête la première. Rodriguez s'est précipité pour chercher son pouls.

— C'est lui, a dit McGrath. C'est Peltz.

— Il est mort, a ajouté Rodriguez.

Il ne faisait que confirmer nos craintes.

— Et merde! s'est exclamé McGrath en écrasant son poing sur le comptoir.

Puis, doigt tendu vers la porte:

— Arrêtez-moi cet enculé de prêtre!

65

Approcher Mickey avait été un jeu d'enfant, songeait le Caméléon.

Le flic à l'accueil était très occupé, mais qui eût cru qu'il était aussi facile de squeezer une file d'attente? Il suffisait pour cela de porter une chemise noire, un col blanc et une croix en or.

— Je suis le père McDougal, avait annoncé Gabriel en déchiffrant le nom de McGrath sur son uniforme. J'ai reçu un appel d'un de mes paroissiens, M. Mickey Peltz. Il est récemment sorti de prison et s'efforce de suivre le droit chemin. Or j'apprends qu'il aurait des ennuis avec la police. Qu'a-t-il fait de répréhensible, si je puis me permettre?

— Autant que je sache, rien du tout, avait répliqué McGrath. Il n'est pas en état d'arrestation. Il est ici pour répondre aux questions des enquêteurs au sujet d'une affaire en cours.

— Oh, quel soulagement! C'est un fort brave homme, vous savez. Je crois sincèrement que son passé est derrière lui. Voyez-vous, il a rencontré le Seigneur lorsqu'il était en détention…

— Comme tant d'autres, mon père.

— Mon devoir est de veiller à ce que ce genre d'incident n'ébranle pas sa foi. M'accorderiez-vous quelques instants auprès de lui, afin de lui procurer mon appui spirituel et, peut-être, lui apporter de quoi étancher sa soif?

Gabriel avait alors exhibé une bouteille d'eau minérale.

— Eau bénite, mon père?

— Non, mais à deux dollars la bouteille d'un demi-litre, c'est comme si Notre Seigneur Lui-même l'apportait!

McGrath avait explosé de rire. Y a-t-il un Irlandais capable de résister à un prêtre doté du sens de l'humour?

— Donna, conduisez le père McDougal à la salle deux.

Le Caméléon avait gratifié McGrath de son sourire le plus catholique. Permission d'éliminer M. Peltz accordée. Alléluia.

Mickey, évidemment, n'en revenait pas de le voir. Il jurait ses grands dieux qu'il resterait muet comme une tombe.

— Vous ne mentiriez pas à un prêtre, mon fils?

Mickey gargouilla un de ces rires de gorge dont il avait le triste secret et siffla la moitié de la bouteille.

— Je suis venu t'apporter mon soutien moral, poursuivit Gabriel. Et te faire savoir que, si tu as besoin d'un avocat, je te déconseille de prendre un de leurs tocards commis d'office. Tu n'ignores pas que j'ai de quoi t'en payer un vrai.

— Merci, mec. T'es un vrai pote.

Ces mots furent sans doute les derniers que prononça Mickey Peltz.

Ressortir du commissariat n'avait posé aucune difficulté. Gabriel avait emboîté le pas d'un trio de flics, direction la porte, sous le nez du sergent. Moins de trente secondes plus tard, il arrachait son petit bouc, sa chemise noire et son col romain et jetait le tout dans une poubelle, sans oublier d'y joindre sa bible et la croix qu'il portait au cou.

Au coin de la 3e Avenue et de la 67e Rue, un vendeur à la sauvette proposait des lunettes de soleil, des piles électriques et des écharpes en «véritable» cachemire à cinq dollars pièce devant son estafette déglinguée. L'endroit idéal pour scruter l'entrée du commissariat sans être vu lui-même.

Il était maintenant vêtu d'un T-shirt Rutgers rouge et blanc et essayait une paire de lunettes couvrantes, tandis qu'une demi-douzaine de flics jaillissait du commissariat.

Dont MacDonald. Un coup d'œil à gauche, un coup d'œil à droite, puis un coup de poing dans sa paume, comprenant que Gabriel venait de leur filer entre les pattes.

Cette chienne avait donc tué Lucy. La presse n'avait pas précisé son nom, évoquant simplement une «policière en civil». Description suffisante pour Gabriel.

Il venait de lui passer sous le nez à moins d'un mètre. Mais, aurait-il trouvé l'occasion de l'étrangler sur place, il s'en serait abstenu. Cette pute d'inspecteur MacDonald méritait de connaître à son tour l'angoisse et les souffrances qu'elle lui avait infligées.

En mémoire de sa petite vendeuse de pop-corn.

66

Le commissariat du 19ᵉ venait donc d'acquérir le statut peu enviable de scène de crime. Pratiquement, le corps de Peltz ne pouvait être déplacé avant d'avoir été grattouillé, chatouillé et ausculté par les techniciens d'investigation criminelle. Et puisque rien ne ressemble plus à une bavure qu'un cadavre allongé dans un commissariat, on se hâta de tendre une bâche pour soustraire le corps à la vue du public.

— S'il ne tenait qu'à moi, je le traînerais dans une arrière-salle, dit Kylie. A-t-on besoin d'attendre les conclusions du légiste pour apprendre que Benoit l'a empoisonné? Sans doute avec le même mélange dont il s'est servi pour Roth.

McGrath, le lieutenant Al Orton, son supérieur hiérarchique, Kylie et moi-même, rejoints par le capitaine Cates, étions entassés tous les cinq dans le petit bureau inconfortable de Donna Thorson, la civile dont la cage en verre se trouvait derrière l'accueil. Il y régnait une température de sauna.

— Comment Benoit est-il entré? a questionné Kylie.

McGrath n'est pas un nain. Grisonnant, baraqué, le visage fendu d'un large sourire d'Irlandais, sa présence peut paraître aussi chaleureuse qu'intimidante. Comme je crois l'avoir dit, il est ce qu'on appelle un flic d'expérience. Regardant Kylie bien en face, d'une voix très posée, il a répondu ceci:

— Ce type m'a dit qu'il était prêtre. Les apparences étaient en sa faveur. Puis il a ajouté: «Peltz est un de mes paroissiens. M'accordez-vous de lui apporter mon assistance spirituelle?» Autant que je sache, Peltz n'était pas en état d'arrestation. Pas même en infraction au régime de semi-liberté. Il comptait les mouches en vous attendant, vous et l'agent de probation. Donc, pour répondre à votre question, inspecteur, il est entré parce que je l'ai laissé entrer. Le garde-barrière a dit «oui» parce qu'il n'avait pas de raison valable de dire «non». Maintenant, s'il vous faut quelqu'un pour porter le chapeau, je suis votre homme.

— Attends, Bob, s'est interposé Orton. Inspecteur, nous ne nous connaissons pas. Apprenez que le 19e a toujours travaillé main dans la main avec le NYPD Red, aucun lézard jusqu'ici. Vous connaissez sans doute notre devise : «Servir et protéger.» Notre mission ne consiste pas à persécuter les gens. On ne les fouille pas et on ne leur demande pas de jeter tout liquide avant de franchir le pas de la porte. Il n'y a pas marqué «sécurité aérienne». Le sergent McGrath a dix-huit ans de service, plusieurs décorations, il a fait son boulot et rien que son boulot. Ce qui s'est produit est indépendant de…

— Al, c'est ma faute, l'a coupé Cates. J'ai déconné. Pour éviter les fuites, je n'ai rien dit sur Peltz aux deux agents qui l'ont ramené, ni qui il était ni de quoi nous le soupçonnions. Hélas, nous avons joué de malchance. Benoit a vu arriver leur pick-up. Dès que je l'ai su, j'aurais dû appeler pour vous demander de garder Peltz sous clé. Pas une seconde je n'ai pensé que Benoit aurait le cran de s'introduire ici pour tuer Peltz et l'empêcher de parler.

— L'empêcher de parler de quoi?

— Benoit s'est offert assez de plastic pour faire de gros dégâts.

— On sait où?

— Non, mais Peltz devait le savoir, lui. Raison pour laquelle il n'est plus de ce monde.

— Si c'est lié à ce fameux festival, on doit pouvoir lister les cibles potentielles?

— Nous en sommes à soixante-trois, suis-je intervenu. À ce jour, la brigade canine dispose de dix-huit chiens. Sans Peltz pour nous permettre d'identifier la cible – ou les cibles –, on n'a même pas les moyens d'en couvrir la moitié.

— Je vais donc établir des priorités, a tranché Cates. Commencez par les réceptions prévues dans les hôtels ou autres lieux publics.

— En fait, il y a tout lieu de penser que les cibles principales seront des soirées privées, est intervenue Kylie. Je sais par exemple qu'au Friars Club…

— Inspecteur MacDonald, a coupé Cates sèchement. Je ne méconnais pas le fait qu'un certain nombre de sommités puissent constituer des cibles privilégiées, ni celui que vous soyez proche de plusieurs d'entre elles, mais nous sommes avant tout au service de nos concitoyens. Je veux donc que nos chiens se concentrent sur les événements susceptibles de transformer le contribuable new-yorkais en dommage collatéral. Compris?

— Compris, capitaine.

Cates n'a rien ajouté. Elle est sortie et s'est engouffrée dans l'escalier pour rejoindre son bureau. Elle avait fait son *mea culpa*. Dont acte. Mais le boulot avant tout.

67

Après trois quarts d'heure de musculation, vingt minutes de rameur et trois autres quarts d'heure de tapis roulant, Spence Harrington dégoulinait de sueur. Il ôta ses vêtements et inspecta chaque centimètre carré de son corps nu dans le grand miroir qui recouvrait un pan entier de sa salle de gym personnelle.

Son indice de masse corporelle était de 25, il s'efforçait de le ramener autour de 20. Pas si mal, pour un garçon qui avait soufflé plusieurs bougies depuis ses quarante ans. Il n'était pas mécontent d'avoir fait une croix sur ses mauvaises habitudes, si le résultat de ses efforts était ce corps aux contours flatteurs. Il se demandait même qui pouvait l'admirer le plus, de Kylie ou de lui-même.

Il se dirigea vers la salle de bains, déposa ses vêtements de sport dans le panier à linge sale, prit une douche de dix minutes, se sécha soigneusement et se glissa sous les draps.

Le pouvoir réparateur d'une sieste d'un quart d'heure, selon Spence, était un acquis de la science. Il régla la minuterie de son iPhone sur seize minutes et s'endormit avant la soixantième seconde. Un quart d'heure plus tard, il s'éveillait aux voix familières de Sonny et Cher entonnant «I Got You Babe», sonnerie choisie en souvenir de son film préféré, *Un jour sans fin*.

Le thermostat de leur appartement étant réglé à 18 °C, il n'eut pas plus tôt repoussé le drap que l'air frais vint effleurer son corps tiède. Il se laissa retomber sur l'oreiller, caressa son ventre et fit glisser sa main jusqu'à son entre-jambe, où elle s'attarda. Ils n'avaient pas fait l'amour depuis la nouvelle affectation de Kylie. Il ferma les yeux, l'imagina étendue nue près de lui et se mit à bander aussi sec.

Rien de tel pour exciter un mec qu'un peu d'exercice physique, une douche brûlante et une expérience de mort imminente, songea-t-il en lâchant son sexe.

S'asseyant au bord du lit, il attrapa le téléphone et appela sa femme.

— Ça baigne?

— Je suis douché, à poil et plus en forme qu'un bouc qui viendrait d'avaler une boîte de Viagra. Et toi, ça va?

— À merveille. Je sors de deux heures de kiné. Mais non, qu'est-ce que je raconte... C'était le contrôle des services. Ils m'ont débriefée, suite à la fusillade, histoire de voir si je ne souffrais pas de stress post-traumatique et si j'étais toujours bonne pour le service.

— Résultat?

— Sale nouvelle pour toi, beau bouc. Je reste en piste jusqu'à ce qu'on ait coffré ce salopard. Des nouvelles de Shelley?

— Plus heureux que sa femme un jour de soldes. Le médecin lui a prescrit des antidouleurs. Rentré au bureau, il a reçu un appel d'Electronic Arts, une des plus grosses boîtes de jeux vidéo au monde. Il semblerait que notre mésaventure de ce matin les intéresse au plus haut point.

— Ils ne perdent pas de temps...

— C'est ça, le marché du jeu. Bref, ils voulaient nous envoyer deux développeurs dès ce soir pour nous montrer le pilote. Tu sais comment fonctionne le cerveau de Shel-ley. Il n'a pas dit non, mais sitôt raccroché il a appelé une dizaine d'autres développeurs de jeux vidéo. Du coup, Sony et Nintendo seront là aussi.

— Spence... Benoit a des explosifs. On manque d'hommes et de chiens pour être partout et les soirées et réunions privées ne font pas partie de nos priorités. Assure-toi que Shelley fasse appel à un service de protection rapprochée.

— Je me tue à le lui dire, mais il refuse de s'inquiéter.

— Il s'est déjà fait tirer dessus. Il n'a pas peur que ça se reproduise?

— Non. Il pense que cette fille rêvait de descendre des personnalités du cinéma ou de la télé et que la cérémonie en mémoire de Stewart lui en fournissait une sur un plateau. De son point de vue, la rencontre de ce soir n'est qu'un rendez-vous de travail avec une brochette de raseurs professionnels, c'est tout. La vraie grande fiesta, avec grosses vedettes et basses à donf, aura lieu au Kiss & Fly, au 230 Fifth ou au Tenjune – ce genre de boîte. C'est là que vous devriez guetter l'autre taré. Attends deux secondes, on sonne en bas.

Spence composa étoile-zéro pour répondre à l'interphone.

— Qui est-ce?

— Monsieur Harrington? Trevor, du bureau de tri de Silvercup. J'ai un paquet pour vous. Un scénario révisé, je crois.

— Monte-moi ça, Trev. C'est au septième. Merci.

Il reprit la ligne.

— C'était qui?

— Le service d'escorts. Je les ai appelés tout à l'heure. Ils montent me livrer la pute.

— Comment savais-tu que je ne serais pas là?

— Mais j'en savais rien! La vérité, c'est que j'espérais faire un truc à trois.

— Pauvre malade…

— C'est pour ça que tu m'aimes.

— Je dois te laisser. Amuse-toi bien avec ta pute et tes jeux vidéo.

— Et toi, sois prudente quand tu chasses les mauvais garçons. Je t'aime.

— Je t'aime aussi. J'y retourne.

Kylie venait de raccrocher quand Spence entendit sonner. Il s'empara d'un oreiller en guise de cache-sexe et courut à la porte.

— Eh, Trevor, je suis à poil. Ça t'ennuie de glisser l'enveloppe sous la porte?

— C'est trop épais. Je la dépose devant la porte et je redescends, d'accord?

— Nickel.

— Bonne fin de soirée, monsieur.

Spence colla son oreille à la porte et attendit d'entendre l'enveloppe tomber sur le paillasson et Trevor rappeler l'ascenseur. Lequel, n'étant pas redescendu, s'ouvrit aussitôt. Puis il entendit les portes se refermer et l'ascenseur redescendre au rez-de-chaussée.

Tenant toujours l'oreiller devant lui, il ouvrit et se baissa pour prendre l'enveloppe.

Plaqué au mur, le Caméléon choisit ce moment pour frapper l'épaule droite de Spence Harrington d'un coup de matraque électrique. Une décharge d'un million de volts lui traversa le corps et le jeta au sol.

— Comme je te le disais, Spence, je t'apporte un scénario révisé. Ton rôle évolue considérablement.

68

— On ne croirait pas que c'est aussi simple d'acheter une de ces matraques, fit Gabriel en traînant le corps inanimé de Spence sur le seuil. Cinquante dollars sur Internet... Le seul emmerdement, c'est pour se faire livrer. Tu te rends compte que les Taser et les matraques sont en vente libre dans quarante-quatre États, mais qu'on ne peut pas se les faire expédier à New York ou Jersey City? Ça craint...

Il referma la porte du pied et tira Spence jusque dans le living.

— Heureusement qu'ils ne sont pas à court d'idées pour vendre leur camelote! Sur leur site, ils ont carrément marqué en grosses lettres rouges: «Vous habitez dans une zone interdite de livraison? Pas de souci. Indiquez une adresse en zone légale!» Je n'ai eu qu'à faire un saut en voiture dans le Connecticut. Ces gadgets y sont en vente libre, à condition d'être utilisés sur place. Mais je ne pense pas être en infraction, puisque j'ai justement l'intention de t'achever sur place!

Gros ricanement.

— Bref, j'ai loué une boîte UPS à Stamford, à cinquante bornes d'ici. La semaine suivante, j'ai fait l'aller-retour. Le colis m'y attendait bien sagement. Et «sous pli discret», comme promis. Un peu chiant, je te l'accorde, mais que veux-tu, ce sont les aléas de la préprod.

Gabriel déposa la tête et les épaules de Spence contre le sol, déplaça une lourde chaise de la salle à manger et la positionna à trois mètres de la porte d'entrée.

— Bon, je sais que tu ne peux pas encore parler, mais tu peux m'entendre. Alors voilà, je voudrais que tu t'asseyes sur cette chaise. Je vais te soulever, mais il va falloir que tu y mettes du tien. Sinon, pan-pan! Tu sais que c'est un vrai petit bijou, cette matraque? Vingt-quatre utilisateurs sur vingt-huit lui ont mis cinq étoiles sur le site. Tu comprends pourquoi.

Gabriel glissa ses mains sous les aisselles de Spence et le souleva sur la chaise avec un grognement d'effort.

— Marrant que tu sois à poil. Ce n'était pas dans le script, mais je ne suis pas contre. Ça te donne un côté vulnérable. De toute façon, le film est interdit aux mineurs non accompagnés, alors un peu de fesse, ma foi, pourquoi pas?

Dix minutes furent nécessaires à Spence pour reprendre conscience. Le temps pour Benoit de scotcher ses chevilles et ses mollets aux pieds de la chaise et de lui maintenir les bras et les mains dans le dos à l'aide de chatterton enroulé autour du torse. Une dernière bande d'adhésif lui fermait la bouche. Ses yeux s'ouvrirent. Gabriel était devant lui.

— Tiens, bonjour, la Belle au Bois dormant! Le Prince charmant a failli attendre…

Gabriel posa le bout de la matraque sur la chaise, entre les jambes écartées de Spence.

— Je vais t'enlever l'adhésif de la bouche. Mais attention: si tu cries, je te fais grimper douze octaves d'un coup.

Spence acquiesça de la tête et se laissa arracher le chatterton en grimaçant.

— Qui êtes-vous? bredouilla-t-il.

— Mais… le Caméléon.

Spence semblait stupéfait.

— Je… je ne comprends pas. C'est le titre de ma nouvelle série. C'est mon personnage…

— Celui que tu m'as volé, rectifia Gabriel. Je t'ai soumis l'idée il y a deux ans. Le Caméléon, c'est moi.

Un fou. Spence secoua la tête pour s'éclaircir les idées.

— Bon, dit-il. Vous êtes le Caméléon. Le pilote de la série est projeté tout à l'heure. Le personnage principal est un détective privé, une sorte de transformiste. Qui s'appelle également le Caméléon. Mais c'est une coïncidence. Je n'ai rien volé à p…

— Je me fous de savoir si tu l'as transformé en détective, en chauffeur de bus ou en astronaute, interrompit Gabriel en s'échauffant. C'était mon idée. Je te l'ai envoyée. Je t'ai fait confiance.

— Je vous crois. Mais les gens m'envoient des idées tous les jours, vous savez. Je n'ai pas le temps de les lire. La plupart des producteurs télé ne lisent jamais les envois spontanés, sauf si le pitch nous est adressé par un agent avec qui on a l'habitude de bosser.

— Dis plutôt que la plupart des producteurs télé mentent comme ils respirent.

— Je vous jure que c'est la vérité. L'idée du Caméléon m'est venue voici quatre ans. Je n'ai cessé de la développer depuis et aujourd'hui… mais qu'est-ce que vous faites?

Le Caméléon était en train de fouiller dans son sac.

— Regarde ce que je t'ai apporté, dit-il enfin. Je crois que tu vas finir par regretter le bâton électrique… Plein d'imprévus, mon petit film, pas vrai?

Spence poussa un hurlement.

— Au secours! À l'aide!

Le poing de Gabriel entra brutalement en contact avec le nez de Spence, substituant à ses cris un bruit de cartilage broyé. Puis il lui tira sèchement la tête en arrière et fit trois tours d'adhésif autour de sa bouche.

— Tu ne m'as pas seulement volé mon idée, dit-il à Spence en brandissant l'objet de sa terreur. Tu m'as volé ma vie. Et maintenant, devine? Le moment est venu pour toi d'acquitter les droits.

69

Les services d'urgence des brigades canines de New York disposent d'environ trente-cinq chiens. Une moitié est dressée à flairer les stupéfiants, l'autre les explosifs. Quelques-uns sont également entraînés à la détection de cadavres.

Même pour une ville aussi étendue que New York, dix-huit renifleurs d'explosifs paraissent amplement suffisants pour une journée ordinaire.

Mais ce n'était pas une journée ordinaire.

J'ai donc appelé le sergent Kyle Warren, coordinateur des brigades canines pour toute la ville. C'est un homme de trente-deux ans, mais qui dresse des chiens depuis sa dixième année. Je lui ai présenté la situation, et voici sa réponse :

— Je suis votre homme.

Deux heures plus tard, Warren me rappelait. Il avait rameuté des chiens de la police d'État de New York, du New Jersey, du Connecticut et d'aussi loin que le comté d'Ulster. Avant 17 heures, notre contingent canin comptait pas moins de trente-deux têtes.

Kylie et moi étions rentrés au poste et plantions des punaises sur une carte de New York fixée sur un tableau en liège. Puisque nous n'aurions pas assez de chiens pour couvrir toutes les cibles plausibles, il nous fallait décider lesquelles requéraient la présence permanente d'un dresseur et de son animal et lesquelles ne méritaient qu'une simple ronde.

— Je crois que Spence n'a pas tort, a dit Kylie. Le Meat-packing District est le quartier le plus exposé. C'est là que vont se retrouver le gros des têtes d'affiche. Je pense qu'on pourrait faire patrouiller au moins cinq ou six chiens d'explosifs dans la zone.

— Connaissant lesdites têtes d'affiche, ça vaudrait le coup d'ajouter une paire de renifleurs de coke, on ferait un joli carton.

Un appel sur l'iPhone de Kylie. Je n'ai pas reconnu la sonnerie habituelle.

— Mon mari aurait-il perdu la tête? C'est Spence qui m'appelle sur Skype. Comme si je n'avais rien de mieux à faire que bavarder…

— Plains-toi. Moi, il m'appelle au milieu de la nuit…

Kylie a lancé Skype.

— Oh, mon Dieu! Zach…

J'ai maté l'écran de l'iPhone par-dessus son épaule. Kylie était presque muette d'horreur.

— Spence…

Il était entièrement nu, bâillonné, ligoté sur une chaise. Gabriel Benoit est apparu dans le champ.

— Bonsoir, inspecteur MacDonald. Et n'est-ce pas votre excellent acolyte, l'inspecteur Jordan, que j'aperçois derrière vous? J'ignore si vous avez déjà trouvé mon appartement, mais, pour ma part, j'ai trouvé le vôtre…

— Que voulez-vous? a fini par articuler Kylie.

— Vous faire souffrir comme vous m'avez fait souffrir. Savez-vous qui était la femme que vous avez tuée ce matin?

— Une meurtrière de sang-froid. Qui a ouvert le feu sur des personnes sans défense.

— Lucy était plus innocente qu'une enfant. Si elle a tué, c'est que ses victimes l'avaient mérité.

— Que voulez-vous? a redit Kylie.

— Avez-vous déjà connu la douleur de perdre un être cher?

Silence.

— Non? Vous n'allez pas tarder à comprendre...

Est apparu un gros pain de plastic sur lequel était scotché un minuteur numérique relié par deux fils, un noir et un blanc, à un détonateur.

— Vous avez trente minutes. Au-delà, vous perdrez l'équivalent de ce que vous m'avez pris.

Il a enfoncé un poussoir. L'écran du minuteur a affiché 29:59 et le compte à rebours a commencé. À 29:55, changement de vue et retour sur le living de Kylie. Encore cinq secondes, et Benoit a raccroché.

L'écran s'est éteint, mais la dernière image restera à jamais gravée au fer dans ma mémoire : Spence Harrington, nu, impuissant, attaché sur une chaise dans son propre appartement, attendant la mort dans la solitude et l'effroi.

70

Kylie avait bondi comme une flèche.

Le temps d'attraper une radio, je dévalais l'escalier quatre à quatre dans son sillage.

— Une voiture, vite! a-t-elle hurlé au sergent McGrath en bousculant un civil au passage. 217 en cours!

McGrath n'a pas barguigné. S'il lui restait la moindre amertume de leur petit différend du matin, c'était de l'histoire ancienne. «217», dans le code la police, signifie «agression avec intention de tuer». Ce qui donnait à Kylie la priorité.

— La Chevrolet Caprice 64-42 est juste devant. C'est la plus rapide qu'on ait. Les clés sont dessus.

Kylie est sortie en trombe et s'est jetée sur la Chevy. Je lui ai pris le bras:

— On devrait peut-être alerter le déminage?

Suggestion balayée:

— Non. Le temps qu'ils s'équipent, qu'ils trouvent l'appartement et qu'ils décident du meilleur moyen de désamorcer la bombe, Spence sera mort trois fois. Soit j'y vais seule, soit on est deux. Tu viens ou pas?

Sans attendre la réponse, elle a sauté derrière le volant et a mis le contact. Je n'ai eu que le temps de bondir côté passager en criant:

— Je viens!

Elle a écrasé l'accélérateur et brûlé le feu au coin de Lexington Avenue, tous gyrophares dehors et sirène hurlante.

— J'appelle des renforts.

— Non, attends qu'on soit sur place et qu'on ait évalué la situation. On ne peut pas prendre le risque de se retrouver avec un chiot exalté pressé de jouer les Rintintin.

On venait de s'engouffrer dans la 5ᵉ.

— Parce qu'une épouse exaltée, tu penses que c'est moins risqué?

— Très drôle, Zach. Il nous reste vingt-huit minutes. Je sais exactement où est Spence et comment m'y rendre, je n'ai pas le temps de briefer des renforts et de leur donner du fouet.

Virage serré vers Central Park South, cette portion huppée de la 59ᵉ Rue qui s'étend de Grand Army Plaza, sur la 5ᵉ Avenue, à Columbus Circle, sur la 8ᵉ. L'artère était bordée d'attelages rutilants pour promener les touristes dans le parc à quinze dollars les vingt minutes, pourboire non compris. Kylie a poussé la sirène et franchi la double ligne jaune pour emprunter la voie de gauche, nettement moins encombrée.

— Toutes les cibles virtuelles, on les a passées en revue. Comment avons-nous pu omettre Spence?

— Parce que nous pensions grand spectacle, Kylie. Mais Benoit a changé d'idée. Il n'a plus que la vengeance en tête. Tu as buté sa copine.

— Exact.

Elle a obliqué à gauche dans la 7ᵉ Avenue, en dérapant à toute blinde dans le couloir d'urgence.

— Si Spence meurt, ce sera donc ma faute.

Mon téléphone a sonné. C'était Cates.

— McGrath a dû lui dire qu'on était sur un 217.

— Je t'interdis de décrocher.

— T'es pas un peu dingue? Cates est notre supérieure!

— Pas «un peu» dingue, non: complètement dingue. Si tu lui dis ce qu'on fabrique, elle est foutue de tout stopper. Zach, je sais que tu ne tiens pas plus que ça à Spence, mais si je compte un peu pour toi, s'il te plaît, je t'en supplie, ne réponds pas.

Si Kylie comptait pour moi? Avait-elle jamais cessé de compter? Et voilà que ce foutu «bagage émotionnel» menaçait d'emporter par le fond la seule autre chose qui m'importe ici-bas: mon métier.

Nouvel appel de Cates, dont le nom s'est affiché sur l'écran. En dessous, deux touches: une verte, une rouge. Répondre, ne pas répondre? Perdant-perdant.

Je me souviens m'être dit: «Tu vas sans doute le regretter toute ta vie.»

Puis j'ai appuyé sur l'une des deux touches.

71

EXT. JETÉE N° 17 - NEW YORK - JOUR

LE CAMÉLÉON enfile son ultime costume et se
rend en Zipcar de location au port maritime
de South Street, où son équipe l'attend :
six hommes et trois femmes, vêtus comme
lui du même uniforme - pantalon noir, chemise blanche, smoking blanc, nœud papillon
bleu électrique. Cela fait déjà trois mois
qu'ils travaillent ensemble, ils sont heureux de le retrouver.

— Armando ! l'interpella une des femmes tandis qu'il
traversait le parking à petites foulées. Je commençais à me
faire du souci. Tu as failli rater le départ !

Adrienne Gomez-Bower, assez jolie avec sa chevelure
bouclée noire de jais, cachait mal le béguin qu'elle éprou-
vait pour lui. S'il doutait qu'elle eût accordé plus d'un regard
à Gabriel Benoit, en revanche elle en pinçait vraiment pour
Armando Savoy, ce jeune acteur ardent au teint mat, natif
de Buenos Aires, grandi à Marseille et désireux de percer à
New York.

— Adrienne, ma chérie, dit-il en s'inclinant pour lui
faire la bise sur les deux joues, à la française. Pardon, je
suis en retard. Figure-toi que j'ai été recontacté pour la nouvelle pièce de Mamet. Ça va se jouer entre deux autres gars
et moi.

— Une pièce de David Mamet! Armando, est-ce que tu te rends compte? Mais ce serait énorme! Si tu décroches le rôle, je te jure que je serai assise au premier rang pour la première, dussé-je vendre mon corps pour acheter une place.

Voilà peu, il aurait volontiers prolongé ce petit flirt. Lucy ne lui en aurait pas voulu : elle savait bien que ça faisait partie du rôle. Hélas, maintenant qu'elle n'était plus là, draguer la belle Adrienne lui eût laissé un goût de trahison.

— Quoi qu'il en soit, désolé pour mon retard, chef.

Car c'était Adrienne qui dirigeait cette petite équipe.

— Ça ira pour cette fois, répondit-elle en souriant. Mais la prochaine, tu me verras dans l'obligation de te contraindre par corps...

Gabriel feignit de ne pas saisir l'allusion et se rapprocha de la camionnette du traiteur.

— Qui donne cette petite soirée? demanda-t-il.

— Shelley Trager, un producteur télé ultramillionnaire. Tu vois ce yacht? C'est là qu'on doit servir. Eh bien, il n'est pas loué. C'est le sien. Il attend plus de cent vingt invités, la plupart du show-biz. Il se pourrait que l'un d'entre nous soit démasqué!

— J'espère bien que ce sera toi, fit Gabriel en emportant huit plateaux de verres sur un chariot.

Il ôta sa veste blanche et la posa par-dessus. Elle devait peser pas loin de quarante kilos. Lucy l'avait doublée de seize poches en toile imperméable qu'il avait bourrées de deux kilos et demi de plastic chacune. Il n'avait eu besoin que de dix kilos pour l'appartement de Harrington, de sorte qu'il lui en restait bien plus que nécessaire.

— C'est très flatteur pour moi, je te remercie, rétorqua Adrienne. Mais toi? Tu n'aimerais pas être reconnu?

Gabriel déplaça le chariot jusqu'à la rampe d'accès du yacht et se mit à pousser.

— Pas ce soir, chef. Pas ce soir.

72

La circulation s'ouvrait comme une mer sur notre passage en s'entassant de part et d'autre à mesure que nous descendions la 7ᵉ Avenue, aussi vite que sur autoroute.

— Merci, m'a dit Kylie sans quitter l'asphalte des yeux.

Je n'ai rien répondu.

— Et désolée.

— De quoi? ai-je bougonné.

— À ton avis? Cates t'a demandé de me garder la bride sur le cou et tu lui désobéis au bout de trois jours. À cause de moi.

— C'est moi qui n'ai pas décroché.

— Merci quand même. Sincèrement. Je ne l'oublierai pas. Spence et moi n'oublierons pas.

— Génial. Tu crois qu'il pourra me pistonner pour être vigile chez Silvercup?

Cette fine remarque m'a valu un sourire de côté qui a manqué nous encastrer dans un taxi trop lent à dégager la voie.

En temps normal, il faut compter vingt minutes pour se rendre à l'appartement de Kylie, dans le quartier de Tribeca. Mais avec une sirène, des gyrophares et surtout une conductrice survoltée, cette durée peut être réduite à moins de neuf minutes.

La Caprice s'est immobilisée dans un criaillement de pneus au coin de Washington Street et de Laight Street, au pied d'un élégant immeuble de sept étages en brique rouge qui fut jadis la fabrique de savons Pearline. À raison d'un lifting de plusieurs dizaines de millions de dollars, c'est devenu un des symboles du dernier chic qui caractérise aujourd'hui Lower Manhattan. Impossible de vivre ici avec un simple salaire de flic. D'où se déduisait que Spence gagnait correctement sa vie.

— Sixième étage, a fait Kylie en s'engouffrant dans le hall.

L'ascenseur était ouvert, mais elle est passée devant pour emprunter la cage d'escalier. J'ai suivi le mouvement.

— Il est trop lent. On y sera plus vite à pied, dit-elle pour répondre à la question que je n'avais pas pris la peine de formuler.

Au niveau du quatrième, j'en ai posé une autre :

— Tu as un plan ?

— Non. Si. Je ne sais pas. Bon sang, Zach, on n'a pas besoin d'une stratégie militaire pour le moindre pépin ! J'entre, je libère Spence, j'alerte les voisins et on repart en courant. Et si ça doit sauter, ça sautera.

Entrer, sortir, courir. Simple et cohérent. Pas le temps de s'amuser à désamorcer la bombe.

Nous avons pris à droite en déboulant au sixième. Il n'y avait que deux portes. Celle de Kylie était en face. Elle a sorti une clé de sa poche et l'a enfoncée dans la serrure de l'appartement 6A.

«Entrer, sortir, courir» : je ne cessais de me redire ces trois verbes. Tellement simple… Mais quelque chose me chiffonnait.

Kylie a tourné la clé. En un éclair, j'ai compris. Rien de sain ne pouvait sortir de l'esprit tortueux de Gabriel Benoit. Je me suis jetée sur elle et l'ai plaquée au sol.

— Qu'est-ce qui te prend ?

— La serrure. Elle est piégée.

Kylie m'a dévisagée, l'air d'y croire sans y croire. Il faut du temps pour désamorcer ce genre de piège. Or le nôtre s'égrenait à toute vitesse.

— Comment le sais-tu?

— Je n'en sais rien. Mais je commence à connaître Benoit. Il nous a laissé amplement le temps d'arriver. Pourquoi? Parce qu'il veut qu'on ouvre cette porte.

— Mais il faut bien qu'on entre! Spence est à l'intérieur.

— Chut.

Debout contre la porte, j'ai appelé à pleins poumons:

— Spence!

Il m'a répondu par une suite de mugissements suraigus. Or je savais, pour l'avoir vu sur Skype, qu'il était bâillonné avec une bande adhésive. Il ne pouvait donc prononcer un seul mot, mais, de toute évidence, ses cris de panique n'étaient pas de simples appels à l'aide. Il tentait de nous alerter.

— Spence, tu m'entends? Pouvons-nous ouvrir sans danger? Une fois pour oui, deux fois pour non.

Réponse forte et nette, dénuée d'ambiguïté: deux grognements sourds, mais sonores et bien distincts. «Non.»

— La porte est-elle reliée à des explosifs?

Un seul grognement. «Oui.»

Toute espèce d'assurance et de bravoure avait déserté les traits de Kylie. Elle avait foncé, avait négligé de faire appel au déminage ou à un quelconque renfort, préférant mener l'assaut et triompher seule – et voilà que chacune des décisions qu'elle avait prises apparaissait soudain comme erronée.

— Zach…

Je ne l'avais jamais vue aussi vulnérable et désemparée. Brusquement, la vie de Spence reposait sur mes épaules. J'ai fermé les yeux pour tâcher de visualiser chaque case de l'échiquier.

— Zach, il reste dix-sept minutes.

Pas de temps à perdre en réflexions. J'ai crié contre la porte:

— Spence, est-ce que je peux passer par la fenêtre?

Un grognement. Pas deux. C'était la réponse que j'espérais: «Oui.»

— C'est bon, ai-je dit à Kylie. Je vais entrer par la fenêtre.

Elle m'a regardé avec un mélange de peur, d'incrédulité et d'abattement, entre autres émotions négatives.

— Zach, nous sommes au sixième étage. Explique-moi comment tu comptes t'y prendre pour entrer par la fenêtre ?

73

Gabriel avait tout minuté à la perfection. L'équipe de restauration avait presque fini son chargement, la plupart des invités étaient à bord du *Shell Game*, lequel s'apprêtait à larguer les amarres.

Dans la cambuse, l'air affairé, il était occupé à disposer artistement des mini-toasts au crabe, des barquettes au saumon fumé et des crevettes au coco sur des plateaux en laque noire. Adrienne ne tarissait pas d'éloges.

— Beau travail, Armando. Mamet a vraiment de la chance de t'avoir.

— Du calme, je ne suis pas encore pris…

— Tu le seras. En attendant, pense à nourrir ces riches estomacs. Buffet à 19 heures.

Et, passant derrière lui, elle lui flanqua une claque sur les fesses en lui murmurant à l'oreille :

— Le dessert, c'est chez moi vers minuit.

— Serait-ce ce que vous autres, Américains, appelez « harcèlement sexuel sur le lieu de travail » ?

Elle sourit.

— Et comment appelez-vous ça en Argentine ?

— Les préliminaires.

Il lui fit un clin d'œil et prit un chariot qu'il roula jusque dans le grand salon, évoluant sans hâte parmi la foule, sourire aux lèvres, en distribuant les amuse-bouches sur son passage. Les invités de Trager formaient un échantillon assez représentatif du show business, moitié hommes moitié femmes, moitié jeunes moitié vieux, moitié gays moitié hétéros, mais avec un point commun : tous savaient exactement comment s'habiller pour une croisière – à l'exception de deux Latinos basanés vêtus d'un même blazer brun, d'une cravate bon marché et d'écrase-merdes de flics.

Le Caméléon sourit. Si c'est l'idée que Trager se fait de la sécurité privée, de deux choses l'une : soit il me sous-estime, soit il souhaite m'aider à faire sauter son rafiot.

Il s'approcha d'un des deux flics de location et présenta son plateau. L'homme refusa d'un signe de tête.

— Vraiment pas ? fit Gabriel. Vous ne savez pas ce que vous perdez. Ces crevettes sont à mourir !

Le type haussa les épaules, accepta une serviette en papier, prit un canapé sur le plateau, jeta un regard à gauche, à droite, puis en reprit trois d'un coup.

— Je repasserai, dit Gabriel.

S'avançant jusqu'au fond du salon, il franchit une porte en verre encadrée de teck qui donnait sur le pont supérieur. Il n'y avait là qu'une poignée d'invités, dont la plupart fumaient.

Il se trouva un coin tranquille, côté port, pour faire le point. Le pont de Brooklyn était derrière eux, signe que le yacht se dirigerait vers Governors Island et le quartier de Brooklyn baptisé Red Hook.

La séance de projection n'aurait pas lieu avant la nuit tombée. D'ici là, le commandant de bord voguerait probablement jusqu'à Sea Gate, voire jusqu'à Breezy Point, avant de faire demi-tour pour jouir du coucher de soleil sur la statue de la Liberté.

Ce qui lui laissait un peu plus d'une heure pour disposer les charges.

Sur une porte était fixé un écriteau «DÉFENSE D'ENTRER». Il déposa son plateau, ouvrit et dégringola deux escaliers métalliques jusqu'aux machines.

— Eh, toi ! fit une voix. Bouge pas d'où t'es, mon pote.

Gabriel s'immobilisa.

L'homme, un Afro-Américain très noir de peau, la soixantaine, portait un pantalon de treillis et une chemise en jean délavée dont la pochette, sur la poitrine, arborait le logo du navire.

— Salut, fit Gabriel.

— C'est ça, salut! répondit l'autre en rigolant, main levée. Combien j'ai de doigts?

— Trois.

— Bravo, test de vision positif. Donc je suppose que tu as vu l'écriteau «défense d'entrer»? Oui? Laisse-moi t'expliquer ce qu'il signifie: cette zone est interdite d'accès. Alors tu vas me faire le plaisir de remonter sur le pont, d'où tu n'aurais jamais dû descendre.

— C'est bon, calmos, fit Gabriel. Je fais partie du service traiteur. M. Trager m'envoie prendre les commandes de l'équipage pour le dîner.

Franc éclat de rire.

— Les commandes pour le dîner? Pour les gars qui sont sur le pont, peut-être, mais M. Trager n'a pas pour habitude de faire servir à dîner dans la salle des machines!

— Alors j'ai dû mal comprendre... mais tu sais, on a de quoi nourrir un régiment dans la cambuse. Dis toujours ce qui te ferait plaisir: crevettes, poulet, filet de bœuf?

L'homme fronçait les sourcils.

— Ma tête dit non, mais mon ventre demande la permission...

— Accordée, répondit Gabriel. Sans blague, toi et les autres gars êtes sûrement ceux qui bossent le plus dur sur ce tas de tôle... Dis-moi ce que tu veux, je te rapporte un plateau.

— Mets-moi un peu de tout, lésine pas sur le bœuf, et rajoute une bière fraîche.

— Ça marche. Vous êtes combien là-dessous?

— Trois: moi, je et moi-même! Charles Connor, pour vous servir...

— Eh bien, monsieur Connor, je dis que vous méritez deux bières chacun, tous autant que vous êtes! Je te rapporte un pack de six.

— C'est sympa, mais jamais plus d'une pendant le service.

— Ça doit demander une sacrée organisation, en tout cas… Comment tu fais, tout seul, pour tout faire fonctionner?

— Oh, moi, rien. C'est le capitaine Campion, là-haut, qui commande tout par ordinateur. Normalement, lorsqu'on est en route, il n'y a plus personne ici. Mais ce soir, le bateau affiche complet et l'alcool coule à pleins tubes. Le commandant m'a demandé de descendre pour avoir l'œil sur les promeneurs égarés…

— Du genre qui ne savent pas lire un écriteau «défense d'entrée», c'est ça?

— Non, plutôt du genre ronds comme des queues de pelle et qui cherchent à baisouiller dans un coin, quitte à confondre la salle des machines avec des toilettes d'avion, mais sous le niveau de l'Hudson…

— Allez, je vais chercher ton dîner, fit Gabriel. Eh, c'est quoi ce truc derrière toi qui fait un boucan pas possible?

— Ça? dit Connor en se retournant. C'est une turbine. C'est ce qui permet d…

Une décharge d'un million de volts parcourut le système nerveux de l'homme de peine. Gabriel venait de faire une nouvelle fois usage de sa matraque électrique. L'homme s'effondra au sol sans réaction, terrassé par surprise.

— Je t'ai menti au sujet du dîner, fit Gabriel en rangeant la matraque dans son étui.

Puis il sortit un rouleau de gros scotch tout neuf.

N'ayant aucune idée du nombre d'hommes en cale, il n'avait pas gravé dans le marbre le script de cette scène. Et, compte tenu de la part importante laissée à l'improvisation, il trouvait que Charles Connor aussi bien que lui-même pouvaient être fiers de leur prestation.

74

— Escalader six étages, peut-être pas. Mais en descendre un… Il y a quelqu'un au septième?

À peine avais-je posé la question, une étincelle s'est rallumée dans l'œil de Kylie. Un espoir.

— Dino. Dino Provenzano. Un artiste. Il travaille chez lui.

Elle s'est collée à la porte pour crier à Spence:

— On arrive! Je t'aime!

Aussitôt nous filions vers l'escalier et volions au septième.

— Dino est le premier à avoir acheté ici, en façade, au dernier étage pour la lumière. Appartement 7A.

Quelques secondes plus tard, elle frappait à la porte de l'appartement situé juste au-dessus du sien.

— Dino, c'est Kylie! Ouvre, c'est urgent!

Pas de réponse. Kylie a frappé et crié de plus belle.

— Dino! Coralie! Y'a quelqu'un? Police! Urgence!

Au bout de dix précieuses secondes, Dino a fini par ouvrir, un chiffon maculé de peinture à la main.

— Dino, il y a une bombe à retardement dans mon appartement, a expliqué Kylie en pénétrant d'autorité. Emmène Coralie et partez.

— Elle n'est pas ici. Elle est sortie promener le chien. Il y a quoi chez toi?

— Une bombe.

— Oh! mon Dieu…

— Préviens tout le monde, les voisins, il faut évacuer l'immeuble. Ensuite, appelle le 911 et dis-leur de vider le secteur et d'évacuer l'immeuble mitoyen. Explique-leur bien qu'ils n'ont que quatorze minutes. Tu as un téléphone portable?

Dino a tâté ses poches de pantalon.

— Oui, a-t-il répondu en faisant demi-tour. Je prends mon ordi et j'y vais.

— Non. Tu sors. Tout de suite.

Elle l'a poussé sans ménagement vers le palier avant de claquer la porte.

Le living était assez dépouillé. Le mobilier, les moquettes étaient dans les mêmes tons beige et terre. Les touches de vie étaient aux murs, qui débordaient de couleurs. Il devait y avoir au moins vingt toiles. Si elles étaient l'œuvre de Dino, son talent était éclatant.

Kylie a couru vers la paroi vitrée, au fond, a ouvert la porte coulissante qui donnait sur une petite terrasse, caractéristique des appartements new-yorkais, et s'est penchée sur la rambarde.

— Notre terrasse est cinq mètres plus bas. C'est faisable. Ah, merde!

— Quoi?

— Il nous faut une corde!

Mais il n'y avait rien dans le living, pas même de rideaux pour se suspendre au balcon et accéder à la terrasse du dessous.

— Va voir dans la cuisine. Moi, je vais dans l'atelier.

La cuisine, tout en inox, était immaculée et impeccablement rangée – pas le genre d'endroit où l'on s'attend à trouver cinq mètres de corde entreposés dans un coin. Je m'apprêtais à ouvrir les tiroirs et les placards quand j'ai entendu hurler Kylie:

— Zach, j'ai trouvé! Dans la chambre. Viens, j'ai besoin de toi.

J'ai couru dans la direction de sa voix, m'attendant à la trouver en train de déchirer et nouer des draps. Je n'y étais pas. Agenouillée sur une commode, elle avait passé les bras sous un énorme écran plat fixé au mur, qui devait bien faire un mètre cinquante de large.

— Aide-moi à descendre ça, m'a-t-elle demandé en l'empoignant d'un côté.

J'ai grimpé sur la commode pour soulever l'autre côté et décrocher le monstre de son support. Il devait peser trente ou trente-cinq kilos. Kylie a déposé un coin sur le dessus de la commode et, sans prévenir, a tout lâché ; je n'ai pu retenir le téléviseur qui s'est fracassé sur le parquet. Sans s'en soucier, Kylie s'est saisie du câble fixé à l'arrière.

— Un coaxial. Très résistant, tout en cuivre et plastique. Peut-être plus solide qu'une corde.

— Peut-être ?

— On ne tardera pas à le savoir. Il y en a partout ici, mais encastrés. Aide-moi à le sortir.

Elle s'est mise à tirer de toutes ses forces, parvenant à extraire trois mètres de câble du placoplâtre. En nous y mettant à deux, nous sommes parvenus à ouvrir le mur d'un bout à l'autre de la chambre, avant de poursuivre dans la pièce voisine en passant par le plafond.

— Et maintenant, une lame.

Je n'avais dans ma poche qu'un petit couteau suisse.

— Plus gros que ça !

Tandis que Kylie tentait d'arracher le câble, j'ai foncé à la cuisine pour m'emparer d'un couteau à découper planté dans un bloc de bois sur la paillasse. Le temps de revenir, Kylie avait dégagé une bonne douzaine de mètres de coaxial que j'ai tranché d'un seul geste.

Puis nous avons couru à la terrasse pour l'arrimer à la balustrade métallique.

— Tu restes ici pour sécuriser le câble. Moi, je descends.

— Non : je descends.

— Zach, je pèse moins lourd. Et c'est mon mari !

Je suis sorti de mes gonds.

— Bon sang, Kylie, arrête de tout vouloir contrôler! Est-ce que tu as seulement la moindre idée de la façon dont tu vas désamorcer la charge?

— Je… non, mais je crois que je…

— Est-ce que tu as reçu une formation d'une semaine aux explosifs à Quantico?

Mouvement de tête négatif.

— Alors arrête ton cinéma et noue-moi ce câble autour de la taille. Je descends.

75

Nous avons enroulé quatre fois le câble coaxial à la rambarde par le milieu. Kylie s'est saisie d'une extrémité et moi de l'autre pour les tresser. J'ai enfilé une paire de gants de travail trouvés dans l'atelier de Dino et nous avons reculé jusque dans le living et tiré sur le câble de toutes nos forces, pour tester sa résistance.

Ça semblait solide.

— Prêt?

J'ai enjambé la balustrade.

— Onze minutes. Vas-y.

J'ai passé une deuxième jambe, bloqué mes orteils sous la rambarde et fait descendre le câble. La longueur dépassait la terrasse de Kylie d'un bon mètre cinquante. C'était le moment de m'accrocher à la vie. J'ai enroulé mon pied gauche pour plus de stabilité et j'ai levé les yeux au ciel en murmurant les derniers mots de la prière du policier: «Seigneur, prends pitié, assiste-moi dans cette épreuve...»

Plus de temps à perdre: dégageant mon pied droit, j'ai fait un pas dans le vide.

Le câble s'est raidi d'un coup, mais il a résisté. Suspendu sept étages au-dessus de Lower Manhattan, ma vie dépendait désormais des leçons dispensées vingt ans auparavant par mon professeur d'EPS.

J'ai desserré ma prise pour descendre en rappel, genoux et bras pliés, en prenant appui sur mes pieds.

Dans la rue, tout en bas, des cris. Suivis d'autres venus d'en haut :

— Concentration, Zach ! Ne regarde pas en bas !

Concentration. Regarder droit devant soi, le nez sur la brique rouge. Je descendais doucement, une main après l'autre, dix centimètres par dix centimètres, brique par brique.

Puis j'ai entrevu un reflet : celui de la porte vitrée de la terrasse de Kylie. Un mètre de plus et je pouvais voir l'intérieur de son living. Enfin, ma semelle gauche a rencontré un obstacle. Suivie de ma semelle droite. Contact. J'ai regardé mes pieds. J'étais debout sur la balustrade du sixième. J'ai inspiré profondément, soufflé un grand coup et, poussant des deux pieds du même côté de la rambarde, j'ai atterri sur la terrasse.

— J'y suis !

— Je descends ! Neuf minutes et demie !

La porte vitrée n'était pas verrouillée. Ôtant mes gants, je l'ai ouverte et suis entré prudemment dans le living.

Le peu que j'avais vu sur l'iPhone de Kylie m'avait glacé d'effroi. Mais me retrouver dans la même pièce que Spence – nu, ensanglanté, sanglé à sa chaise – était pire encore. Je ne suis pas sûr que Kylie aurait pu le supporter. Raison pour laquelle, d'ailleurs, je lui avais menti au sujet de cette semaine d'entraînement à Quantico.

— Spence, c'est moi, Zach. Ne cherche pas à te retourner.

Un long gémissement pour toute réponse.

Debout derrière lui, j'ai observé attentivement la porte d'entrée. Piégée, comme je l'avais pressenti. À un mètre cinquante à droite du jambage, un pain de C-4 moulé au pied d'une table était relié par un fil à la poignée de la porte.

Comme un tas d'autres flics, j'avais reçu une formation de base au déminage, quelques heures, suite aux attentats du 11 Septembre. Pas assez pour être un crack, mais suffisamment pour comprendre que si Kylie avait ouvert la porte, elle aurait déclenché le détonateur, nous pulvérisant tous les trois dans l'instant.

Pour sauver Spence, quelqu'un devait désamorcer le dispositif. Et ce quelqu'un était moi. Restait à espérer que je serais à la hauteur. Car j'étais la dernière carte dans son jeu.

76

Mickey avait dit vrai : amorcer les explosifs n'était pas bien sorcier. Mais pas simple comme bonjour non plus ! Le visage du Caméléon dégoulinait et sa chemise blanche, sous sa veste de serveur, était trempée de sueur. Il était en train d'installer le détonateur à télédéclenchement dans le pain de plastic disposé sur le tribord du yacht.

— Et d'une, dit-il au machiniste à demi conscient, maintenant bâillonné et étroitement ligoté à une buse en acier de quinze centimètres de diamètre. D'après mon vieil ami Mickey, trois charges idéalement placées devraient suffire à couler cette barcasse sans faire une vague. Espérons qu'il aura vu juste – Dieu ait son âme.

L'homme tirait sur ses liens de toutes ses forces, à s'en faire éclater les veines du cou et du front.

— Tu ne devrais pas, fit Gabriel. Tu seras bien avancé quand tu auras gagné un AVC ou une hémorragie cérébrale. Détends-toi ! Tu vas assister à un joli feu d'artifice…

Connor cessa aussitôt de se tortiller.

— Voilà, c'est bien, fit le Caméléon. Tu sais, si on s'était rencontrés dans d'autres circonstances, toi et moi – je ne sais pas, dans un bar, par exemple –, je suis certain qu'on se serait bien entendus. On a plein de points communs, en fait. Toi tu es coincé ici, dans ta foutue chaudière, pendant que les huiles friment sur le pont. Et moi, je suis le type qui lit le journal à l'arrière du bus, l'homme d'affaires qui sort

d'un ascenseur, le soldat qui tombe au champ d'honneur...
Jamais le héros. Jamais la tête d'affiche. Et je suis censé tolé-
rer ça. Tu vois ce que je veux dire?

Pour seule réponse, l'homme laissa rouler une larme
silencieuse sur son bâillon.

— Je sais, fit le Caméléon. C'est à pleurer, la façon dont
on nous traite. Mais ça va changer. Demain matin, toi et
moi, on fait les gros titres.

77

Spence semblait respirer avec difficulté. Il suffisait de voir son visage ensanglanté pour en comprendre la raison. Il avait la bouche scotchée et le nez brisé. Mon couteau de poche serait cette fois bien suffisant. J'ai déplié la lame et tranché les couches d'adhésif à l'arrière de sa tête. Pas le temps, hélas, d'être délicat.

— Attention, je vais te faire mal.

J'ai arraché l'adhésif d'un seul geste, emportant des cheveux et des lambeaux de peau.

Spence a bu avec avidité une grande goulée d'air.

— La bombe est à droite de la porte, a-t-il expectoré d'une voix suffocante.

— Je la vois. Pas très sophistiquée, on dirait.

— Zach, Spence! criait Kylie sur le palier. On peut savoir ce qui se passe?

— Tout va bien, ai-je répondu au prix d'un demi-mensonge. Juste une minute… J'essaie de désamorcer la charge. En fait, je préférerais que tu restes dans la cage d'escalier… On ne sait jamais.

— Tu ne m'as pas dit que tu avais fait ça toute ta vie?

— Si. Je suis prudent, c'est tout. Et maintenant, recule, nom de Dieu!

— D'accord. Mais dépêche. Il reste moins de huit minutes.

Les traits de Spence étaient tordus de douleur. Je n'imaginais pas qu'il puisse m'aider de quelque façon que ce soit, mais j'étais moi-même en pleine semoule. Me sachant capable de nous faire sauter tous les deux, je me suis dit qu'après tout deux cerveaux valaient mieux qu'un.

— Spence, est-ce que tu peux te concentrer? Je voudrais que tu m'aides à réfléchir.

— Je vais essayer…

— Bien. La poignée sert de détente. Si tu ouvres la porte, tu tires sur le fil. Lequel amorce le détonateur.

— Et on est morts. Jusque-là, je te suis.

— D'où il découle, en bonne logique, que si je pince le fil pour le couper près de la porte…

— Tu soustrais la porte de l'équation. Plus de détente.

J'ai pris le fil entre le pouce et l'index.

— Vas-y.

Et j'ai coupé. Une moitié de fil est tombée au sol. J'ai lâché l'autre bout.

— On est toujours vivants, a fait Spence.

J'ai ouvert la porte et appelé Kylie. Elle a traversé le palier à toutes jambes avant d'entrer prudemment, les yeux rivés sur son mari.

— Ne te réjouis pas trop vite. Sur Skype, Benoit nous a montré un pain de plastic muni d'une minuterie. Or le piège que je viens de désamorcer n'en avait pas. Il y a une deuxième bombe quelque part.

— On n'a pas le temps de chercher. On libère Spence et basta.

— Impossible, Zach.

— Mais si, Spence! Il nous reste six minutes et douze secondes, assez pour te sortir d'ici, même s'il faut te porter attaché nu à cette chaise.

Spence s'est mis à trembler de tous ses membres.

— Vous ne pourrez pas, a-t-il répété.

— Mais pourquoi?

Il a regardé ses pieds.

— Voilà pourquoi.

J'ai suivi son regard. Et j'ai vu ce que je n'avais pas vu, sans doute parce qu'il n'y avait presque pas de sang. Juste deux trous noirs à l'emplacement des clous qui fixaient ses pieds au parquet.

78

— Oh, mon Dieu ! s'est écriée Kylie en tombant à genoux.

— Il avait une cloueuse, a expliqué Spence.

— On va te libérer, a dit Kylie en posant sa main sur son pied gauche.

Spence a violemment rejeté la tête et les épaules en arrière, avec un cri à se déchirer les tripes.

— Ne… ne touche pas… s'il te plaît.

— Spence, il faudra bien qu'on arrache ces clous…

— Pas le temps, a-t-il répondu d'une voix hachée par la douleur et la terreur. Ne restez pas là.

La réalité des faits passait l'entendement ; Spence paraissait néanmoins résigné à son sort.

Pas Kylie et moi.

— Spence, te rappelles-tu où Benoit est allé après avoir mis en route le compte à rebours ?

— Cui… sine, a-t-il répondu à grand-peine, entrecoupant ces deux syllabes d'une aspiration étranglée.

Vite, à la cuisine. Impression de déjà-vu. Quelques minutes plus tôt, j'ouvrais les placards de celle de Dino, à l'étage supérieur. Et voilà que nous répétions les mêmes gestes dans celle de Kylie.

— Je m'occupe du haut et toi du bas.

Je me suis accroupi pour ouvrir les placards inférieurs.

— Rien, rien, rien, rien, commentait Kylie à mesure qu'elle ouvrait et refermait les portes sans rien remarquer.

Et puis je l'ai vu. J'avais le front au niveau de la paillasse quand j'ai aperçu une lueur rouge, la même que j'avais remarquée lorsque Benoit avait mis en route le compte à rebours. Elle luisait à travers la portière vitrée d'un four électrique en inox de marque Breville.

— Kylie, j'ai trouvé, ai-je dit en me relevant.

— Il nous reste deux minutes. Tu crois pouvoir le désamorcer?

— Oui, si tu me donnes deux jours. Je crains d'avoir surestimé mon expérience des explosifs. Je n'ose même pas ouvrir ce four, il pourrait être trafiqué et nous exploser à la figure. Le seul truc à faire est de s'en débarrasser.

— On ne peut pas le jeter par la fenêtre, Zach! Tu imagines le nombre de victimes?

— Est-ce que tu as un coffre-fort? Ça permettrait d'amortir en partie l'explosion.

Kylie a secoué la tête et suggéré:

— Et la cave? C'est un vrai bunker, au sous-sol…

— On n'aura pas le temps. Même en prenant l'ascenseur, on ne sera jamais sortis avant.

— Qui te parle d'ascenseur? Prends-le et suis-moi.

Le mini-four, à peu près de la taille d'un petit micro-ondes, n'était pas branché. Je l'ai soulevé et j'ai suivi Kylie sur le palier.

— Dans le vide-ordures…

Le local à poubelles se trouvait juste après l'ascenseur. Kylie m'a précédé et a ouvert la portière métallique. Pour aussitôt se rendre compte de son erreur: le tiroir, en se refermant, permettait de comprimer les sacs-poubelles et de les jeter sur une pente à 60 degrés; il ne permettait pas d'avaler et d'écraser un four électrique.

— Ouvre à fond, sors-le du mur s'il le faut!

Assise au sol, Kylie s'est mise à tirer de toutes ses forces sur la poignée, cherchant à arracher la charnière. Rien à faire.

— C'est plus solide qu'un coffre blindé! Et pas moyen d'enfoncer cette foutue bombe dedans…

Un coup d'œil à la lueur rouge. Une minute et demie.

79

— Va me chercher une masse.

— J'en ai pas. Mais attends. J'en ai pour une seconde, a fait Kylie en se ruant dans l'appartement.

— Je t'en laisse soixante-douze ! j'ai gueulé. Et après, on saute.

J'ai regardé le compte à rebours passer de 1:00 à 0:59, 0:58, en me demandant quelle quantité de plastic Benoit avait bien pu bourrer dans ce four. Connaissant son style de cuisine, il n'avait pas dû lésiner sur les ingrédients.

Kylie est reparue avec un haltère de dix kilos.

— Je n'ai pas mieux que ça. Ouvre bien le tiroir.

Quoique à peu près sûr d'être plus costaud que Kylie, je n'ai pas perdu de temps à lui disputer son haltère. Il ne restait que trente-sept secondes. Un surcroît d'adrénaline compenserait sans aucun doute la force brute qui lui manquait.

J'ai posé le four par terre et ouvert le tiroir du vide-déchets aussi grand que la charnière le permettait, en tenant la poignée pour éviter qu'il ne se referme.

— J'espère que tu en joues avec autant de doigté que de ton Glock… Et tâche de ne pas me viser ! Encore trente secondes. À dix, on court à l'appartement.

Pour y mourir avec Spence, donc. Vu que l'onde de choc, de toute évidence, se propagerait bien au-delà du salon.

Kylie a asséné sur le tiroir un violent coup d'haltère dont la force m'a fait vibrer le bras, sans autre résultat.

— Vingt-cinq secondes.

Rebelote, mais le tiroir refusait de céder.

— Encore! La troisième est souvent la bonne.

De fait, la charnière a commencé à se desceller.

— Ça cède! Allez!

Au coup suivant, plus bas, des bouts de parpaing se sont détachés du mur.

— Encore une fois! Dix-huit secondes.

Kylie a relevé l'haltère aussi haut qu'elle le pouvait et l'a laissé retomber avec un rugissement digne de Serena Williams.

Et, cette fois, le tiroir d'acier est tombé au sol dans un bruit de ferraille.

J'ai ramassé le four, tandis que Kylie se déchaînait sur les parpaings pour agrandir l'orifice. Par le trou béant, je pouvais voir la glissière à ordures, large et incurvée.

— Écarte-toi!

Après un dernier regard au minuteur, j'ai balancé dans l'abîme le four en inox ultra-chic de Spence et Kylie.

Le délai pour sortir du local à toutes jambes était dépassé.

— Sept secondes. Au sol!

Kylie s'est jetée à terre.

— Six.

L'ironie de la situation m'a aussitôt frappé. L'unique chance de nous en tirer eût été de courir nous planquer à l'appartement. Ce local, au contraire, communiquait directement avec le sous-sol.

— Cinq.

Suite à l'explosion, une boule de feu allait remonter le conduit tel un boulet de canon et nous passer au lance-flammes. L'un de nous deux périrait peut-être brûlé vif.

— Quatre.

On finit tous par mourir tôt ou tard. Je ne m'étais pas imaginé que mon tour viendrait si vite, mais puisqu'il semblait venu, je ne pouvais souhaiter meilleur endroit pour cela, ni meilleure compagnie.

Alors je me suis jeté sur Kylie pour la protéger de mon corps.

— Trois… Deux… Un…

80

— Baoum! brailla Gabriel à pleins poumons.

L'homme étendu dans la salle des machines émergea en sursaut de son demi-coma.

— T'as entendu ça, Charlie? Le «baoum» de la vengeance!

Regard ahuri de Connor.

— Il y a trois secondes à peu près, la saloperie de flic qui a buté ma copine et son enfoiré de mari qui m'a volé comme dans un bois viennent d'exploser en pièces détachées! J'aurais payé pour les voir partir en fumée... Hélas, j'ai d'autres chats à fouetter. Je veux parler de tes copains, là-haut, sur le pont.

Connor semblait vouloir dire quelque chose, mais l'adhésif ne lui permettait que d'émettre un couinement plaintif.

— Tu veux un rôle parlant, c'est ça? Il fallait le dire tout de suite. Mais attention: un mot plus haut que l'autre et je t'envoie un coup de matraque dans le falzar. Rognons frits et saucisse grillée au menu! Pigé?

Hochement affirmatif. Gabriel arracha la bande adhésive.

— Merci, ahana Connor goulûment.

— Pas de quoi, Charlie. D'ici une demi-heure, tu es froid.

— Pourquoi moi?

— Rien de personnel, rassure-toi. Il se trouve que je vais faire sauter ce bahut et que tu as la malchance d'être au fond.

— Pour le moment. Mais rien ne m'oblige à rester. Détache-moi et laisse-moi sauter à l'eau. Après, c'est mon problème. Sois pas vache, mec, laisse une chance à ton frère…

— Sale nouvelle, frérot. C'est juste du maquillage. En dessous, je suis plus blanc qu'Eminem.

— Mais tu as bien dit qu'on avait un tas de trucs en commun? Tous ces gens, là-haut, ne sont pas mes copains non plus. Moi, je suis la bête de somme qui s'échine pour leur gueule. Tu ne peux pas me laisser crever ici avec eux…

— Je ne peux rien pour toi, mais toutes mes félicitations pour ce noble raisonnement. Ça nous change du sempiternel « pitié, j'ai une femme et six enfants », tellement galvaudé…

— Des gosses, j'en ai pas. Quant à mon ex-femme, je serais surpris qu'elle prenne garde à ma disparition. Les seuls à qui je vais manquer, c'est les Chats de gouttière.

— Désolé de couler ta dernière illusion, mais les chats ne font pas de sentiments.

Rire de Connor.

— Ceux-là, si! Les Chats de gouttière, c'est le nom de mon équipe de bowling. Si tu ne le fais pour moi, fais-le au moins pour eux.

— T'es un comique, toi! Bon, c'est pas tout ça… Je resterais bien encore un peu pour le spectacle, mais je n'ai plus rien à faire dans les parages.

Gabriel fit un pas en arrière pour contempler la dernière charge posée.

— Pas si mal, pour un amateur.

— Commande par téléphone mobile: je dirais même que c'est un cran ou deux au-dessus du niveau amateur, observa Connor.

— Je n'ai aucun mérite, Charlie. Tout ce que je sais, je l'ai appris d'un maître: Mickey Peltz. Il faut savoir rendre à César… Crois-moi, je ne l'ai pas buté de gaieté de cœur. Pareil avec Adrienne, la nana du traiteur, là-haut. Et pareil avec toi. C'est vraiment dégueulasse que des mecs bien, comme toi, deviez payer les pots cassés.

— Très touchant, merci. Ta compassion rend mes derniers moments moins pénibles.

— Si ça peut te consoler, dis-toi que tu ne souffriras pas. Mickey ne s'est pas trompé. Trente kilos, c'est plus qu'il ne faut pour ouvrir cette coque comme un melon bien mûr. Surtout avec la charge que j'ai placée sous l'un des réservoirs de fuel. D'ailleurs, combien contiennent-ils?

— Deux cents hectolitres. T'en fais sauter un, tu les fais sauter tous.

— Il me reste donc dix kilos, prêts à l'emploi, qui ne me serviraient à rien ici. Je pense plutôt remonter avec et leur trouver un petit coin douillet, pourquoi pas dans le grand salon.

— À moins que je te les carre dans le fion et que je te passe un coup de fil...

Éclat de rire de Gabriel.

— Charlie, vraiment, tu n'as pas idée de ce que le film te doit, dit-il en fourrant le reste du C-4 dans ses poches de veste. Avant d'aborder cette scène, je l'avais toujours envisagée comme intensément dramatique : moi, suant comme un bœuf en pétrissant le plastic, mort de trouille à l'idée de m'exploser la tronche. Tu as su ajouter la touche humoristique qui manquait. En fait, tu es un peu le Tarantino black...

— Je vais être direct, répondit Connor. Tu tournes un film?

— On ne peut rien te cacher.

— Et la caméra, elle est où?

Gabriel tapota un index sur son front.

— Oh! bon Dieu... Le film est dans ta tête, hein? Et moi je suis censé mourir...

— Pardi, c'est un film d'action. Tu ne serais pas le premier à qui ça arrive.

— Et toi, tu meurs aussi?

— Ah non, pas moi. Je suis le héros. Je m'en sors.

— Comment?

— Je ne vais pas te raconter la fin, Charlie. Il faut laisser du suspense.

— Primo, je ne m'appelle pas Charlie, mais Charles. Deuzio, tu rêves debout si tu crois pouvoir t'en sortir. À supposer que tu ne meures pas dans l'explosion, la patrouille maritime te repêchera dans la flotte avant que tu aies pu nager cinq mètres.

— T'inquiète pas pour moi. Tout est prévu dans le scénar. Ton problème, «Charles», c'est que tu n'as aucune imagination.

— C'est faux, j'en ai à revendre. Tu veux que je te lise *ma* version du scénario? Tu n'es pas un héros du tout. Tu ne vaux pas mieux que ces frappadingues qui se font sauter parce qu'on leur a promis soixante-dix vierges au paradis...

— J'ai rien à voir avec ces tarés! vociféra Gabriel en sortant la matraque de son étui pour la pointer vers Connor. Je suis le héros du film, tu piges?

— Cinq sur cinq. Si tu appelles «héros» le petit Blanc qui torture à l'électricité un pauvre négro ligoté à une canalisation...

Gabriel rangea sa matraque et s'accroupit près de Connor.

— Fais-moi confiance, Charles. Ce n'est pas une petite production. J'ai prévu une fin vraiment grandiose...

— Que je ne verrai pas, puisque je serai mort. Très commode.

— Tu crois que je mens? La scène est écrite, je l'ai là, dans ma poche. À couper le souffle, vieux.

— Montre.

— Te la montrer? Mon pauvre, est-ce que tu sais seulement à quoi ressemble un scénario?

— N'oublie pas que je bosse pour Shelley Trager. Des scénarios, il en traîne jusque dans ses chiottes. La plupart ne méritent d'ailleurs pas mieux, tu peux me croire.

— Possible, mais le mien est en or massif.

— Prouve-le. Lis-le. Là. Tout de suite.

— J'hésite, fit Gabriel en hochant la tête. Je n'ai pas l'habitude de le montrer comme ça au premier venu, à part à ma copine…

— Hé, mec, je ne suis pas le premier venu! Je suis le Tarantino black.

81

J'avais vraiment tout faux. Je me sentais même un peu stupide. Mais c'était mieux que d'être mort.

Non seulement je n'y connaissais que dalle en explosifs, mais j'avais gravement sous-estimé les compétences des services d'urbanisme de la ville de New York. Quelqu'un, quelque part – bénie soit sa petite cervelle de bureaucrate – avait dû avoir la prescience de notre périlleuse situation et, en conséquence, avait insisté pour que toutes les colonnes de vide-ordures de New York soient prolongées de deux mètres sur les toits et pourvues d'une soupape de sécurité baptisée «volet d'explosion».

La boule de feu dont j'avais craint qu'elle ne remonte le conduit et ne nous carbonise n'avait donc pas déferlé. En revanche, une déflagration assourdissante avait fait trembler les murs en libérant une onde d'air brûlant sous pression dont l'essentiel était allé crever le toit. Par contrecoup, une portion de cette énergie s'était engouffrée dans le trou que nous avions pratiqué, mais le local n'avait pas été transformé en brasier d'enfer.

Nous sommes restés sans bouger quinze longues secondes sous une nuée ardente de cendre, de suie et d'immondices finement hachées.

Puis le silence.

J'avais la bouche contre l'oreille de Kylie.

— Vivante?

— Non.

— Pareil.

J'ai roulé sur le côté et nous nous sommes redressés en position assise. Encore trop tôt pour se tenir debout.

— Dis-moi la vérité, tu n'as aucune expérience en matière d'explosifs? a demandé Kylie en dépoussiérant ses cheveux.

Je me suis relevé en souriant comme un imbécile, trop heureux d'être en vie.

— Maintenant, j'en ai une.

Elle s'est relevée en m'enroulant de ses bras, mains jointes sur ma nuque. Je l'ai prise par la taille et nous sommes restés un instant à nous regarder dans les yeux, nimbés de poussière.

La première fois que je l'avais aperçue, durant notre formation, je l'avais trouvée belle à crever ; dix années plus tard, le visage veiné de crasse et les cheveux poudrés de cendre grise, Kylie MacDonald était toujours la femme la plus séduisante au monde.

— Merci, Zach. Si tu ne m'avais pas empêchée d'ouvrir la porte, Spence et moi… et toi…, nous serions tous…

Elle n'a pas pu finir sa phrase, ou bien les mots lui ont paru insuffisants. Elle a préféré se pencher vers moi et m'embrasser gentiment.

Kylie a les lèvres les plus douces, les plus délicieuses qu'il m'ait été donné d'embrasser. Les sentir pressées contre les miennes m'a remémoré la brusque excitation que ses baisers suscitaient en moi du temps où ils étaient annonciateurs de nuits d'amour tendres et passionnées.

Mais cela, c'était il y a dix ans. Tandis que là, je savais que ça n'irait pas plus loin que ce simple contact.

— De rien, ai-je répondu en ôtant mes mains de ses hanches.

Elle a fait un pas en arrière. Fin de l'entracte.

— Ce n'est pas que je m'ennuie, mais j'ai un psychopathe sur le feu et un pauvre mari cloué au parquet…

— C'est ça, ton excuse? Tu pourrais faire un effort, Kylie.

Et je l'ai suivie à l'appartement pour venir en aide au malheureux salaud qui avait trouvé le moyen de l'épouser.

82

À peine avions-nous franchi le seuil de l'appartement que Spence, le corps secoué de convulsions, non plus de terreur mais de gratitude et de soulagement, a éclaté en sanglots.

— J'ai cru que tu étais morte! s'est-il exclamé.

— On est trois à l'avoir cru, a répondu Kylie.

Elle a attrapé un plaid en laine sur le canapé pour couvrir les jambes de son mari et s'est agenouillée près de lui pour le prendre dans ses bras, l'embrasser sur le front, les joues et les lèvres.

Accroupi derrière lui, j'ai découpé l'adhésif qui le tenait prisonnier de la chaise. Sitôt libre de ses bras, il l'a serrée très fort contre lui en se laissant bercer sans un mot, avant de brusquement relâcher son étreinte pour nous dire:

— Il va falloir choper ce Benoit, vous deux.

— C'est au programme, a répondu Kylie. Mais d'abord, on va trouver un moyen de t'enlever ces clous…

Spence s'est rassis sur la chaise.

— «On» ne va rien faire du tout. Tu sais combien je t'aime, Kylie. Mais je préfère éviter qu'un flic me décloue au pied-de-biche ou avec je ne sais quelle tenaille…

— Je t'aime aussi et je ne peux pas te laisser comme ça, cloué au milieu du living. Je te rappelle que ma mère arrive la semaine prochaine et tu sais très bien que c'est une maniaque de la propreté…

Leur amour était presque palpable. Il devait souffrir comme une bête, mais la proximité de Kylie lui donnait le sourire. Sa présence avait le pouvoir de faire pièce à l'horreur.

— Écoute, Kylie, il n'a pas touché l'artère. Je ne vais pas me vider de mon sang. Je peux très bien attendre l'arrivée des secours. Ils découperont le plancher et m'emmèneront comme ça aux urgences. Ensuite, je ne demande qu'une chose : le meilleur chirurgien du pied de New York – et peut-être une semaine de convalescence sur la plage aux Turques-et-Caïques. Je crois que tu as plus utile à faire que de me tenir la main.

— Est-ce que tu as une idée de l'endroit où Benoit a pu se rendre en sortant d'ici ? a répondu Kylie.

— Et comment : sur le yacht de Trager, avec un paquet d'explosifs.

Stupéfaction de Kylie, persuadée que cette petite croisière vespérale constituait une cible tout à fait secondaire.

— Shelley ? Mais pourquoi ?

— Pas seulement lui. Shelley et moi. Benoit prétend être «le Caméléon». Il est convaincu d'avoir inventé ce personnage et pense que nous le lui avons volé pour les besoins de ma série.

— C'est absurde !

— Je ne te le fais pas dire. Ce type est sérieusement dérangé, ce n'est plus à prouver. Benoit a appris que Shelley doit projeter ce soir le pilote sur son yacht. Il compte s'introduire à bord et attendre que le bateau soit au large pour tout faire sauter.

— Est-ce que tu as pu convaincre Shelley d'embarquer des agents de sécurité ?

— Tu sais comme il est, plus têtu qu'une mule… Il a bien voulu prendre deux flics de location, pour mes beaux yeux. Mais je doute qu'ils soient plus efficaces que des gardiens de musée.

— Il faut l'alerter, vite. On pourrait peut-être contacter le commandant de bord par radio ?

— Brillante suggestion. Je le connais un peu, il s'appelle Kirk Campion. Retraité de la marine marchande, ancien capitaine en second sur un porte-conteneurs de la Maersk Line. Et tiens-toi bien, il voulait me vendre une idée de film : un navire détourné par un commando de pirates somaliens, mais dont le capitaine et l'équipage décident de prendre les armes. Appelle-le et dis-lui que le malade que tout New York recherche est à son bord. Je te laisse deviner la suite.

— Spence a raison, Kylie. On n'a vraiment pas besoin qu'un simili-cowboy nous rejoue la charge de la cavalerie. On n'a pas d'autre choix que de monter sur ce bateau. Spence, où se trouve la jetée et à quelle heure part le yacht ?

— Port maritime de South Street, jetée n° 17. Quelle heure est-il ?

— Six heures passées.

— Alors ils ont mis les bouts et Gabriel Benoit est quelque part dans la cale, en train de bourrer la coque d'explosifs en quantité suffisante pour l'envoyer en l'air jusqu'à Central Park.

— Mais lui, comment compte-t-il s'en sortir vivant ?

— Ça, aucune idée… Mais vu la manière dont il a faussé compagnie à la moitié des flics de la ville au Radio City Hall, ça ne devrait pas lui demander un trop gros effort de réflexion…

À cet instant précis, on a frappé du poing contre la porte.

— Police, ouvrez !

J'ai ouvert. Il devait bien y avoir dix personnes sur le palier. Toutes en tenue, sauf une : le capitaine Cates.

83

— Capitaine, je sais que j'aurais dû décrocher, seulement…

— Pour les conséquences, on verra plus tard, inspecteur. En attendant, si vous me disiez en deux mots ce qui s'est passé ici?

Je lui ai pitché le film en soixante secondes chrono. Debout près de moi, Kylie n'a pas ajouté un mot.

— Et vous êtes sûrs que Benoit est sur ce yacht?

— Ma main à couper… à moins qu'il ne nous mène en bateau, justement. Ce ne serait pas la première fois. À votre place, je ne changerais rien au dispositif.

— Très bien. De quoi avons-nous besoin pour arrêter cet enfant de salaud?

— D'une navette, capitaine. Kylie connaît le bateau. À deux, on saura trouver Benoit. Il faut nous embarquer tous les deux.

— Tous les trois. Cette fois, je ne vous laisse pas partir sans un spécialiste du déminage.

— Bien sûr, capitaine.

— Si vous trouvez du plastic, vous le laissez s'en charger. Vous venez d'avoir beaucoup de chance, mais je vous interdis – vous m'entendez, je vous interdis de tenter de désamorcer la moindre bombe. Votre mission, c'est de désamorcer Benoit. Compris?

— Compris, capitaine.

— Alors en route. Je vous appellerai pour les détails de l'opé.

J'étais sur le point de filer quand Cates m'a arrêté d'un signe et m'a fixé d'un regard de pierre.

— Jordan, j'oubliais… Assurez-vous que votre téléphone n'est pas éteint.

84

Moins de cinq minutes plus tard, nous prenions West Street à angle droit et filions plein pot en direction du port de South Street.

Les effectifs du NYPD Red ne dépassent pas soixante-quinze hommes, mais ils peuvent compter sur le renfort de quelque trente-cinq mille frères et sœurs d'armes. De sorte qu'en débouchant sur les voies sur berge de South Street Viaduct, à la sortie du tunnel de Battery Park, deux motards nous ouvraient la voie, au grand ébahissement de Kylie :

— Nom de Dieu ! Une escorte !

Ce qui signifiait que le capitaine Cates avait provisoirement la haute main sur toute la police de New York et qu'elle n'hésiterait pas à faire usage de ces moyens.

La voie était dégagée, pour ne pas dire déserte. Pas une voiture sur FDR Drive, habituellement annoncé comme «très embouteillé» dans les deux sens. Les voies annexes, en revanche, étaient saturées de véhicules prêts à déferler, mais endigués à chaque accès par une voiture de police tous gyrophares allumés.

Appel de Cates. Je l'ai mise sur haut-parleur.

— On est vernis. Nos spécialistes en déminage étaient répartis sur toute la ville et le sergent Jeff Ordway, l'un des plus qualifiés, se trouve à moins d'un kilomètre du port. Jim Rothlein, de la patrouille maritime, vous attend tous les trois à la jetée n° 17 dans une navette banalisée, avec un équipage en civil afin que vous puissiez vous approcher du yacht sans afficher votre qualité de flics. Sachez également que j'ai alerté les unités d'assaut de la police ainsi que les plongeurs, mais en toute discrétion. Benoit ne doit pas savoir qu'une armada l'a pris en chasse. Tout se passe comme s'il s'agissait d'une intervention des forces spéciales.

— Et Campion, le commandant du yacht? ai-je demandé. D'après Spence, ce gars-là rêve d'en découdre en haute mer avec des pirates. Je n'ai pas spécialement envie qu'il se prenne pour Steven Seagal...

— Rothlein l'a contacté sur la fréquence de la police pour lui dire de se tenir prêt à l'arraisonnement, dans le cadre de l'enquête sur la fusillade du funérarium. On lui a dit que vous ne pouviez pas attendre son retour au mouillage. Rien qui puisse exciter ses instincts de cow-boy.

— MacDonald se rappelle qu'il y a un pont-piscine à l'arrière. Pouvez-vous faire en sorte qu'on aborde par-là?

— Rothlein pense que ça manquerait de discrétion. Il y a une porte de soute à tribord, presque impossible à voir depuis le pont supérieur. Quand vous serez à proximité, le yacht va réduire sa vitesse, insuffisamment pour que Benoit se doute de quoi que ce soit. Deux hommes d'équipage ouvriront la soute et sortiront une rampe. Vous devrez sauter tous les trois en marche.

Faire un saut latéral d'un bateau en marche sur une rampe étroite serait moins facile que de s'élancer sur un spacieux pont-piscine, mais Cates avait raison: il s'agissait d'une sorte d'opération spéciale.

— L'abordage ne sera pas un problème, ai-je répondu.

— Quand vous serez à bord, envoyez Ordway en salle des machines. Benoit n'est pas stupide, il sait que c'est là où il peut faire le plus de dégâts. En toute logique, il a dû prévoir d'abandonner le navire et de déclencher l'explosion à distance. Votre mission consiste à l'empêcher de quitter le bord car je vous garantis qu'une fois à cent mètres du yacht, il ne lui restera qu'à le faire sauter et à jouir du spectacle.

Les bateaux-pompes et l'aide médicale d'urgence suivront derrière, des hélicos et des équipes de prise en chasse sont prêtes à intervenir, mais je n'ai que vous deux pour l'empêcher d'appuyer sur le bouton.

— Vous pouvez compter sur nous, capitaine.

— Pas seulement moi, Jordan. La vie d'une centaine de personnes en dépend. Passez-moi MacDonald.

J'ai rapproché mon téléphone de l'oreille de Kylie.

— Je vous écoute, capitaine.

— J'ai des nouvelles de votre mari. Les pompiers ont découpé le parquet, ils le transportent à l'hôpital universitaire. Il vous embrasse et vous aime.

— Dites-lui que je l'aime aussi.

— Je crois avoir une meilleure idée. Faites en sorte de revenir en un seul morceau et dites-le-lui vous-même.

85

EXT. HUDSON — NEW YORK — CRÉPUSCULE

Le yacht de SHELLEY TRAGER, vu d'héli-
coptère, descend le fleuve paisiblement.
En arrière-plan, majestueuse sur fond de
soleil couchant, la STATUE DE LA LIBERTÉ.

MUSIQUE : on entend un frottement de caisse
claire, suivi de cuivres, puis s'élève la
voix reconnaissable entre mille du plus
grand musicien de tous les temps, le grand,
le génialissime et regretté RAY CHARLES,
dans une version à trouer le cul de «America the Beautiful».

              RAY CHARLES (BANDE-SON)
O beautiful, for heroes proved,
In liberating strife,
Who more than self, their country loved,
And mercy more than life.

La caméra se rapproche du yacht. À la poupe,
on aperçoit un plan incliné qui s'ouvre
lentement, tel un hayon géant. À mesure que
le plan se resserre, on reconnaît LE CAMÉ-
LÉON qui se prépare à quitter le bateau en
pleine course.

RAY CHARLES

America, America,
May God thy gold refine,
Till all success be nobleness
And every gain divine.

Plan serré sur LE CAMÉLÉON qui désamarre un
des deux Zodiac Bayrunner de cinq mètres
dont Trager se sert quand il jette l'ancre
en pleine mer.

RAY CHARLES

O beautiful, for spacious skies,
For amber waves of grain,

LE CAMÉLÉON fait glisser le Zodiac sur le
plan incliné et le met à l'eau. Puis il
saute dedans et lance le moteur.

RAY CHARLES

For purple mountain majesties,
Above the fruited plain.

Le Zodiac s'éloigne lentement.

RAY CHARLES

America, America,
God shed his grace on thee.

Plan d'ensemble sur le Zodiac qui s'éloigne
de plus en plus du yacht, dont le sort est
désormais scellé.

RAY CHARLES

He crowned thy good,
In brotherhood,
From sea to shining sea.

Plan de coupe rapproché sur la statue de la Liberté. Elle semble poser un regard bien-veillant sur la scène qui se déroule à ses pieds.

RAY CHARLES

You know, I wish I had somebody to help me sing this.

Entrée du CHŒUR. La musique et l'émotion grimpent en intensité.

CHŒUR

America, America,

RAY CHARLES

America, I love you, America

CHŒUR

God shed his grace on thee.

Plan rapproché sur LE CAMÉLÉON qui sort de sa poche un téléphone portable.

RAY CHARLES

God shed his grace on thee.

Coupe franche, plan large sur le Zodiac qui sort du champ.

RAY CHARLES

He crowned thy good,
With brotherhood,

Gros plan sur LE CAMÉLÉON qui compose un numéro.

RAY CHARLES

From sea to shining sea

Coupe, plan large. La statue de la Liberté, phare de l'humanité, domine la scène. Le yacht, symbole de cupidité et d'injustice, paraît ridicule à ses pieds.

CHŒUR (FINALE GRANDIOSE)

... shining sea!

Un tonnerre de timbales roule sur la bande-son, crescendo couronné par une explosion de cymbales, tandis qu'on voit le yacht pulvérisé dans une géhenne de feu.

— Alors, Charles... ton avis? s'enquit Gabriel, toujours accroupi près de Connor.

— Que tu pourrais t'échapper à bord d'un des Zodiac, je le savais. Ce que j'ignorais, c'est que tu le savais aussi.

Gabriel se redressa, buste penché.

— Question de documentation. Mais sinon, qu'est-ce que tu penses de tout ça, la statue de la Liberté et Ray Charles qui chante «America the Beautiful», en contrepoint du gars qui vient de faire valser plus de cent personnes?

— Je trouverais ça encore mieux si je n'en faisais pas partie.

— Charles, tu as voulu lire le scénario. Pour toi, j'ai fait une exception. Maintenant, je te demande simplement de faire abstraction de ton petit cas personnel et de me donner une opinion professionnelle un peu plus désintéressée que «pitié, je ne veux pas mourir».

— Je comprends. Alors arrête-moi si je me trompe: tu n'es pas étranger à l'attentat qui a coûté la vie à Brad Schuck au Radio City Hall?

— C'était mon œuvre.

— J'ai vu le film. Pas mal. L'explosion, la course-poursuite avec les flics, impeccable. Mais là, pardon, ton script fait amateur. La statue de la Liberté «phare de l'humanité»... Le yacht «symbole de cupidité et d'injustice»... La «géhenne de feu»... C'est un vrai concours de clichés, on dirait que tu as mis la main sur un stock d'invendus...

— Ce sont des indications scéniques. Le spectateur n'est pas censé les lire. C'est juste pour aider la production à saisir l'intention de l'auteur.

— Ça donne surtout l'impression que tu nous prends pour des demeurés. Tu as l'air si peu sûr de ton coup que tu nous fais un dessin. Il faudrait savoir : c'est un film d'action avec trois explosions à la seconde et des corps qui s'entassent, ou c'est une création d'art et d'essai sur les sept péchés d'Hollywood?

— T'as pas froid aux yeux, toi! J'aurais parié n'importe quoi que tu me cirerais les pompes pour que je te libère.

— Sauf que je commence à te connaître. Pas le genre à te laisser embobiner, tu flaires les faux culs à trois bornes. La seule façon de traiter avec toi, c'est de jouer franc jeu.

— Merci. J'aime les gars dans ton genre. Dans d'autres circonstances, on aurait pu faire une sacrée équipe, tous les deux. Je te l'ai dit d'emblée. Lucy aurait adoré te connaître.

— Mais bon, je vais quand même mourir...

— Charles, on ne va pas revenir là-dessus... Cette scène est vitale et j'ai déjà fait trop de concessions. Je ne peux plus retoucher le scénario. Tu comprends, je suis pieds et poings liés...

— Pour le moment, sans jeu de mots, c'est surtout moi qui suis pieds et poings liés.

Sourire de Gabriel, qui range les pages dans sa poche.

— Je ne suis pas près de t'oublier, Charles Connor.

— Moi non plus... J'ai encore une dernière question à te poser.

— Bien sûr. Je t'écoute.

— Ton personnage, dans le film, s'appelle le Caméléon. Mais ton vrai nom, c'est quoi?

— Gabriel. Gabriel Benoit. Pourquoi?

— Parce qu'un de ces jours, Gabriel, tu grilleras en enfer. Et ce jour-là, compte sur moi pour te faire bouffer ta merde jusqu'à la fin des temps.

86

Le New-Yorkais exercé reconnaît au premier coup d'œil une voiture de police banalisée, qui ne se distingue la plupart du temps des fameux véhicules bleu et blanc que par l'absence de logo et des quatre grosses lettres «NYPD» sur les portières.

Rien à voir avec une navette banalisée. Celle qui nous attendait à la jetée n° 17 était l'équivalent aquatique d'une Ferrari Testarossa. Baptisée *Kristina*, cette splendide créature de plus de quinze mètres, mi-hors-bord mi-yacht, avait vu le jour à Tenafly, New Jersey. J'ai laissé Kylie monter la première et je jure que l'engin était lancé lorsque j'y posai le pied à mon tour.

Blond, toujours bronzé, taillé comme un robot Transformer, Jim Rothlein a souri jusqu'aux oreilles en m'apercevant.

— Zach! On ne m'avait pas dit que tu étais dans le coup.

Jim et moi avions déjà fait équipe une paire de fois, la première sur un homicide, la seconde sur un suicide. Avec son équipe, il avait repêché les cadavres dans le fleuve. Je l'ai présenté à Kylie.

— Depuis quand avez-vous le pied marin, dans votre unité? a rigolé Rothlein en grimpant sur le pont.

— Depuis qu'on a appris à nager. Et la police de New York, depuis quand a-t-elle les moyens d'affréter un joujou pareil?

— Prêt gracieux des autorités portuaires... Ce joujou, comme tu dis, appartenait à un yuppie de Jersey City, avant qu'il ne décide d'arrondir ses fins de mois en trafiquant un peu de cocaïne, histoire d'amortir le krach boursier. Il s'est fait pincer dès sa première sortie en mer. Le bateau a été saisi et, en attendant qu'il soit vendu aux enchères le mois prochain, on a le droit de l'utiliser.

— Est-ce que Cates t'a brossé la situation?

— J'en sais suffisamment pour vous dire que vous êtes des vrais tarés. Est-ce que vous savez seulement sur quel genre de bateau vous allez risquer vos vies?

— Je suis montée à bord trois ou quatre fois, a répondu Kylie.

— Et combien de fois as-tu visité les machines? Parce qu'il y a peu de chances que l'autre maboul ait planqué sa bombe dans un seau à champagne sur le pont-promenade.

— Détrompe-toi, a fait une voix derrière nous. Tu n'as pas idée du genre d'endroits où les gens s'amusent à planquer leurs bombes. Mais je me présente: Jeff Ordway. Comme l'indique mon déguisement, j'ai l'honneur et l'avantage d'être votre démineur ce soir...

Ordway était un grand type assez fin, pourvu d'un sourire affable qui contrastait avec son regard froid et concentré. Il portait un solide treillis militaire de couleur noire et une veste tactique plus outillée que la ceinture de Batman. Malgré cet abondant attirail, il arborait une silhouette plus élancée qu'on aurait pu s'y attendre.

— Où est passée ta combinaison spatiale en Kevlar?

— Selon Cates, votre poseur de bombes est un amateur. Je n'ai pas cru utile de me coltiner quarante kilos de plus pour désamorcer un bidule que je pourrais démonter les yeux fermés.

— Venez voir un peu où je vous emmène, est intervenu Rothlein.

Il nous a montré un écran sur lequel il a fait apparaître l'image d'une grande pièce remplie d'équipements high-tech dignes de la Nasa, sauf qu'il s'agissait plutôt des entrailles du yacht de Shelley Trager.

— Où as-tu trouvé ça?

— Sur le site du constructeur. Sur ces engins de plus de trente mètres, seules les parties à vivre sont personnalisées. Les machines sont toutes conçues sur le même modèle.

— Si l'objectif de notre client est de réduire ce navire en miettes, m'est avis qu'il ne trouvera pas de meilleur endroit pour placer ses charges explosives, s'est permis d'observer Ordway en désignant une demi-douzaine de points vulnérables.

— Et maintenant, un petit tour du propriétaire, a poursuivi Rothlein en faisant apparaître une série de plans d'architecte, niveau par niveau, sans oublier les portes et les escaliers conduisant de l'un à l'autre. Ça fait un paquet d'informations à digérer en très peu de temps. Vous êtes sûrs que vous ne voulez pas quelques gars de mon équipe avec vous? C'est notre train-train, ce genre d'intervention.

— Jim, si l'autre détraqué s'aperçoit qu'un commando investit le navire, dis-toi bien qu'il le fera sauter avant qu'on ait pu lui mettre la main sur le colback. Cates veut bien nous laisser carte blanche sur ce coup.

— J'ignore quel numéro vous avez mis au point, mais si je peux me permettre de vous donner un conseil, changez de grolles. Retirez-moi ces pompes anglaises, que je vous file une paire de bateaux.

— Si tu pouvais ajouter des talkies…

— Et tant que tu y es, un tube de Dramamine contre le mal de mer, ai-je complété. Je n'ai pas le pied marin.

Une voix s'est fait entendre dans la cabine de pilotage:

— Objectif en vue, mon lieutenant! Je contacte le commandant du yacht pour qu'il réduise sa vitesse. Nous devrions le longer dans trois minutes.

— Vous avez déjà sauté d'un bateau à un autre? a demandé Rothlein tandis que je chaussais ma paire de Docksides. C'est plus simple qu'on ne pense. À peu près comme de sauter sur un escalator en marche… En fait, tout repose sur l'adresse du gars qui est aux manettes. Il est censé s'approcher suffisamment pour vous permettre de sauter, tout en m'évitant d'avoir à présenter mes excuses aux autorités portuaires pour avoir fait un gros trou dans leur joli bateau tout neuf…

— Vu comme ça, il nous reste vraiment le plus facile, a concédé Kylie. Empêcher Benoit d'ouvrir un abîme sous les soixante mètres de pont du yacht de Trager et les deux cents et quelque semelles de ses invités…

87

Trois minutes plus tard, nous avions réduit notre vitesse et naviguions côte à côte avec le *Shell Game*. Rothlein a contacté par radio le capitaine Campion.

— On est en position.

Un pan de l'énorme coque en acier s'est ouvert telle la soute d'un avion de ligne. Une rampe en alu de deux mètres s'est déployée.

— C'est tout? s'est étonnée Kylie.

— Elle est conçue pour s'appuyer sur un dock, a expliqué Rothlein. Pas pour changer de cheval au milieu du gué.

Une autre rampe, plus petite, a surgi du flanc de notre embarcation. Assis sur le bastingage, j'attendais que les deux soient parfaitement alignées. Rothlein s'est chargé de me décevoir :

— N'espère pas qu'elles s'ajustent comme deux pièces de Lego, Zach. Impossible de s'approcher davantage.

Il n'y avait qu'un mètre à sauter. La moitié de ma taille. Un jeu d'enfant sur la terre ferme. Moins commode quand le point A et le point B tanguent et titubent comme deux ivrognes traversant Broadway au feu rouge.

— Maintenant! s'est écrié Rothlein.

Les deux rampes semblaient avancer, reculer, monter et descendre chacune à son rythme, sans jamais se trouver en phase. L'eau était trop agitée.

Derrière moi, la voix familière et moqueuse de Kylie :

— Évite de réfléchir, numéro six.

J'ai bondi au moment où, comme un fait exprès, un cahot secouait le *Kristina*, de sorte qu'un saut de biche étudié s'est transformé en balourde cabriole. Deux membres d'équipage ont amorti ma chute sur l'acier de la cale à marchandises.

Presque aussitôt, Kylie atterrissait sur mes talons.

— Plus facile que de prendre en marche l'escalator de Bloomingdale's un jour de Noël, pas vrai?

— Je te hais, tu sais?

Ordway s'est approché à son tour de la rampe du *Kristina* pour évaluer la distance, avant de reculer de quelques pas pour prendre son élan. Au moment de s'élancer dans le vide, la navette a brusquement versé sur le côté sous l'effet d'une vague, plongeant l'extrémité de la rampe dans l'eau.

C'était fichu. Ordway a chuté en avant, heurtant de la poitrine le métal de la rampe opposée. Il est tombé à l'eau, luttant pour ne pas couler, lesté par le poids de son harnachement.

J'ai entendu Rothlein crier: «Coupe les gaz!», puis le *Shell Game* a poursuivi sa course en abandonnant le *Kristina* dans son sillage.

J'ai immédiatement contacté Rothlein:

— Comment va-t-il?

— Un de mes hommes a sauté à l'eau. On le ramène à bord d'ici deux minutes. S'il n'est pas trop sonné, on retente le coup dans cinq minutes maxi.

S'il n'est pas trop sonné? Cinq minutes de bonus pour Benoit? Retenter le coup et risquer d'être repérés?

J'ai repris la liaison:

— Négatif. Restez en arrière. Je vous rappelle quand on lui aura passé les menottes.

Puis je me suis adressé aux deux matelots:

— Vous pouvez refermer.

Ils ont rétracté la rampe tandis que s'éloignait la silhouette du *Kristina*. La cloison d'acier s'est refermée avec un bruit métallique.

— Bien parlé, Zach. Et maintenant, sus à Benoit.

88

Debout sur le pont principal, Gabriel contemple le ciel éclaboussé d'orange et de rouge, façon western.

— L'heure dorée, murmure-t-il.

C'est le terme consacré par le cinéma et la photographie pour désigner le soleil couchant lorsqu'il est aussi resplendissant. Nul réalisateur ne rêverait plus belle lumière. Là-bas, devant l'horizon, se laisse deviner la grande vedette de la scène finale. Ce n'est encore qu'une forme grise, mais il distingue la torche qu'elle brandit de sa main droite, en signe d'hospitalité pour les masses d'indigents épuisés, assoiffés de liberté.

— Désolé de te décevoir, dit-il, mais je n'ai à t'offrir que des parasites néfastes et des oppresseurs friqués.

Le yacht a amorcé son demi-tour et vient de repasser sous le pont de Verrazano, qui relie Brooklyn à Staten Island. Miss Liberty se prépare à entrer en piste dans dix minutes. Ce qui lui laisse amplement le temps de disposer la dernière charge explosive dans la cambuse, de dévaler les escaliers jusqu'au Zodiac et de se tenir prêt pour la scène des adieux.

Accoudé au bastingage, il s'accorde un dernier instant de silence et d'émerveillement devant l'horizon enflammé, quand il sent une larme lui chatouiller la joue.

Ah non, pas ça! Ce n'est pas dans le scénario.

Tout s'est déroulé exactement comme prévu. Sauf ces larmes soudaines qui le prennent en traître.

— Félicitations, Lucy. Grâce à toi, mon maquillage fout le camp, dit-il en riant à la brise tiède du couchant. Tu me manques, mon amour… J'aurais dû te confier un rôle plus important. Tu n'aurais peut-être pas joué perso et… qu'est-ce que c'est que ce binz?

Un autre bateau.

Toutes sortes de navires de pêche et de plaisance évoluent sur la baie, mais celui-là semble venir droit sur eux. Sans doute un millionnaire bourré, ou stupide, ou les deux à la fois.

Toujours est-il qu'il s'approche dangereusement. Et que le pilote n'est pas bourré. Au contraire, il a tout l'air d'un pro. Gabriel l'observe décrire une courbe pour suivre une trajectoire parallèle à celle du yacht.

Il regarde alentour pour voir s'il est seul à l'avoir remarqué, mais le buffet doit avoir commencé car il reste à peine dix personnes sur le pont, trop imbues d'elles-mêmes pour accorder la moindre attention au paysage.

Pendant ce temps, l'autre bateau a adapté sa vitesse à celle du yacht et vogue à son flanc, à la vague près, avec une précision quasi militaire. Puis une rampe, comme surgie de nulle part, se déploie à l'extérieur du yacht. Une passerelle, juste au-dessus de l'eau. Quelques secondes plus tard, l'autre bateau déploie sa propre passerelle.

Non, c'est impossible, songe Gabriel en voyant les inspecteurs Zach Jordan et Kylie MacDonald exécuter leur cascade sur ce pont improvisé et s'introduire dans la soute du *Shell Game*.

Impossible et inquiétant. Ils étaient censés être morts. Et les voilà qui débarquent. Pour m'arrêter.

Et un troisième flic! Celui-là affublé de treillis noirs et lesté d'une veste bourrée de matériel. Debout à l'extrémité de la rampe. Ils m'envoient un abruti de démineur… Ils veulent me couper l'herbe sous le pied!

Mais l'homme de noir vêtu n'a pas autant de chance. Juste au moment de s'élancer, le bateau est secoué par une vague et l'envoie à l'eau.

Et un flic à la mer ! Un souci de moins. Mais trop tard pour poser l'extra-bombe. Heureusement, les trois déjà planquées en salle des machines sont amplement suffisantes.

Gabriel ne comprend pas comment les deux flics ont réchappé de l'explosion et retrouvé sa trace. Mais peu importe.

Il dévale l'escalier métallique vers le pont inférieur. Plus de larmes dans ses yeux, mais une expression de rage bouillante.

— Bienvenue à bord, inspecteurs… Vous serez morts avant le coucher du soleil.

89

— Où sont les machines?

— Suivez-nous, répond l'un des matelots qui nous ont aidés à embarquer.

— Montrez juste la direction.

Habitués à obéir, ils pointent l'index et disparaissent sans demander leur reste.

— C'est la première fois que je monte sur un yacht, dis-je à Kylie. J'espère qu'ils n'attendaient pas un pourboire?

Pistolet dégainé, nous trouvons bientôt la porte métallique qui nous défend d'entrer en cinq langues.

La salle des machines est exactement semblable à ce que Rothlein nous en a montré, en moins bruyant que je n'aurais cru. Je m'attendais au vacarme mécanique que l'on voit dans les films, alors que ça se rapproche plutôt du vrombissement d'un bolide de compétition.

Nous marchons droit vers l'avant pour découvrir, exactement où l'avait prédit Ordway, un pain de C-4 collé à la coque, épais et gris, encore couvert d'empreintes. Des fils rouge, blanc, bleu et jaune, enfouis dans le plastic, sont reliés à un téléphone mobile qui n'attend qu'un appel pour déclencher le détonateur.

— Armé, ai-je murmuré.

— Raison de plus pour le choper avant qu'il ne mette les voiles, me répond Kylie. On se sépare. Toi tu remontes et moi je…

Un bruit sourd, distinct, parfaitement asynchrone avec la régulière pulsation des machines.

Les lèvres de Kylie forment muettement le mot «Benoit».

Le même bruit, une deuxième fois.

Les salles des machines n'étant pas réputées pour leur acoustique, difficile de dire d'où provient précisément ce son. Je prends à gauche, Kylie à droite, et nous avançons à pas lents dans ce qui nous semble être, à vue de nez, la bonne direction.

De nouveau ce bruit. Comme une plainte, mais étouffée. Un peu comme Spence il y a moins d'une heure. Avec cette différence que, cette fois, je n'ai aucune raison de me fier à celui qui l'émet.

Benoit, nous ne le savons que trop, n'est pas la moitié d'un idiot. Il peut fort bien s'agir d'un piège. Nous ayant entendus entrer, il simule un gémissement de détresse pour nous faire sortir du bois.

Je fais signe à Kylie de se baisser et :

— Police! Sortez mains sur la tête!

Une voix bien sonore me répond, furieuse, impuissante et parfaitement inintelligible. Je tends mon flingue et mon corps dans sa direction. Et je l'aperçois. Un homme d'un certain âge, membre d'équipage à n'en pas douter, saucissonné à un conduit.

— Kylie, par ici!

Je m'accroupis sans attendre pour décoller l'adhésif des lèvres de la dernière victime en date de Gabriel Benoit.

— Police de New York...

— La brigade de déminage, j'espère?

— Je crains que non.

— Alors détachez-moi et barrons-nous de ce... Dieu tout-puissant! Kylie? Kylie Harrington? C'est bien vous?

— Salut, Charles, répond Kylie tandis que je libère les poignets et les chevilles du malheureux. À cette heure-ci, je suis l'inspecteur MacDonald. Rien de cassé?

— Non, mais je me sentirai mieux quand on aura quitté ce rafiot. Il y a trois bombes là-dedans, et quelque part là-haut un malade mental se balade avec un téléphone, prêt à les faire exploser.

— Benoit... Depuis combien de temps est-il remonté?

— Je dirais cinq minutes. Ce mec est totalement azimuté. Il pense qu'il tourne un film. Sans caméra. Il lui manque plusieurs cases!

— Ce qui est sûr, c'est qu'il ne fera rien sauter tant qu'il est à bord. À votre avis, comment compte-t-il tirer sa révérence?

— En volant un des Zodiac pour s'éloigner d'ici et nous expédier dans les nuages en composant un simple raccourci.

— Pas si on l'arrête avant, réplique Kylie en l'aidant à se relever.

Encore chancelant, il est obligé de se tenir à un gros tuyau chromé.

— Charles, vous êtes libre. Montrez-nous seulement le plus court chemin vers les Zodiac de Shelley.

— Escalier D, la porte rouge, par là-bas.

Nous courons aussitôt dans la direction indiquée.

— Kylie, attendez! nous crie encore Charles. Une dernière chose qu'il faut que vous sachiez...

Pause.

— Benoit m'a lu son script. Pour faire sauter le yacht, il veut un plan avec la statue de la Liberté.

— Et alors?

— Alors ça signifie qu'une fois sur l'eau, dès qu'il aura la statue dans le cadre, nos cadavres flotteront à la surface...

90

Les hommes d'argent, les riches, les puissants, disposent toujours d'une porte de sortie. Ainsi médite Gabriel en dévalant les marches jusqu'à la poupe. Dans le cas de Shelley Trager, cette échappatoire n'est autre que son Zodiac Bayrunner, une embarcation profilée de cinq mètres en fibre de verre rouge pompier équipée d'un moteur hors-bord Yamaha 40 CV. À vingt mille dollars le joujou, c'est ce qu'on peut appeler un canot pour privilégié – et Trager, bien entendu, en possédait une flottille.

Deux canots l'attendent au niveau du pont-piscine. Il en détache un, le met à l'eau et s'y embarque en faisant bien attention à ne pas mouiller son téléphone.

Un crépuscule de carte postale éclabousse le sillage du yacht qui s'éloigne. Mais la statue est encore loin. Il doit s'en rapprocher.

Il lance le moteur du Zodiac et suit le yacht à environ trente mètres de distance, une main sur le front pour se protéger du soleil éblouissant. Les yeux rivés sur Liberty Island, il attend le cadrage idéal en chantonnant :

— *O beautiful, for spacious skies...*

Il est tellement absorbé par ce spectacle qu'il se désintéresse de la bande-son.

Une première détonation interrompt pourtant sa rêverie. Une balle ricoche sur la fibre de verre avec une sorte de craquement. Il est pris pour cible.

— Pauvres débiles, c'est un semi-rigide! hurle-t-il aux deux flics qu'il aperçoit sur le pont-piscine. Vous croyez le couler comme un vulgaire matelas pneumatique?

Deuxième salve. Troisième.

Il se couche au fond du Zodiac en braillant par-dessus le plat-bord:

— Tirez tant que vous voulez, bande de nazes! Le film n'en sera que meilleur.

91

Le temps d'arriver au pont-piscine, Benoit avait quitté le navire et le suivait à bord d'un des Zodiac. Il était maintenant assez loin pour survivre à une explosion, mais assez proche pour se permettre de le canarder. J'ai crié à Kylie :

— Vise les flotteurs ! On va le couler. Si son téléphone prend l'eau, il ne pourra rien déclencher.

Le Zodiac filait assez vite pour dresser son nez et ses flotteurs rouge feu en forme de saucisses, bien visibles au-dessus du niveau de l'eau, faisaient deux cibles parfaites.

Nous avons fait feu, touchant tous deux l'un des flotteurs, pensant qu'il se dégonflerait comme une vessie. Hélas, il était patent que nous nous y connaissions aussi peu l'un que l'autre en nautisme qu'en explosifs. Les balles avaient beau toucher la cible, c'était comme uriner dans une contrebasse.

— Merde, un semi-rigide, a fait Kylie. Autant tirer dans du polystyrène.

Benoit s'est redressé en gueulant. Je n'ai pu distinguer que le mot «débiles». Puis la distance entre le Zodiac et le yacht s'est soudain creusée.

— Il décélère. Il sera bientôt hors d'atteinte.

— Qu'il croit !

J'ai désanglé le deuxième Zodiac et l'ai mis à l'eau.

— Monte. Je conduis.

J'ai sauté dans le canot et tiré un coup sec sur la corde du démarreur. Le moteur Yamaha s'est réveillé au quart de tour. Main droite sur la commande des gaz, j'ai tendu la gauche pour aider Kylie à prendre place. Elle l'a prise, a posé un pied sur la coque et je me suis penché en arrière pour l'attirer à l'intérieur. Cas classique où la main droite ignore ce que fait la gauche : j'ai écrasé l'accélérateur sans m'en rendre compte. Le Zodiac a bondi en avant et Kylie s'est retrouvée à la baille. Elle est restée sous l'eau une poignée de secondes avant d'émerger en crachotant :

— Perdu mon arme…

J'ai décrit un cercle pour m'approcher d'elle et couper le moteur pour être sûr de ne pas la déchiqueter en bouchées pour les poissons.

Elle a posé ses doigts sur un des flotteurs en fibre de verre, mais la surface était glissante. Je l'ai attrapée par les mains, mais je n'avais aucun appui pour faire levier. Alors je me suis penché pour l'attraper sous les bras :

— À trois, tu grimpes. Moi je tire. Un, deux… et trois !

Elle a surgi de l'eau et je me suis jeté vers l'arrière. Ses vêtements dégoulinaient. Avec l'eau, on aurait dit qu'elle pesait quarante kilos de plus, mais j'ai tout de même réussi à la hisser. Pliée sur le boudin, elle a trouvé une poignée chromée pour s'y accrocher des deux mains et s'extraire du fleuve. Elle répétait :

— J'ai perdu mon arme…

— C'est ma faute. J'ai déconné. Désolé.

Elle s'est assise, écartant de ses yeux ses cheveux mouillés.

— Et Benoit ? Où est-il passé ?

Tout autre que lui aurait tourné casaque et cherché à s'enfuir. Mais pas Gabriel. Au contraire, il avait coupé son moteur et se laissait porter par le courant. Jusqu'à présent, il s'était toujours assis au premier rang pour assister à ses propres forfaits. Pour rien au monde il n'aurait manqué l'apothéose.

Assis dans son Zodiac, il venait de sortir son téléphone et le tenait à bout de bras.

Tel un mime sous les feux de la rampe, il a brandi son majeur dans notre direction. Il est resté ainsi sans bouger, silhouette railleuse dans la lumière du couchant, nous mettant au défi de l'arrêter, sachant fort bien que nous n'en avions plus les moyens.

Puis il a retourné son majeur et l'a écrasé sur le clavier de son téléphone.

Je n'étais pas sûr d'être assez éloigné du yacht, avec Kylie, pour survivre à l'explosion. Nous nous sommes aplatis au fond du Zodiac et je l'ai couverte de mon corps.

— Ça fait deux fois en moins de vingt-quatre heures, a-t-elle observé.

— On ne se débarrasse pas comme ça d'une vieille manie… Attention au choc.

92

Ces deux clowns étaient en train de tourner son chef-d'œuvre en dérision.

En d'autres circonstances, le Caméléon aurait goûté la plaisanterie. Mais c'était l'apogée de son œuvre et, au lieu de se conduire en adversaires dignes de ce nom, Mac-Donald et Jordan préféraient patauger dans la flotte comme des argousins de film burlesque.

Liberty Island n'était pas aussi proche qu'il l'aurait rêvé, mais ce n'était pas le moment de faire le difficile. Il n'était que temps de tourner. Il attendit tout de même que Jordan eût hissé MacDonald dans le Zodiac. Pas question qu'ils manquent la grande scène du IV.

— Moteur! hurla-t-il.

Il brandit son téléphone à bout de bras, l'orientant de manière à refléter les rayons du soleil sur le verre de l'écran. En apercevant le flash, ils comprendraient.

Puis il dressa son autre bras, déplia lentement son majeur avant de le retourner et de le poser sur la touche 1.

Les deux flics savaient maintenant à quoi s'attendre. Le Caméléon les aperçut qui se couchaient pour se mettre à l'abri, mais il ne se souciait plus d'eux. Il contemplait l'horizon. Tout était tel que Lucy et lui l'avaient imaginé : le yacht bientôt broyé, la statue vengeresse, le soleil orangé pénétrant dans l'élément liquide.

Il enfonça son doigt sur la touche. Une brève série de bips suivie d'une tonalité et...

— Baoum!

Mot suivi d'un gros rire épais.

— Je répète: «baoum»! rigola une voix à l'autre bout du fil. Désolé si ça manque de puissance, mais j'ai coupé les fils de tes détonateurs. Les trois... Eh bien? Le Caméléon a perdu sa langue?

— Charles? trouva enfin la force de dire Gabriel.

— Tu parais surpris. On ne t'a pas averti de l'ultime changement de scénario? Arrivée de la cavalerie et libération de Charles Connor, promu héros du film!

— Les fils de pute...

— C'est ça, le septième art. Ton film ne se termine pas toujours comme...

— Mon film va se terminer en beauté! hurla Benoit avant de raccrocher.

Ce Connor était un simple figurant. À quoi bon discuter avec ce minable? Assez bavassé. Son film était un film d'action, et de l'action, le spectateur allait en avoir pour son fric.

Il relança le moteur et dégaina son Glock.

— Scène additionnelle! beugla-t-il en mettant le cap sur l'autre Zodiac.

93

Aplatis au fond du Zodiac, Kylie et moi attendions l'iné-vitable. Elle comptait :

— Une seconde... Deux secondes... Trois secondes...

Au bout de quinze secondes, l'inévitable ne s'était tou-jours pas produit.

— Quelque chose a dû foirer. Allons voir.

J'ai levé la tête pour jeter un œil par-dessus le plat-bord.

— Changement de programme. Je crois bien qu'il ne va rien faire sauter du tout. Il est avec quelqu'un au téléphone.

— Sans doute le service technique... Ne lui laissons même pas le temps de comprendre quoi que ce soit. On fonce le cueillir.

Je me suis redressé en cherchant la corde de démarreur.

La première balle a percuté le moteur Yamaha. Je me suis jeté au fond du Zodiac. Trois autres tirs ont sifflé sur nos têtes. Puis j'ai entendu le Zodiac de Benoit nous croiser à pleine vitesse. J'ai roulé sur moi-même, attrapé mon arme et répliqué au petit bonheur, beaucoup de bruit pour des prunes. Puis il a entamé un virage à 180 degrés pour revenir à la charge. J'ai tiré le démarreur, mais la première salve avait eu raison du moteur.

Benoit a rouvert le feu, m'obligeant encore à me baisser.

— Zach, je n'ai pas d'arme !

— J'en ai une de secours. Dans mon holster de cheville.

J'entendais le Zodiac foncer sur nous.

— Qu'il repasse ! Je ne vais pas le louper.

Mais Benoit n'est pas repassé. Il nous a carrément éperonnés, heurtant l'avant de notre Zodiac sous l'angle idéal pour le soulever et me jeter à l'eau. Je suis tombé par-dessus bord à la renverse, tête la première. C'était comme si quelqu'un m'avait flanqué un coup de rame sur l'arrière du crâne. J'ai vu des taches bleues s'allumer sur fond noir, avant de couler à pic.

N'étant pas un bébé nageur, je suis remonté à la surface à grands gestes, toussant et tournant de tous côtés mon crâne douloureux pour apercevoir Kylie. Notre Zodiac s'était stabilisé et elle s'y trouvait toujours, mais un gouffre nous séparait.

Benoit, pendant ce temps, décrivait une épingle à cheveux. M'apercevant à dix bons mètres du Zodiac, il a foncé entre nous deux en me prenant pour cible. Dieu sait comment, j'ai réussi à attraper mon flingue et, un bras hors de l'eau, à tirer dans sa direction sans grand espoir de faire mouche.

Ses tirs à lui, évidemment, étaient plus précis, faisant jaillir des gerbes d'eau sur ma gauche, sur ma droite et, pour l'un, à moins d'un demi-mètre devant moi. Il est passé en trombe juste à côté avant de décrire une large courbe pour repasser une dernière fois. Pour moi, ce n'était plus qu'une question de secondes. J'étais comme le poisson dans la nasse, un poisson que Benoit n'avait pas l'intention de laisser filer.

Alors, malgré le raffut de l'engin, j'ai entendu Kylie crier :
— Zach, plonge ! Feins d'avoir été touché !

Benoit était de nouveau sur moi, mais plus lentement, afin d'ajuster son tir.

Une seule salve. J'ai saisi mon épaule droite, cessé de battre l'eau avec mes jambes et coulé à pic. La dernière chose que j'ai vue avant de me laisser engloutir, c'est Kylie, agenouillée au fond de la coque en position de tir, les deux bras bien tendus, qui visait Benoit.

Ah ? Et avec quoi, s'il vous plaît ? Je vous rappelle que son arme, depuis deux minutes au moins, reposait au fond de l'Hudson…

94

Gabriel avait vu ça cent fois au cinéma. Lors d'une course-poursuite effrénée, les flics tamponnent l'arrière du véhicule qu'ils ont pris en chasse et lui font perdre le contrôle.

C'était la même méthode qu'il avait appliquée pour déstabiliser le Zodiac des deux cognes et éjecter Jordan, qui s'était vautré à plat dos. Le temps de recouvrer ses esprits, cette enflure était loin de sa partenaire. Il ne restait à Gabriel qu'à les dégommer l'un après l'autre.

Et d'abord Jordan. Il avait foncé droit sur lui en tirant tout ce qu'il savait. À un moment, il n'était qu'à trois mètres de sa cible. Mais l'eau était agitée et il n'avait pu taper dans le mille.

«Prends ton temps», avait fait une voix.

Celle de Gabriel le réalisateur. Gabriel le héros avait amorcé un nouveau cercle en ménageant cette fois l'accélérateur.

«Tout doux, tout doux… Maintenant!»

Gabriel l'acteur avait fait feu. Jordan avait saisi son épaule, flanché et coulé.

— Un de moins, fit Gabriel avant de se tourner vers Kylie.

Son bateau devait être inutilisable, sans quoi elle l'eût déjà pris en chasse. Elle était clouée sur place.

Il réduisit la vitesse de son Zodiac et s'immobilisa à six mètres. Le jour déclinait, mais sa silhouette se détachait nettement sur le couchant. Elle avait posé un genou, en position de tir.

— Police ! Jetez votre arme et levez les mains en l'air.

— Montre la tienne, connasse ! Si tu l'avais, tu m'aurais tiré dessus avant que je descende ton copain.

— Dernier avertissement ! Jetez votre arme et les mains en l'air !

«Zigouille-la», fit la voix. Mais ce n'était plus celle du réalisateur.

C'était la voix de Lucy. De retour pour la scène finale. Où elle n'avait rien à faire, mais elle était là quand même. Il rit. Sacrée Lucy ! Toujours aussi incontrôlable…

«Fais-le pour moi, Gabe. Descends-la.»

Il appuie sur la détente.

Clic.

À court de munitions.

«Défonce-la. Écrase-la. Pulvérise-la. Tue-la.»

Gabriel empoigne l'accélérateur. Le Zodiac de Mac-Donald est droit devant. Elle s'obstine à le viser.

C'est alors qu'il l'aperçoit dans sa main, à contre-jour mais bien net.

Une sorte de boîtier à bout carré, avec des rayures jaunes sur le côté.

Elle appuie sur la détente.

95

J'avais refait surface juste à temps pour assister au match nul. Kylie et Benoit, à cinq ou six mètres l'un de l'autre, immobiles tous les deux. Et alors…

Le fleuve a littéralement explosé. Une éruption fracassante, assourdissante, disloque le silence d'Upper Bay, propageant son écho jusqu'au fin fond de Brooklyn. L'espace d'un instant, tout n'est qu'orange aveuglant. Puis un geyser d'eau bouillante projette au ciel d'épaisses nuées noires qui retombent en pluie de débris fumants – morceaux de Zodiac et de chair humaine…

De Benoit, à l'épicentre de l'explosion, ne restait que poussière. Quant à Kylie, à six mètres de là, l'onde de choc avait fait voler son embarcation. L'instant d'avant, genou à terre, elle avait Benoit dans sa ligne de mire ; l'instant d'après, elle décollait comme un poisson volant. Son corps est retombé à cinq mètres de moi pour couler aussitôt.

J'ai crié son nom en nageant parmi les nappes d'huile et les reliefs de coque qui chuintaient, espérant voir surgir sa tête à la surface, mais en vain. Deux explications possibles : ou bien elle avait perdu conscience, ou bien…

Mes vêtements et mes chaussures me tiraient par le fond ; j'avais beau mouliner comme un diable, j'avais l'impression de ne pas me mouvoir d'un pouce, comme dans un cauchemar.

Parvenu à l'endroit où je l'avais vue retomber, j'ai plongé. L'eau était sombre et trouble, je ne pouvais faire mieux que d'agiter mes bras devant moi, comme un fou, dans l'espoir de la toucher. Au bout d'une minute, je suis remonté pour avaler de l'air et j'ai encore crié son nom en regardant de tous côtés.

Rien.

Puis quelque chose à la surface. Une chaussure. J'ai replongé pour nager dans cette direction. Trois mètres? Six mètres? J'avais perdu tout sens de l'orientation. Je ne savais plus où j'étais ni où Kylie avait coulé.

C'est alors que je les ai vus. Des filaments dorés flottant sur l'eau noire. Une chevelure blonde.

J'ai battu des pieds avec une telle vigueur que je l'ai percutée. Puis je l'ai prise dans mes bras pour la hisser à la surface. J'ai inspiré à fond et pressé mes lèvres sur les siennes pour lui insuffler autant d'oxygène que mes poumons pouvaient en contenir.

Elle a rejeté la tête en hoquetant bruyamment. Je l'ai maintenue serrée contre moi tandis qu'elle expectorait toute l'eau qu'elle avait avalée.

— Respire.

Ce qu'elle a fait.

— Encore. Respire. Ne dis rien.

C'était trop demander.

— Qu'est-il arrivé?

— Je t'ai sauvé la vie, Kylie. Deuxième fois de la journée.

— Pas à moi… À Benoit.

— Tu l'as fait voler en apéricubes.

— Je voulais seulement le sonner…

— C'est réussi. Il devait rester un pain de plastic dans l'une de ses poches, sans doute amorcé. Avec un bazooka, rien ne serait arrivé. Mais ton Taser a fait l'affaire.

J'entendais déjà les sirènes. Puis ils sont arrivés de tous côtés: bateaux-pompes, patrouille portuaire, gardes-côtes, tous derrière Jim Rothlein, dirigeant les opérations à bord du *Kristina*.

Les dernières lueurs du soleil sombraient dans l'eau du fleuve. À l'horizon, drapée de rose et de mauve dans le crépuscule new-yorkais, se détachait la statue de la Liberté.

— Ça doit être ça, le plan final...

Frissonnant dans l'eau froide, étroitement serrée contre moi, Kylie a répondu :

— Fondu au noir, comme on dit au ciné.

Je l'ai entourée de mes bras et l'ai serrée très fort en murmurant à son oreille :

— Rideau...

ÉPILOGUE

GÉNÉRIQUE DE FIN

96

Les New-Yorkais raffolent des héros. Au réveil, ce jeudi matin, ils en avaient deux pour le prix d'un. La une du *Daily News* le proclamait en énormes caractères : « Un duo de choc neutralise le tueur fou de Hollywood. » Ces mots surmontaient un cliché de Spence Harrington dans son lit d'hôpital, Kylie assise à son côté.

Le titre en page 3 était plus audacieux : « Tel est cloué qui croyait clouer ! Le poseur de bombes explosé par la femme d'un producteur. » L'article était illustré d'une photo prise quelques jours auparavant au Radio City Hall, Kylie en robe de soirée et Spence en smoking et cravate noire.

J'avais droit, pour ma part, à un simple portrait, une photo professionnelle ainsi légendée : « L'inspecteur Zach Jordan, coéquipier de l'inspecteur Kylie MacDonald-Harrington. »

Je n'en revenais toujours pas. Lundi, je me réveille en me demandant si ce tandem ne va pas se révéler une forme de suicide professionnel ; trois jours plus tard, Kylie est une héroïne et je suis son « coéquipier »...

Il était 7 h 30 quand je me suis pointé au poste. Kylie s'y trouvait déjà et m'attendait, journal entre les mains.

— Salut, Zach. Je suis consternée.

— Pas de quoi. Lucy, c'est grâce à toi. Benoit aussi. Tu les as mérités, ces lauriers.

— Mais on fait équipe ! On ne s'est pas quittés d'une semelle. Le NYPD Red, tu y es depuis trois ans et moi depuis trois jours. On se demande ce qui leur passe par le citron, aux médias, pour inventer pareilles fables…

— Ils ont dû trouver que vous formiez un couple merveilleusement people et que vos frimousses en première page feraient vendre plus de papier que ma carcasse dégoulinante extrayant son derrière d'une navette de la police maritime.

— Quand même, c'est dégueulasse. Je demande à Spence d'appeler l'attachée de presse des studios, elle obtiendra un rectific…

Je ne l'ai pas laissée achever :

— Oublie ça tout de suite. Je suis flic. Je n'ai pas besoin d'attachée de presse.

— Y a-t-il quoi que ce soit que je puisse faire ?

— Oui, je crois… enfin, si tu n'y vois pas d'objection.

— Dis toujours.

— Je serais très flatté si Spence et toi me dédicaciez mon exemplaire du *Daily News*.

Elle m'a flanqué un coup de poing dans l'épaule :

— Idiot !

— À propos de Spence, comment se porte l'autre moitié de notre «duo de choc»?

— Sous antibiotiques à hautes doses. Ils préfèrent le garder encore quelques jours, mais le chirurgien est plutôt confiant. Il devra marcher avec des béquilles pendant quelque temps, mais dans six mois ce ne sera plus qu'un mauvais souvenir.

Mon téléphone a sonné. C'était Cates.

— Vous et MacDonald, dans mon bureau. Nous avons quelques détails à régler.

Les oreilles m'en chauffaient à l'avance.

À peine entrés, elle nous a déclaré sans préambule :

— Je viens de voir la conférence de presse du maire. Vous vous en doutez, il ne s'est pas privé de passer de la pommade au cul d'Hollywood, sur le mode : «Ça aurait pu arriver n'importe où, mais sachez qu'à New York, vous pouvez compter sur les forces de police les plus réactives, les plus douées, les plus valeureuses au monde. Le NYPD Red est le plus sûr bouclier de l'industrie du film. »

— C'est mot pour mot ce que lui a dit Trager hier, quand il pensait encore annuler la fin du festival, a observé Kylie.

— Ai-je dit que notre maire brille par l'originalité ? Non. De toute façon, ce qu'il a bien pu déclarer n'a aucune espèce d'importance. Et je doute que ses arguments convainquent quiconque à L.A. de délocaliser leur business sous nos latitudes. En revanche, je suis certaine que les confortables avantages fiscaux annoncés par Irwin Diamond devraient faire des merveilles. Bref, le maire est aux anges. Ainsi que le commissaire principal, qui m'a demandé de vous féliciter l'un et l'autre pour votre extraordinaire bravoure en mission contre un ennemi armé.

— Merci.

— Je ne fais que vous répéter ses termes. Pour ma part, je suis moins satisfaite. Je n'ai jamais été très à l'aise avec les têtes brûlées. Quelle mouche vous a piqué pour me raccrocher au nez ?

Kylie ne m'a pas laissé ouvrir la bouche :

— Zach n'y est pour rien. C'est moi qui ai raccroché.

— Ce n'est pas vous que j'appelais. C'était Jordan.

— C'est vrai, mais je lui ai pratiquement arraché le téléphone des mains. Je n'ai même pas réfléchi. La vie de mon mari était en jeu, je n'ai pensé qu'à le sauver.

Disant cela, Kylie faisait plus qu'endosser sa part de responsabilité.

— Je vois, a répondu Cates. Et vous pensiez que je vous en aurais empêchée. Sachez que je couvre toujours mes hommes quand ils font preuve d'initiative, d'instinct et de bravoure. Vous avez beaucoup d'ascendant au sein de notre unité, parce que je le veux bien. Avisez-vous encore de me court-circuiter et je vous garantis, quel que soit le nombre de canards avec vos bobines en première page, que vous je vous vire du NYPD Red avec mon pied où je pense. Compris ?

— Compris, avons-nous répondu en chœur.

— Bien. Ce point étant réglé, je ne veux pas diminuer votre mérite. Vous avez mis au tapis un serial killer qui s'apprêtait à faire sauter une cargaison d'innocents.

— Nous avons pu compter sur l'aide d'un membre d'équipage, a précisé Kylie : Charles Connor.

— Ce M. Connor est un homme courageux et, par ailleurs, très à l'aise à l'oral. Ma modeste expérience des relations publiques me dit qu'on ne devrait pas tarder à le voir en haut des marches de l'hôtel de ville pour recevoir des mains du maire la médaille du dévouement civique pour services exceptionnels. Mais ne nous racontons pas d'histoire : sans vous, Connor serait au cimetière. Les héros, c'est vous. Vous êtes l'orgueil de notre unité, et je suis certaine que l'inspecteur Shanks, quand il sera rentré de congé maladie, comprendra très bien que je vous aie demandé de former une équipe permanente.

Stupéfaction de Kylie :

— Nous ? Une équipe permanente ?

— Au sens où le sont toutes choses dans cette maison. J'ai moi-même un œil dans le dos, au cas où quelqu'un lorgnerai ma place... Et puisque j'ai désormais une concurrente, je préfère la conserver dans mon champ de vision. Toutes mes félicitations. Rompez.

Sortis du bureau, Kylie m'a tapé dans les mains.

— Tu as bien entendu, Zach ? Équipe permanente !

— Oui, tant que tu ne lui marches pas sur les orteils.

Au fond de moi, j'étais mal pour Omar, dont Cates venait de décréter la prochaine réaffectation.

— Moi, piétiner ses plates-bandes ? rigolait Kylie. Je te rappelle que c'est toi qui lui as raccroché au nez... Eh, cache ta joie, collègue ! Elle est pas belle la vie ?

Et une nouvelle bourrade dans l'épaule. Son visage victorieux rayonnait de bonheur. L'intrépide, imprévisible et séduisante élève officier dont j'étais tombé amoureux dès notre premier jour de formation était désormais, à compter de ce jour, mon intrépide, imprévisible et séduisante coéquipière, superflic de choc au NYPD Red.

Et j'étais toujours amoureux d'elle.

— Si, si… c'est génial.

97

J'ai passé tout mon jeudi et mon vendredi avec Kylie à brasser de la paperasse et à subir des examens psychologiques. Ayant flingué une femme avec son arme de service et désintégré un guignol à l'aide d'un simple Taser, Kylie passerait naturellement plus de bon temps que moi avec Cheryl Robinson, mais j'avais prévu de me rattraper au cours du week-end.

— Toujours partant pour l'opéra samedi soir? s'est enquise Cheryl comme je la croisais dans un couloir.

— Plus que jamais. Au fait, comment je me sape pour aller au Met?

— Queue-de-pie, chapeau-claque – et si tu pouvais penser à prendre les jumelles de théâtre de ta grand-mère, celles avec une petite poignée…

— En fait, tu n'as aucune idée du dress code.

Haussement d'épaules.

— En ce qui me concerne, je viens comme je suis. Pour moi, ce n'est rien d'autre qu'une soirée Giuseppe Verdi et rouleaux de printemps. Rendez-vous à 19 heures au Shun Lee Café, sur la 65e, en face du Lincoln Center, ça te va?

— C'est noté.

Et que la «renaissance post-Fred» commence… Mais auparavant, dans l'après-midi de samedi, je suis passé chez Kylie rendre visite à Spence. Laight Street et Washington

Street étaient saturées de camions et de fourgonnettes stationnés en double file.

— Pour les réparations urgentes, m'a expliqué Spence.

Il était en chaise roulante et avait le nez couvert de pansements, mais l'un dans l'autre il était d'humeur plutôt gaie.

— Les vrais travaux de rénovation pourront commencer lorsque les gars des assurances auront décidé à qui envoyer la facture...

— Tu crois qu'ils accepteront de rembourser l'écran plat tout neuf de ton voisin du dessus?

C'est Kylie qui m'a répondu :

— Dans le cas contraire, ce sera pour ma pomme. Ainsi que la réfection de la chambre et une soirée avec Dino et Coralie dans le restaurant de leur choix.

— Zach, voulez-vous nous éclairer de vos lumières? m'a soudain demandé Shelley Trager.

Assis non loin, il était demeuré étrangement silencieux. De toute évidence, ses côtes cassées le faisaient toujours souffrir.

— J'ai des ampoules grillées, mais dites toujours.

— Benoit disparu, plus personne ne détient les droits de son histoire. Ce qui signifie qu'ils appartiennent à tous et à chacun, libre à quiconque d'en faire l'adaptation. Notre ami Spence, ici présent, songe à en faire un film.

— Déformation professionnelle, s'est excusé Spence. Je verrais bien Kevin Spacey dans le rôle de Benoit. Kevin n'a pas son pareil pour jouer les fondus.

— Pour ma part, je ne suis pas chaud du tout, s'est empressé d'ajouter Trager. C'était l'idée initiale de Benoit de vendre son synopsis à un producteur. Réaliser ce film, ce serait lui accorder la victoire. Qu'en pensez-vous?

— Ça dépend... qui voyez-vous dans mon rôle?

— Zach. Sérieusement...

— Shelley, je ne suis pas producteur, mais je puis vous garantir une chose : si ce film voit le jour, les gens se bousculeront pour le voir.

— Pas faux…
— Mais je n'en ferai pas partie.
Sourire de Trager.
— Moi non plus, Zach. Merci.

98

J'avais décrété qu'un pantalon gris, un blazer bleu, une chemise à damiers et une cravate banane conviendraient tout aussi bien pour une soirée à l'opéra que tout autre affublement sorti de ma penderie. J'ai pris la ligne 1 jusqu'au Lincoln Center et suis entré dans le restaurant asiatique.

Cheryl m'attendait. Elle portait une robe noire sans manches à col en V qui laissait voir sa magnifique peau caramel et le peu de décolleté qu'il faut pour rendre un homme fou de désir.

— Tu es absolument superbe…

— Merci. Toi aussi tu t'es mis sur ton trente et un.

— Par contre, tu m'as menti. Tu n'es pas habillée comme pour aller au taf. Ou alors tu aurais tous les flics de New York en consultation.

Le Shun Lee Café est l'endroit idéal pour se retrouver avant un spectacle. De jeunes et jolies serveuses promènent de table en table des chariots chargés de *dim sum* dans des paniers-vapeur. Les clients s'y servent au passage, puis le chariot s'éloigne pour réapparaître, comme par magie, au moment exact où vous en avez fini avec les amuse-gueule.

— Les boulettes aux fruits de mer et à la ciboulette sont à se damner, s'est pâmée Cheryl en m'en fourrant une dans la bouche du bout de ses baguettes, m'obligeant à me pencher pour ne pas tacher ma cravate. Tu vois ce couple de personnes âgées, là-bas, qui nous regardent en souriant? Je crois bien qu'ils nous trouvent charmants.

— Mais nous sommes charmants!

Le moment venu de payer, j'ai pris l'addition. Cheryl a posé sa main sur la mienne.

— C'est pour moi.

— Ah non! Déjà que tu m'invites à l'opéra…

— Les places ne m'ont rien coûté. On me les a offertes.

— Peu importe. Je suis vieux jeu, moi : les mecs paient l'addition.

— C'est mon père qui régale.

— Je croyais que, passé dix-huit ans, les papas cessaient de financer les sorties de leur fifille?

— Il a parié cent dollars que tu ne viendrais pas. Il a perdu. À lui la note.

— Quoi, ton père a parié que je te poserais un lapin? Dis-moi que je rêve? Ce sont tes parents qui tiennent ton agenda?

— Quand tu m'as appelée mardi soir, je dînais avec mon paternel.

— Ce n'est pas ce que tu m'as dit. Tu passais la soirée avec un flic…

— Parfaitement. Mon père était de la maison. Tu ne le savais pas?

Je ne le savais pas.

— Quoi qu'il en soit, il est de la vieille école. Pour lui, un flic est une brute incapable de laisser brailler une cantatrice pendant trois heures sans sauter sur scène pour menotter un suspect. Je lui ai expliqué que tu étais sorti de l'âge de pierre. Coût de l'opération : cent dollars pour sa poire.

Bref, j'ai lâché l'addition.

— Tu le remercieras de ma part. Et dis-lui que je suis désolé de l'avoir déçu.

Quant à *La Traviata*, elle a bien failli m'envoûter.

— Sans blague, ça t'a plu? s'est émerveillée Cheryl en sortant du théâtre.

— Oh, te fiche pas de moi. C'est la *love story* classique. Un garçon rencontre une fille. Elle disparaît. Il la retrouve. Elle meurt de la tuberculose au troisième acte. Je ne sais rien de plus romantique.

Elle a pris mon bras et nous avons traversé l'esplanade pour faire halte devant la fontaine Revson, l'un des hauts lieux de la ville.

— Retourne-toi.

J'ai obtempéré. Devant moi s'élevait la façade du Met, telle une cathédrale dont les lustres en cristal éclairaient les fresques de Chagall, illuminant les cinq arches aériennes ajourant toute la hauteur du bâtiment. La fontaine assurait le spectacle avec ses jeux de lumières multicolores et son ballet aquatique impeccablement chorégraphié.

— Je retire ce que je viens de dire. C'est encore plus romantique qu'une fille au dernier stade de la tuberculose.

— Des gens viennent du monde entier pour être exactement à l'endroit où nous sommes, m'a dit Cheryl.

Je me suis retourné pour passer mes bras autour de sa taille.

— Serait-ce l'endroit idéal pour un premier baiser?

Elle s'est rapprochée de moi en chuchotant :

— Si tu le dis...

Nos lèvres se sont trouvées et ne semblaient pas pressées de se disjoindre. Autour de nous dansaient les jets d'eau dont la fine brume nous enveloppait.

— J'habite à côté, dans l'Upper West Side. Dix minutes à pied.

— Besoin d'une escorte policière?

— Je le crains. Les salles d'opéra sont tellement mal famées...

Nous avons marché jusqu'aux Lincoln Towers, un ensemble de six barres d'habitation sur West End Avenue. Encore un de ces quartiers de New York inabordables pour un flic ordinaire. Cheryl a su lire dans mes pensées :

— L'appart est à moi. Fred n'avait que la fille.

Nous sommes encore restés un peu dans l'obscurité, à l'écart du hall éclairé. Je l'ai serrée dans mes bras. Sa beauté exotique, la tiédeur de sa peau si tendre, les discrets effluves de son parfum me rissolaient les hormones à petit bouillon.

Nous nous sommes embrassés pour la seconde fois, un baiser plus long, plus sensuel, plus électrique que le premier.

— Merci, Zach. J'ai passé une soirée merveilleuse.

— Moi aussi. Dommage que tu ne m'aies pas laissé t'inviter à dîner.

— Je te propose un truc : tu m'offres le café demain, chez Gerri.

— Demain ? Tu te sens prête à crapahuter jusque dans l'East Side, un dimanche matin, pour prendre le petit-déj avec moi en présence d'une escouade de flics ?

Cheryl m'a pris la main en m'attirant vers le hall.

— Tu as raison. J'ai une meilleure idée.

Elle ne mentait pas. Une meilleure, bien meilleure idée. Mais ceci est une autre histoire…

Table

(Suite de la page 4)

Grand Méchant Loup, 2006.
Quatre souris vertes, 2005.
Terreur au troisième degré, 2005.
Deuxième Chance, 2004.
Noires sont les violettes, 2004.
Beach House, 2003.
Premier à mourir, 2003.
Rouges sont les roses, 2002.
Le Jeu du furet, 2001.
Souffle le vent, 2000.
Au chat et à la souris, 1999.
La Diabolique, 1998.
Jack et Jill, 1997.

AU FLEUVE NOIR

L'Été des machettes, 2004.
Vendredi noir, 2003.
Celui qui dansait sur les tombes, 2002.
Et tombent les filles, 1996.
Le Masque de l'araignée, 1993.

Remerciements

Les auteurs remercient le sous-shérif Frank Faluotico ainsi que Jerry Brainard, du bureau du shérif du comté d'Ulster, New York ; l'inspecteur Sal Catapano, de la police de New York ; le Dr Lawrence Dresdale, Michael Jackman, Jim Rothlein, Gerry Cuffe et Jason Wood : tous ont contribué à ce que cette œuvre de fiction sonne vrai.

Cet ouvrage a été composé
par Atlant'Communication
au Bernard (Vendée)

Achevé d'imprimer sur Roto-Page
par l'Imprimerie Floch à Mayenne
en décembre 2013
pour le compte des Éditions de l'Archipel
département éditorial
de la S.A.S. Écriture-Communication

Imprimé en France
N° d'impression : 85919
Dépôt légal : janvier 2014